블레이드 & 바스타드

-다이아몬드의 기사의 귀환-

3 카규 쿠모 Kumo Kagyu

일러스트 so-bin

CONTENTS

BLADE &BASTARD -Return of The Hrathnir-

목차

블레이드 바스타드

─다이아몬드의 기사의 귀환─

3 카규 쿠모 Kumo Kagyu

일러스트 so-bin

BLADE &BASTARD -Return of The Hrathnir-

목차

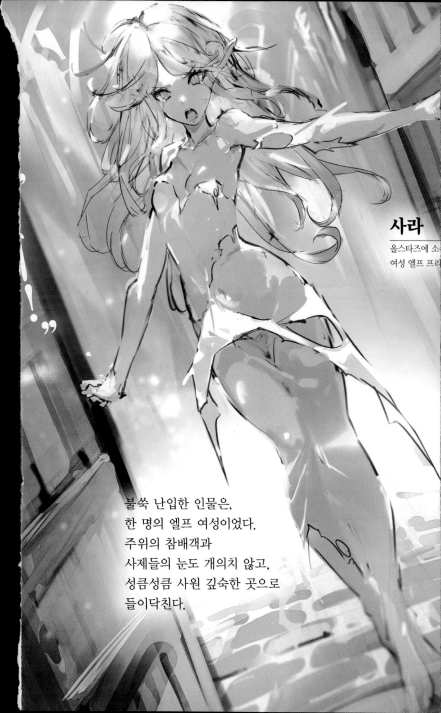

사라

불쑥 난입한 인물은,
한 명의 엘프 여성이었다.
주위의 참배객과
사제들의 눈도 개의치 않고,
성큼성큼 사원 깊숙한 곳으로
들이닥친다.

"옛날 동화에 말이야, 기사님이 있었는데……."
"뭐냐."
라라자는 선언한 대로 웃어줬다.
"왕자님이냐."
"아닌 건…… 아닌데, 에잇!"
오를레아의 목소리가 높아졌다. 어둑한 곳인데도,
소녀의 얼굴이 몹시 붉어졌음을 알 수 있었다.
"왕자님이 와줄 거라고 기대하는 게 아니란 말이야!"
"그럼 뭔데."

"왕자님 옆에 있는……
기사님을…… 보고 싶어."

오를레아
과거에 라라자와
같은 클랜에 있었던
레아 소녀.

"이 알마스 있지?"

블레이드&바스타드

―다이아몬드의 기사의 귀환―

BLADE & BASTARD –Return of The Hrathnir–

3 카규 쿠모 Kumo Kagyu

일러스트 so-bin

부를 숭배하는 왕은 다이아몬드를 목도하지 못한다.

힘을 숭배한 왕은 기사도 없이 관에 눕는다.

대관을 마친 왕은 집착을 놓지 못하여 몰락한다.

그것은 그대의 앞에 있고, 그자의 파멸에 답이 있노라.

제 1 장
브로큰 아이템

"Wou! Ouuuuuh!!"

빨간 머리 소녀가 씩씩하게 소리 지르며 돌덩어리 악마를 향해 달려들었다.

힘껏 휘두르는 **쇳덩이**는 으르렁거리며 악마를 깨부수고 다시 돌덩어리로 바꿔 놓는다.

오른쪽, 왼쪽. 닥치는 대로 처박히는 칼날은 그때마다 묘실 곳곳에 돌과 자갈을 마구 흩뿌렸다.

"흐에엥……."

"아, 젠장! 적당히 좀 해라, 멍청아! 접근을 못 하잖냐……!"

당연히 다른 동료들— 벨카난과 라라자에게는 이런 봉변이 또 없겠다.

벨카난은 라라자의 곁에서 삼각 모자를 부여잡은 채 커다란 몸을 움츠리는 쓸데없는 노력을 하느라 바빴다.

―어째서 난 아직도 전위에 서 있는 거야……?

허리에 찬 용살의 마검은 지난번 전투 이후로 쭉 침묵을 지킬 뿐이다.

지금은 살짝 잘 베이는 괜찮은 검에 불과했다. 의욕을 완전히 잃어버렸나 보다.

한심하게도 기끔 칼자루를 만져보면서 전부 다 꿈이 아니었을까……라는 엉뚱한 생각을 떠올리게 된다.

이제 더 이상 벨카난은 본인이 용살의 업적을 이룬 모험가라는 생각이 들지 않았다.

그에 비하여…….

"굉장하다아……."

"alf!!"

가비지는 최고조라는 표현이 아주 잘 어울렸다.

소녀는 의기양양하게 쇳덩이를 휘둘러대며 괴물 무리를 매섭게 쓸어버리고 있다.

평소 같다면 평소 같다고 넘길 수 있겠으나— 그렇다 해도 기세가 무척 강해진 것 같다는 생각이 든다.

실제로 단검을 휘두르며 가고일의 공격을 흘리기로^{패리} 버티고 있는 라라자가 쫓아가지 못한다.

앞장서서 괴물 무리에 몸을 던지고, 쓸어버리고, 반복한다.

날뛰는 것이 못 견디게 즐겁고 즐거운가 보다.

벨카난의 눈에는 송곳니를 드러내고서 웃는 가비지가 그렇게 보였다.

"용의 피를 뒤집어썼기…… 때문일까."

"글쎄, 어쩌면."

허리의 흑색 지팡이에 손을 올려놓은 채 후열에서 경과를 지켜보던 이알마스가 가만히 중얼거렸다.

남자가 검은색 외투 안쪽으로 눈길을 주는 방향은 전위에서 분투하고 있는 세 일행이 아닌 묘실의 구석 쪽.

얼떨결에 벨카난도 같은 방향을 바라봤는데— 염소 머리에 팔이 넷 달린 커다란 무엇인가가 흔들거리고 있었다.

벨카난은 눈이 휘둥그레졌다.

"측면에서 온다. 새로운 적이."

"와, 와앗……?!"

—하급 마신[레서 데몬]?!

"벨카— 나안!"

라라자가 소리 질렀다. 여전히 가고일에게 둘러싸인 상태였다.

"그쪽 막아줘라!"

"으, 응!"

이름을 불러줬다고 들뜬 목소리. 벨카난은 나름대로 굉장히 서둘
러서, 객관적으로 봤을 때 꿈지럭거리며 마신을 향해 나아갔다.

지팡이 대신 용살의 마검을 뽑아 들고서 읊조리는 것은 진언[트루 워드].

《카프아레프 타이 눈잔메[혼아, 멈춰라, 그대의 이름은 미몽이로다]》……!"

곧장 《카티노[수면]》의 연기가 생성되어 염소 머리의 마신을 온통 뒤
덮었다.

드래곤과 싸운 기억이 꿈은 아니었다는 증거 중 하나가 이것이
었다.

벨카난은 마침내 《할리토[작은 불꽃]》 이외의 술법을 습득했다.

미궁에서는 제1위계, 초보 중 초보로 취급받는 술법이어도 벨카
난에게는 다르다.

주문 하나하나가 못내 기쁘고 사랑스럽고 뿌듯하다. 기회가 있
을 때마다 쓰고 싶어진다.

—통해라, 통해라, 통해랏……!!

비록 하위일지언정 마신은 마신. 마법 방어를 꿰뚫기를 바라고 의미도 없이 강하게 기원하면서 염소 머리를 노려본다.

실제로는 단지 운이 좋았을 테지.

"GARGLL……?!"

"……해냈, 다……!"

기우뚱, 흔들리다가 무릎을 꿇은 하급 마신은 더 이상 위협적인 존재가 아니었다. 적어도 다시 깨어나기 전까지는.

가비지와 라라자는 이제 가고일을 상대하는 데 전념할 수 있다.

이래서야 다른 모험가들이 《카티노》도 못 쓰는 마술사라며 면박을 줬던 이유도 이해된다.

다만— 이제 와서 다른 파티로 옮길 생각은 딱히 없지만.

"잘했다!"

"에, 에헤헤……."

칭찬의 말보다도 마술사로서 임무를 수행했다는 것이 기뻤던지라 벨카난은 미소 지었다.

평소부터 소녀는 적의 공격을 유인하는 역할이나 맡은 터라 전사와 비슷한 처지에 놓이는 때가 많았으니까.

그리고 이알마스가 별칭의 유래이기도 한 흑색 지팡이를 뽑는 경우는— 별로 없었다.

저 흑색 지팡이가 무시무시하게 예리한 절삭력을 가진 기병도라는 사실을 벨카난은 이미 잘 알고 있다.

—흑칠이라고…… 했던가?

분명 한밤처럼 새까만 도료를 이렇게 불렀던 것 같다. 고향에서 지내던 시절에 소문으로 들은 기억이 난다.

  알마르보다도 훨씬 먼 동쪽에 있는 나라……. 히렌에 있는 거인을 죽이는 검이라고 했던가…….

  벨카난이 떠올린 대로 물어봤더니 이알마스는 「그거 괜찮군」이라며 웃고 부정했더랬다.

  『그게 맞다면 서리 거인^{프로스트 자이언트}만큼 짭짤한 상대는 없겠어.』

  아마 농담이었을 것이다. 벨카난이 아는 지식은 할머니에게 들었던 신화와 전승에 나온 거인의 이름뿐이다.

  뭐, 용이나 마신도 미궁에 올 때까지는 직접 대면했던 경험이 없었지만.

  "……데몬이 이런 곳에 나타나도 괜찮은 걸까…….”

  가고일도 엄연히 마신, 데몬일지라도 돌덩어리에 깃들지 않으면 형체를 이루지 못하는 하급의 부류다.

  반면 레서 데몬은 비록 하급이어도 현세에 육신을 갖고 나타날 수 있는 존재이니.

  얼마 전 화룡이 난동을 부렸던 탓에 아직까지 미궁의 생태계에 발생했던 혼란이 다 가시지 않은 까닭일 수는 있겠다만—.

  "시답잖은 생각은, 얼른 정리부터 끝내고 해라……!”

  "앗, 응……!”

  벨카난은 돌로 된 부리를 죽기살기로 튕겨내는 라라자에게 대답한 뒤 우물쭈물하며 몸을 움직여서 앞에 나섰다.

그리고 맥 빠지는 목소리와 함께 마검을 휘두를 뿐.

하지만 그게 전부이더라도 소녀의 손에 있는 것은 마검이다. 게다가 체구부터가 시선을 끈다.

커다란 몸과 가슴을 흔들거리며 마검을 휘두르는 소녀를 가고일 떼가 노리지 않을 이유는 전혀 없다.

"와, 와앗, 흐아아앙?! 자, 잔뜩 몰려왔어……?!"

"좋아, 그대로 주의를 끌어라……!"

이번에는 라라자가 공세에 나설 차례였다.

돌덩이 괴물. 미련하게 싸워봤자 칼날이 박힐 리 없다— 이전의 라라자였다면 아예 엄두를 내지 않았을 테지.

"어쨌든 드래곤 비늘보다야 물렁하겠지……!"

몸을 확 낮춰서 사각으로 돌아들었다가 단검을 한 손에 들고 뛰어오른다. 급소를 정확하게 겨냥하는 예리한 한 번의 찌름.

—눈알까지 딱딱한 녀석은 없잖냐?!

그것은 라라자가 지금까지 살아남으며 길러왔던 경험이자, 또한 거머쥐었던 성장이었다.

돌 안구는 다행히 용의 눈동자보다는 물렁했나 보다.

"GAGLLL……?!"

가고일의 눈이 라라자의 단검에 부서져서 바위 목청으로 빗물받이처럼 드륵드륵 소리를 낸다.

"이, 이야앗!"

그리고 시야를 잃고 묘실의 바닥에서 몸부림치는 돌덩이를 부수는 것 정도는 벨카난도 할 수 있었다.

손가락에 낀 반지를 반짝반짝 빛내며 우스꽝스러울 만큼 커다랗게 휘두르는 팔 동작.

그것은 소녀의 체구와 어우러져서 거인^{트롤}을 방불케 하는 일격으로 변화했다.

"KLINK KLOCK?!"

콰앙, 상쾌한 소리를 내고 돌덩어리 악마는 산산이 부서졌다.

기가 막힌다. 이런 녀석이 마술사라니! 세상의 얼마나 많은 전사가 이 소녀의 축복받은 신체를 부러워할까.

정작 벨카난은 자신의 신체를 모든 측면에서 꺼림칙하게 생각하고 있는지라 정말 복잡하다.

"Groaar!!"

그리고 그런 건 관심 없다는 듯이 흩날리는 분진 속에서 작은 그림자가 뛰쳐나왔다.

가비지다.

나머지 돌멩이들은 시끄러운 놈과 큼직한 녀석에게 맡긴다. 표적은 하나, 자빠져 있는 얼간이의 목.

소녀는 온몸을 용수철처럼 힘껏 비틀어서 쇳덩이와 춤추듯 근육을 풀어놓았다.

강철의 칼날은 대기를 휩쓸고 바람을 갈라 잠든 염소의 이마에 일직선으로 박혀 들어가다가—.

"Gling?!"

21

몹시 맥없이 부러져버렸다.

기세를 수습하지 못한 채 돌바닥을 구르는 가비지. 손에는 부러진 검.

그리고 눈앞에는 타격을 받아 《카티노》에서 해방된 데몬.

다만 가비지의 집중력은 아직껏 건재하다.

빨간 머리 소녀는 부러진 검을 든 채 낮은 자세로 으르렁거리다가 앞으로 뛰었다.

"Wouaah!!"

사납게 울부짖는 데몬의 발톱을 피해 다가들어서 때려 박는 것은 검의 칼자루 끝.

커다란 쇳덩어리 칼의 중량에 걸맞은 무게추는 염소의 두개골을 세차게 뒤흔들었다.

다만, 거기까지였다.

이계에서 나타난 마신을 멸하는 것에 단순한 타격은 위력이 모자라다.

데몬은 네 팔을 커다랗게 펼쳐서 사람의 귀에 제대로 들리지 않는 기이한 말을 읊기 시작했다.

—주문이야?!

"어떡해……!"

벨카난이 소리 높인다. 라라자는 아직껏 가고일과 전투 중. 가비지는 으르렁거릴 뿐.

그러므로 이알마스가 움직였다.

"─흠."

벨카난의 눈에는 마치 색깔이 물든 바람처럼 보였다.

목소리가 들렸던 순간, 분명히 곁에 있었던 흑의의 남자는 마신의 앞쪽에서 모습을 나타냈다.

나지막한 기합과 함께 흑색 지팡이에서 예리한 칼날이 뛰쳐나오더니 미궁에 네 줄기의 궤적이 그어진다.

"AAHHGGGG?!"

데몬에게서 비명이 터져 나왔다. 고조되던 마력은 안개처럼 흩어지고 네 개의 팔뚝이 날아간다.

찰나, 이알마스의 손에 들린 칼날이 반전하며 칼등이 마신의 숨통을 세차게 가격하고 있었다.

탁한 비명과 함께 염소의 입에서 피가 용솟음쳤다.

"《몬티노》가 있다면 몰라도 없으니 이 수법뿐이지." <small>정적</small>

"Wouaah!!"

그렇게 능청을 떠는 이알마스의 옆에서 가비지가 한 차례 부르 짖고 몸을 날렸다.

네 개의 절단면에서 체액을 쏟아내면서 몸을 쭉 젖히는 마신에게 가차없는 추가타. 목표는 방금 전과─ 첫 번째 일격에서 변함없이 염소 머리의 이마다.

쇳덩이가 망가지기 전 상처 낸 부위, 칼자루 끝으로 찍어주었던 위치에 부러진 칼날로 다시금 일격.

"Grrowl!!"

두 방, 세 방. 평소의 춤추는 것 같은 전투와는 전혀 다른 맹견과 비슷한 모습.

다섯 번째 타격과 함께 두개골이 수박처럼 부서지고, 뇌수가 튀어 올라서 쏟아졌다.

"woof……!"

머리부터 피를 뒤집어쓴 가비지가 여전히 불만을 쏟아내면서 또 내리찍는다.

이미 묘실 바닥에 엎어져 있는 염소 머리는 병적인 경련을 반복할 뿐이고 타격음도 거의 물소리나 마찬가지였다.

조금 지나면 저 몸은 안개처럼 흩어질 테고, 혼은 고향인 지옥인지 마계인지 어딘가로 돌아갈 터이나―

"이봐."

라라자의 고함소리.

"다 끝났으면, 이쪽도 좀 부탁하자……!"

"으, 응……!"

그리고 얼마 지나지 않아 벨카난이 마지막 가고일을 깨부숨으로써― 묘실에 정적이 돌아왔다.

§

"whine……."

―이 녀석도 이런 표정을 짓는구나…….

라라자는 처음으로 풀 죽어 기운이 없는 가비지를 목격했다.

부러진 검을 바라보며 가느다랗게 침음하는 소녀는 평소와 매우 동떨어진 모습이었다.

평범한 꼬마 여자아이 같기도 한데— 그러나 이때 느껴지는 감정은 뭐라 형용할 수 없이 지독한 어색함이었지만.

탐침으로 자물쇠를 이리저리 쑤시고 있는 자신을 여느 때처럼 걷어찬다거나…….

—아니, 그것도 민폐지…….

라라자는 한숨을 쉬었다. 열쇠를 딴 뒤에 뚜껑을 들어 올릴 때 느끼는 약간의 저항감.

"……괜찮아?"

"……alf."

벨카난이 꾸물거리며 커다란 몸을 움츠리고 말을 건네봐도 별 효과는 없는가 보다.

라라자는 뚜껑 안쪽에 장치된 와이어와 대치하면서 이알마스가 있는 방향을 쳐다봤다.

"…….."

녀석은 변함없이 뚱하게 입을 꽉 다문 채 벽면에서 어두운 시선을 보내고 있다.

따라서 라라자는 무의식중에 책망하다시피 입술을 삐죽거리고 말았다.

"……뭐라고 말 좀 해주는 게 어떠냐."

"무얼 말인가."

"쟤 무기."

"음."

이알마스는 아무것도 아니라는 듯이 고개를 끄덕였다.

"종종 있는 일이다."

"종종, 뭐……?"

"사용 방법도 모르면서 마법 무기의 힘을 개방시킨다거나. 알잖나."

이알마스는 허리에 찬 검은 기병도를 손바닥으로 가볍게 두드리면서 나지막이 웃었다.

라라자는 언젠가 손에 들었던 악마의 돌이 떠올라서 얼굴을 찌푸렸다.

"그런 게 아니라……."

라라자는 입을 열어서 더 말하려다가 도로 다물었다.

위로를 요구하는 것은 무엇인가 좀 아닌 듯싶고, 가비지가 바랄 것 같다는 생각도 안 든다.

애초에 이 녀석에게 그런 말재주를 기대한다는 것이…….

─처음부터 잘못 생각한 셈이지.

따라서 소년은 와이어를 어디에서 자를지 고민하며 꺼내려던 말을 바꿨다.

"……이제 어떡할 건데?"

"철수해야 할 테지. 전위에게 무기가 없는 처지이니."

"그게 아니라, 저 녀석 칼."

"아."

이알마스는 역시 변함없는 태도로 고개를 끄덕거렸다.

"뭐, 새로 구입하거나……. 다른 물건을 조달해야겠지."

까만 외투의 안쪽에서 녀석의 얼굴이 무척 진지한 낯빛으로 바뀌었다.

"그 보물상자 안에 있을지도 모른다."

굳이 한마디를 덧붙인다.

"큰 책임을 짊어졌군."

"내 탓은 아니잖냐."

라라자는 혀를 차고는 보물상자를 개봉하는 작업에 복귀했다.

캣 로브의 선심 덕분에 새로 장만한 도구 중에서 납작한 줄칼 비슷한 날붙이를 뽑는다.

뚜껑에 박힌 와이어는 뚜껑을 들어 올림으로써 장치를 작동시키는 장치다.

그게 조그만 병의 뚜껑을 같이 열어서 독기를 방출하거나 아니면 쇠뇌 화살이라든가 폭탄을 격발시키든 어쩌든 간에…….

—잘라버리면 작동을 안 하지.

전투에는 도저히 쓰지 못할 섬세한 도구를 뚜껑의 빈틈으로 쓱 밀어넣어서 와이어를 절단하―.

—아니.

'이건 와이어가 아니군.'

라라자는 칼날에 닿은 물건의 정체를 깨닫고 숨을 내뱉었다.

주문 부적. 와이어와 마찬가지로 뚜껑을 들어올리면 작동하는 장치인데, 찢어지면 안 된다.

—이런 게 튀어나오니 방심할 수 없단 말이지.

라라자는 뚜껑 틈새에 칼날은 끼워 넣은 채 가느다란 탐침을 몇 개 더 꺼내 들었다.

신중하게 뚜껑과 상자의 이음매에서 주문 부적을 떼어낸다. 괜히 화가 났는데, 이알마스의 말 때문이었다.

—어련히 알아서 잘할까.

보물상자 개봉은 자신의 임무다. 책임감이야 언제나 항상 느끼고 있다.

그러나, 그럼에도 자신이 평소보다 더욱 신중하게 집중하는 것 같다는 생각이 들어서 괜히 짜증이 났다.

평소 같았어도 자신은 분명 와이어와 부적의 차이를 깨달았을 테니까.

빙글빙글 소용돌이치는 사고와는 달리 라라자의 손은 기계적으로 움직였다.

주문 부적을 떼고 또 숨을 돌린다. 신중하게 상자 안쪽에 떨어뜨린 뒤 뚜껑에 손을 가져간다.

"와라, 끝났다."

"가자, 열었대."

벨카난의 속 편한 목소리.

"안에 검이 들어있을지도 몰라."

가비지가 부러진 검을 붙든 채 벌떡 일어났다.

"Waf."

그리고 쫑쫑거리며 이쪽에 다가와서 빨리 열라며 라라자에게 으르렁거린다.

라라자는 개의치 않고 뚜껑을 열어 보물상자를 개봉했다.

"……."

"……."

상자의 내용물은 금화가 조금. 그리고 두루마리와 방금 전 떼어냈던 폭발하는 주문 부적.

"……내 탓은 아니라니까."

"yap!!"

라라자의 정강이에 세찬 발길질이 날아들었다.

§

"어머."

시스터 아이닛키는 눈이 휘둥그레져서 말했다.

"세상에!"

캔트 사원에 모험가가 방문하지 않는 날은 없다.

사자 소생. 잿더미의 부활. 기적을 탄원하며 기부금을 챙겨서, 시체를 짊어지고.

그렇다 해도 이알마스 일행을 두고 말한다면 마지막 부분만이 들어맞는다.

고작 네 명으로 하는 모험이다. 요컨대 두 사람 몫의 여유가 있다. 시체를 굳이 짊어지고 와도 거뜬하다.

—시체 운반자 이알마스.

의미에 약간 변경점은 있을지언정 대강 맞아떨어지는 남자는 신성한 전당에 시체를 내려놓으며 말했다.

"그 덕에 오늘은 한 명뿐이다."

"어쩐지……."

아름다운 은발의 엘프는 고개를 흔들거리며 기가 막히다는 듯이 숨을 내쉰다.

"그러시면 오늘은 가비지 님의 곁에서 따라다녀주시는 게 좋았을 텐데요."

"시체는 캣 로브의 상점에 볼일이 없잖나."

복사가 능청을 떠는 이알마스의 발밑에 놓인 시체 자루를 안쪽으로 가져간다.

이알마스가 말한 『한 명뿐』이라는 표현은 물론 시체가 하나라는 의미일 테지.

동료가 겪은 문제를 이유로 일찍 철수한 것은 개선되었다고 평가해야 할까…….

—평소와 마찬가지라고 해야겠죠…….

"이알마스 님은 더 바람직하게 산다는 말의 의미를 한번 곰곰이

고민해주세요."

"모험가가 착실한 삶의 방식이나 돈 버는 방법을 고민하기 시작했다면 은퇴하는 게 낫겠지."

"그런 뜻으로 드린 말씀이 아니에요."

이 수녀는 이알마스의 품행을 교정하는 것이 스스로의 사명이라고 생각하는 경향이 있다.

아이네는 기다란 귀를 뾰족거리면서 제 하얗고 아름다운 손가락을 이알마스에게 향했다.

"아무리 은둔자인 양 행세를 해도 혼자서 전부 감당하며 살아가지는 못하는 법이랍니다."

"그러니 여섯 명 파티를 채우려는 생각은 하고 있다만."

"그런 뜻으로 드린 말씀도 아니에요. 못살아, 정말."

아이네는 어린 여자애처럼 뺨을 볼록거리며 토라진 모습이다.

엘프와 드워프, 레아의 수명이 인간과 비슷하게 줄어든 지 오래였다. 그뿐 아니라 인간 이상의 미모를 지닌 이 수녀는 정말 외견보다 더 어릴지도 모른다.

이알마스는 그런 생각을 떠올리며 휙휙 손을 흔들고 변명을 입에 담았다.

"너무 타박하지 마라. 하나부터 열까지 내가 간섭하고 챙겨줘야 하면 의미가 없지 않겠나?"

"그야, 뭐, 그렇긴 한데요."

아이네는 떨떠름한 기색으로 이알마스의 변명을 인정해줬다.

억지에 가까운 말일지라도 타당한 이치가 하나 정도는 있는 법이다.

사람은 혼자서 살아갈 수 없는 생물이지만, 혼자서 걷지 못한다면 살아가는 의미가 없다.

"그럼 요청을 받는다면 꼭 성의껏 마음을 써주셔야 해요."

"내 나름이어도 괜찮다면."

"네, 물론이죠."

아무래도 시스터 아이닛키에게 만족스러운 대답이었나 보다.

위엄을 잔뜩 담아서 고개를 움직이더니, 문득 표정을 누그러뜨렸다.

설교는 이제 끝났다는 표시일 테지.

"그건 그렇고."

또 다른 화제를 이어 나간다.

"가비지 님의 검……. 부러져버렸나요."

"평범한 검은 한계를 맞이할 때가 되었으니까. 시기라면 시기라고 할 수 있겠군."

"정말 안타까워요. 무명의 검이 용살의 검으로 전해질 수도 있었을 텐데요."

아이닛키는 나직이 중얼거린 뒤 숨을 내쉬었다.

"하지만…… 용과 싸워서 끝내 용을 무찔렀으니 그 검은 무구로서 각별한 삶을 누렸군요."

어떠한 형태이든 안타까운 죽음은 곧 바람직한 삶의 증거다.

용과 맞선 업적은 확실하게 검의 수명을 단축시켰을 터이나 살아있는 이상은 수명은 줄어드는 법이다.

그 무기는 자신의 사명을 완수했으며 마지막 순간까지 주인에게 충실했다.

아이닛키는 손가락으로 성호를 긋고 이제는 세상을 떠난 검이 신의 도시로 올라간 것을 축복했다.

언젠가는 이알마스와 다른 사람도 그 뒤를 따라가기를 바라며 카도르토 신에게 진심을 다해 기도하며.

기도의 대상이 된 당사자는 묵묵히 수녀의 기도가 끝나기를 기다렸다가 이윽고 입을 열었다.

"다만, 무기가 없어서는 모험을 못 한다."

"그래서 캣 로브 님의 가게에 갔고요?"

"라라자와 벨카난을 데리고 말이지."

이알마스는 고개를 끄덕였다.

"무엇이든 있지 않겠나. 적어도 대체품으로 쓸 무기가."

"그건, 어려운 문제예요."

시스터 아이닛키는 상념에 잠겨서 아름다운 눈매를 내려뜨렸다.

달인은 무구를 가리지 않는다는 말을 하지만, 그렇다 해도 엄연히 한도가 있는 법이다.

지하 미궁이라는 곳은 사람의 지혜를 뛰어넘는 신화의 영역, 전설의 세계다.

외지에서 명검이라며 칭송받는 물건도 미궁에 들어가면 단순한

「검」에 불과하다.

전설의 괴물과 맞서 싸우려면 이쪽도 전설의 무구를 갖춰야 한다.

스스로의 몸 하나로 미궁을 주파하겠다는 생각은 오만이거나, 또는 더 황당한 무엇이거나.

모험 중 도움이 되는 장비에 굳이 취향을 적용할 만한 여유가 어디 있겠는가―.

―아무튼 간에.

취향을 따지지 않는다면 쓸만한 장비를 쉽게 확보할 수 있는가? 글쎄, 이것은 또 다른 문제다.

용살의 업적을 이룬 가비지에게 걸맞은 무구.

더구나 잃어버린 무구의 무게감이 아직 손바닥에 남아있는 데도 손에 맞아야 하니.

더욱 바람직한 삶, 더욱 바람직한 죽음은 대체가 되지 않는 법이다.

잃어버린 검에 버금가는 무구가 때마침 캣 로브의 상점 진열대에 있으면 좋겠다만…….

"어쨌든 필요한 것은 무기다. 극단적으로 말하면 갑옷은 아예 의미가 없는 경우도 있지."

이알마스는 상념의 바다에 잠긴 아이닛키와 마주하며 담담하게 말을 이었다.

아이닛키가 생각하기에 이 남자에게 장비는 딱히 대단한 의의를 갖지 못한다.

애착이라는 감정이 만약 이 남자에게도 있다면 그것은 분명 모험과 관련된 것뿐이리라.

"게다가 지하에 깊이 진입하면 적이 단단해지는 이상으로 이쪽도 알아서 단단해지니까 말이지."

"단단해지는 게 아니라 강해진다는 말이 맞겠죠? 뭐, 무엇이든 상관은 없지만요."

아이닛키는 이알마스의 헛소리를 한숨과 함께 흘려보냈다.

──못살아. 어휴, 진짜로.

조금은 개선되었다고 생각하면 변함이 없고, 달라진 부분도 있다.

이러니까 살아간다는 행위는 어렵고 흥미롭고 행복으로 가득 차 있는 것이 아니겠는가.

요컨대 한 걸음씩 앞으로 나아간다는 것.

기필코 이알마스를 마지막 죽음을 맞이하는 곳까지 인도해야만 한다.

시스터 아이닛키는 스스로의 사명을 거듭 되새기면서 「어쨌든 간에」라고 중얼거렸다.

"자신이 쓸 무기는 모름지기 스스로의 손으로 찾아내야 하는 법이죠."

그 빨간 머리 여자아이가 목표를 손에 거머쥘 수 있도록 지금은 신께 기도드리도록 하자──.

§

"yelp!!"

가비지가 진심으로 질색하는 표정을 짓고 손에 든 검을 내팽개
쳤다.

"까다로운 녀석이군. 카시나트의 검인데."

캣 로브는 계산대 위로 내던진 검을 보이지 않는 눈동자로 바라
본 뒤 침음했다.

―그렇다면 이건 상당히 좋은 명검인가 보군?

라라자는 어둑어둑한 상점 안 불빛에 비추어서 낡아빠진 검에
눈길을 준다.

훌륭한 검이다. 형태가 조금 독특한데 칼날은 잘 연마되어 날카
롭다. 하지만 저런 검은 비슷한 것들이 잔뜩 널렸다. 적어도 캣
로브의 상점에서는.

덧붙여서 모르는 단어가 하나 있었다.

라라자는 슬그머니 팔꿈치로 벨카난의 허리를 ― 옆구리는 높
았다 ― 가볍게 찌른 뒤 물었다.

"……카시나트가 뭐냐?"

"으음."

커다란 몸을 있는 힘껏 움츠리고 벨카난이 떠듬떠듬 속삭거렸다.

"옛날에 있던, 굉장한 대장장이…… 라고, 난 들었는데……."

"정확하지 않군, 그 설명은."

눈먼 엘프의 말에 벨카난이 「흐엑」이라며 소리를 냈다.

마치 장난치다가 들킨 어린아이 같은 반응이었으나 캣 로브는 개의치 않는다.

"대장장이, 일문, 혹은 공방이었다는 말도 있다. 고대의 명장이라는 말 하나는 맞다만."

무구— 특히 오래된 부류에 속한 이야기가 나오면 이 정체를 알 수 없는 가게 주인은 수다쟁이가 된다.

이알마스와 같은 족속이군. 라라자는 의구심 어린 시선으로 쳐다보면서 맞장구를 쳤다.

"결국 모르는 건가?"

"제작한 수가 많은 데다가 하나같이 명검인데, 단 한 자루도 같은 기능을 가진 무기가 없으니까 말이지."

캣 로브는 방금 막 가비지가 내던졌던 검을 들었다.

그것은 언뜻 보기에 평범한 검이었으나 기묘하게도 칼날 끝부분이 관을 쓴 것처럼 갈라져 있다.

이 검이 다른 무기와 다른 부분을 말해보라면 라라자도 말할 수 있는 소수의 특징 중 하나.

이어서 캣 로브는 칼자루를 쥐더니 가볍게 비틀어 보였다.

"예를 들어서 이러하다."

"woof……!"

곧장 칼날이 날카롭게 윙윙 소리를 내며 회전하기 시작했고, 가비지가 힘껏 얼굴을 찌푸렸다.

"······이게 뭐야?"

벨카난이 무심코 반문한 것은 당연한 반응이겠다. 라라자 또한 믿기지 않는 광경을 본 심정이었다.

칼날이 회전하고 있다. 맞닿은 것 전부를 찢어발길 기세로 맹렬하게.

그러나 캣 로브는 매우 진지한 표정으로 또 말했다.

"많은 전사들이 두려워하며 전율한 카시나트의 검이다."

―그야 무서워 덜덜 떨었을 테지.

라라자는 머릿속에서 거대한 괴물을 향해 회전하는 검을 휘두르며 달려드는 전사를 상상해봤다.

확실히 이런 칼날이라면 상대를 갈기갈기 찢어발길 수 있을 테지만······. 아니, 하지만, 음.

"······제대로 된 무기는 없냐."

"바보 녀석아. 이게 제대로 된 무기다."

"내 생각에는······ 저기."

벨카난이 자기 허리에 찬 용살의 검과 회전검을 노려보는 가비지^{믹서}에게 눈을 돌렸다.

"안 돌아가는 검이, 더 좋지 않을까."

§

"woooof······."

가비지는 불만에 차서 으르렁대며 자신이 짊어진 검을 짜증스럽게 돌아봤다.

결국 소녀가 선택한 것은 카시나트의 검.

명장 카시나트의 뛰어난 작품 중에서도 면도칼처럼 날카로운 외날 검.

무엇보다도— 회전하지 않는다.

"……까다로운 녀석이라니까."

스케일의 거리를 나란히 걸어가면서 라라자는 무심코 투덜거렸다.

그토록 이름 높은 도검을 잔뜩 구경했는데도 전부 다 불만이라잖은가.

지금까지 저 녀석이 휘둘러댔던 커다란 칼과는 아예 비교도 되지 않건마는.

"그치만, 자기가 쓸 무기니까……"

라라자의 머리 위에서 살짝 몸을 구부린 벨카난이 떠듬떠듬 중얼거린다.

소녀의 허리— 즉, 라라자의 옆쪽에는 용살의 검이 칼집에 들어간 채 흔들거리고 있었다.

그 칼집을 벨카난이 커다란 손바닥으로 살짝 어루만진다.

"나도, 마음은 조금 이해할 수…… 있거든."

"……이해가 안 된다는 소린 아니다."

라라자는 침음했다.

"그냥 좀 까다롭다고."

"뭐, 그거야, 응. ······응."

딱히 라라자 또한 도구에 가리지 않거나 달관한 달인의 영역에는 올라서지 못했다.

장비와 도구를 잘 골라야 겨우 최전선이니까. 혹은 도구와 장비를 선택할 수 있는 위치까지 다다랐다.

그런 사실이 무엇보다도 기쁘다.

새로 장만한 나이프도, 자물쇠 따기 도구도, 이알마스에게 받은 지도 주머니도······. 가슴이 자꾸 설렜다.

―얄밉지만 말이지.

장비를 선물 받고 기뻐하다니, 꼬맹이나 하는 짓 같아서 빨리 벗어나고 싶은 심정이다.

물론 이 또한 분에 넘치는 투정임은 잘 알았다.

과거의 처우를 회상하지 않기 위하여 라라자는 의식을 앞으로 밀어 보냈다.

눈앞에서 걷는 빨간 머리 여자아이의 뒤를 쫓으며 멍하니 생각한다.

망설임 없이 힘차게 나아가는 소녀. 그 뒤를 따르는 자신과 벨카난.

―우리는 마치 부하 같군.

아니지, 『나는』인가. 라라자는 가만히 정정했다.

용살의 영웅, 용조차 잡아먹지 못한 잔반.^{가비지}

저 녀석을 보는 사람들의 눈은 많이도 달라졌다.

41

지저분했던 노예 소녀는 이제 어엿한 모험가가 됐다.

그 활약상은 매일같이 도시 곳곳에서 화제가 되고, 모험의 진척 상황도 소문으로 퍼져 나간다.

벨카난 또한 마찬가지였다. 이 큼지막한 여자아이는 용살의 검을 들고 다니는 마술사다.

드래곤 슬레이어. 그렇게 불릴 때마다 흠칫흠칫 놀라며 몸을 움츠리기는 하지만.

물론 숨기에는 정말 어림도 없는 시늉이다. 라라자의 등 뒤로 돌아선들 어떤 의미가 있겠는가.

이렇듯 방패 역할을 하는 라라자는 과연 무엇일까······.

─심부름꾼 도적쯤 되나.

전설이나 서사시, 영웅담에서 용사와 함께 다니는 도적이 칭송받는 경우는 적다.

라라자는 자신이 이런 입장에 서게 되었다는 것이 어째서인지 유쾌하기도 했다.

고향을 뛰쳐나온 뒤 삐쩍 말랐던 꼬맹이에게는 이미 충분히 분에 넘치는 대우아니겠는가─.

"yap! yalp!!"

가비지가 시끄럽게 짖는다. 사색에 잠길 틈도 없구나.

빨리 오라는 표시였다. 의미가 통한다면 말은 필요치 않은 경우도 있다.

라라자는 걸음을 빨리하고 벨카난이 느릿느릿하게 뒤를 따랐다.

"······아, 맞다. 있잖아."

떠들썩하게 붐비는 길 한 가운데에서도 벨카난의 목소리가 머리 위에 내려앉으면 무척 잘 들린다.

쑥 고개를 들어 본 방향에서 풍만한 가슴 너머로 숨은 모양새의 금색 눈동자가 깜빡거렸다.

"······라라자, 군은. 누군가를 찾는다고····· 했지?"

"엉?"

"미궁에서······."

"아······."

—말을 안 했었던가.

뭐, 다들 똑같다.

이알마스의 내력도 가비지의 과거도 벨카난이라는 녀석도 자신은 알지 못한다.

머나먼 동방의 시골에서 왔고, 미궁에 들어갔고, 용을 만나서 죽었다.

그게 전부이며— 또한 동시에 그것으로 모든 것을 설명할 수는 없다.

소녀가 죽어서 재가 되어 사라졌을 때.

혹은 자신이 그리되었을 때.

모든 것을 이해하기는 불가능하더라도····· 조금이나마 남는 기억이 있어주면 좋겠다.

라라자는 가비지의 등에 매달린 검을 보면서 눈을 살짝 감았다.

"옛날에 내가 다른 파티에 있었다는 얘긴 했잖냐."

"아, 응."

벨카난은 끄덕끄덕 머리를 커다랗게 — 본인은 자그맣게 — 움직였다.

그리고 몹시 중요한 사실을 전하는 것처럼 「마구간에서……」라고 중얼거린다.

"그 패거리가 별로 품행이 좋은 곳은 아니었걸랑."

"악한 계율을 따른다는…… 뜻이야?"

"아니…… 뭐."

라라자는 말을 흐렸다.

계율이 선이냐 악이냐는 것은 결국에 이타적인지 이기적인지 정도의 차이다.

진정한 악은 짐을 옮겨주겠다고 말하며 길 한복판에서 노파를 내팽개치고 도둑질이나 하는 족속이다.

과거에 소속됐었던 클랜의 행적이 어떠했는지— 지금 와서는 대답이 안 나왔다.

"……그때 알았던, 동료가."

라라자는 입을 움직이면서도 주저했다.

"……죽었는데 말이야."

"……응."

"시체를, 내버려 두고 나왔거든."

그래서 찾는 중이다……. 라라자의 대답에 벨카난은 몹시 할 말이 많은 듯했다.

소녀는 몇 번인가 입을 열었다가 닫고 몇 가지 말을 되삼킨 뒤에 소곤소곤 말했다.

"……찾으면 좋겠다. 응, 나도 응원할게."

"……그래."

묘하게도 더 이상의 물음 없이 대화가 중단되었다.

벨카난은 조용히 있었고 라라자도 굳이 먼저 입을 열 이유는 없다.

얼마 뒤 벨카난이 불현듯 걸음걸이를 빨리하며 라라자의 곁을 지나쳐 앞질렀다.

검은색 땋은 머리카락과 몸을 흔들거리며 소녀가 향하는 곳은—

가비지의 옆.

"……alf."

뭐냐. 그렇게 쓰인 소녀의 불만에 찬 표정을 보고도 벨카난은 등을 구부려서 얼굴을 가까이 가져간다.

"가비지, 미궁에 가면 또 다른 검이 있을지도 몰라."

"growl……."

"응. ……그러니까 같이 찾아보자? 나도…… 도와줄게."

"alf."

대화가 과연 성립되고 있는지는 라라자도 알지 못했다.

다만 가비지가 위쪽을 올려다보고 벨카난이 몸을 굽힌 채 나란히 걷는 광경은 싫지 않았다.

—그래, 터크 스님한테 상담해볼까.

세즈말의 파티에 말을 붙이는 게 아직껏 부담감은 크나 그 사제라면 이야기를 잘 들어줄 것 같았다.

뭐, 미궁 안에는 보물이 넘쳐나지 않는가. 저 녀석이 좋아할 만한 검이 있을지도 모른다.

붉은 용도 해치웠다. 시체 찾기에 검 찾기가 더해져봤자 새삼스럽게 뭐가 달라지랴.

그렇게 생각하니 문득 발걸음도 가벼워졌기에 라라자는 두 소녀의 뒤를 쫓아서 나아갔다.

§

"인마, 빨리 좀 해라."

"……시끄러워. 알아서…… 할 거야."

머리를 쿡쿡 찌르는 터라 소녀는 따끔따끔한 손가락으로 제게 던져준 보물을 손에 들었다.

몹시 춥다.

지하 미궁의 1층. 수많은 모험가가 모인 그곳은 자그만 거리 같았으나 역시 미궁이었다.

석제 바닥과 벽. 대강 모포를 깔아 놓기는 했어도 냉기가 스며들어서 몸을 해친다.

고향의 따뜻한 **움집**이 몹시 그리웠다. 부모님은 지금쯤 차를 마시고 있을까.

이곳은— 미궁은 역시 사람이 살 만한 영역은 아니었다.

그러나, 그럼에도 소녀가 살아갈 곳은 이미 이 장소밖에 남지 않았다.

소녀…… 소녀는 단 하나만 남은 흐릿하고 탁한 눈동자에 가득 힘주며 재보에 손을 가져다 댔다.

신의 기적은 만능일지라도 모든 자에게 평등하게 주어지지는 않는다.

화살에 꿰뚫렸던 한쪽 눈은 붕대에 가려졌다. 누더기 같은 옷 안쪽도 비슷한 상태다.

저주받은 물건에 섣불리 손대면 그 저주는 몸을 좀먹는다.

—추워.

욱신욱신 쑤시는 갖은 상처는 분명 열기를 발하고 있는데도 오장육부가 뼈저리게 시리다.

이것이 죽음의 감촉임을 소녀는 알고 있었다. 과거에 했던 경험이기 때문이다.

캔트 사원의 사제는 죽음을 행복이라고 말할 것 같다만, 소녀는 도저히 그 말을 받아들일 수 없었다.

—아, 하지만.

죽는다면 이 저주도 상처도 전부 다 완전히 사라져버리는 걸까.

그런 달콤한 속삭임이 뇌리에 스칠 때마다 소녀는 이를 악물고 입술을 꽉 깨물었다.

그렇다 해도— 반골의 마음은 먼 옛날에 이미 꺾여버렸다만.

검의 — 그래, 검이다 — 칼날에 손을 가져다 대서 더듬고 쓰다
듬는다.

진저리가 날 만큼 만지작댔다. 이미 익숙해졌다. 가느다란 찰과
상이 몹시 아팠다.

"……유감이지만."

소녀는 가는 목소리로 말했다.

"이건 카시나트의 검이 아니야."

불현듯 충격이 소녀의 뺨에 덮쳐들었다.

아픔보다도 먼저 백색이 의식을 온통 뒤덮었고, 소녀는 위험한
각도로 목을 꺾은 채 돌바닥에 털썩 쓰러졌다.

뺨이 돌에 부딪치는 둔탁한 소리. 머리가— 의식이 어질어질 흔
들린다.

뺨에 치솟는 타오르는 듯한 통증은 그다음이었다.

"……내 ……탓, 이…… 아니…… 잖, 아……."

혀가 꼬부라졌다. 술을 강제로 입에 넣었을 때처럼 말이 잘 나
오지 않았다.

"아니, 너 때문이다."

남자는 비웃었다.

"내 기분이 상했잖냐."

소녀의 한쪽 눈을 감싼 붕대의 위쪽에 침이 떨어졌다. .

얼굴에 맞은 것보다 더 싫었다. 붕대에 스며들어서 눈부터 몸
안쪽까지 유린당하는 기분이 들었다.

다만 그조차도— 이제 와서는 새삼스러운 감상이었다만.

"……으, 아."

일으키고자 했던 머리를 남자가 부츠로 또 짓밟는다.

핀에 찔려서 고정된 빈사의 벌레처럼 손발을 바동거리지만, 그것은 병적인 경련에 가까웠다.

딱 하나 자유롭게 움직여지는 것은 자신에게 남은 눈 하나뿐.

"……거참, 마음에 안 드는군. 아주 괘씸한 애새끼야…….."

따라서 레아 소녀는 목격할 수 있었다. 흐릿하고 탁한 눈동자로.

흑의의 남자와 소녀들에게 둘러싸인 채 걸어가는— 소년의 모습을.

제 2 장
골든 키

"여어, 라라자."

불쑥 상스러운 목소리가 들려왔을 때 라라자는 주점에서 보리죽을 먹고 있었다.

이알마스와 가비지, 벨카난은 이곳에 없다— 언제나 몰려다니며 행동하는 사이는 아니니까.

라라자는 잔반과 마술사 소녀가 모험을 안 하는 날에 무엇으로 시간을 보내는지 알지 못한다.

다만 이알마스는 주점의 한쪽 구석에서 딱히 무엇을 하지도 않고 가만히 앉아 있을 것 같다만…….

따라서, 이 마주침 자체를 방심이라 평하는 것은 가혹하겠다.

방심했던 부분을 굳이 지적하자면 과거가 뒤쫓아올 가능성을 잊어버렸다는 데 있다.

"뭐…….."

라라자는 존댓말로 대답할 뻔했으나 도로 삼켰다.

"……뭔데."

라라자의 눈앞에는 곰처럼 근육이 가득한 덩치 큰 전사가 비열하게 웃고 있었다.

낯익은 얼굴이었다. 말을 주고받은 횟수는 몇 번뿐. 얻어맞은 횟수는 차마 다 헤아릴 수 없다.

"클랜의 대장한테 무슨 말버릇이냐. 용살자 나리가 되셨더라고? 아주 대단해지셨군. 라라자 선생이라 불러드릴까?"

남자의 이름은 게르츠.

등에 대검을 짊어진 저 인물은 다른 시대에서 태어났다면, 즉, 《미궁》이 없는 세상이었다면 강도단의 두목을 맡았을 법한 남자다.

다만 세상의 많은 사람들에게 운이 좋게도 게르츠는 본인의 직업을 모험가로 결정지었나 보다.

죽이고 빼앗는 대상은 무고한 민초가 아닌 미궁의 괴물— 아울러 어리석은 무명의 모험가들.

"……큭."

라라자는 살짝 몸이 굳어지는 감각을 느끼며 꾹 견뎠다. 깊이 배어든 반사적인 반응에 불과하다.

머릿속에서는 분명히 안다. 이따위 남자보다 드래곤이 훨씬 더 무섭다는 사실 정도는.

설마 자신을 찾아다닐 리 없다고 생각했었다. 이미 잊어버렸을 테니까. 굳이 기억할 가치도 없는 멍청한 꼬마 취급이었을 테니까.

따라서— 안심했었는지도 모르겠다. 긴장을 풀고 다녔던 것일까.

이렇듯 이 남자가 엄니를 드러내며 웃음을 짓고 자신의 앞에 나타나다니.

게르츠는 근육과 장비의 무게로 의자가 비명을 지르게 하며 라라자의 맞은편 자리에 걸터앉았다.

"……이제 나한테 볼일은 없잖냐."

그렇게 라라자는 최대한 날 세운 목소리로 쏘아붙였다.

"오오, 태도가 많이 바뀌셨군. 본받고 싶은 마음일세, 라라자 선생."

—뭔가 심상치 않다.

차차 명확해지기 시작한 라라자의 사고에 처음 떠오른 생각이었다.

지난 행적을 따져 보복하겠다며 폭력적으로 시비를 걸었다면 이해할 수 있다.

혹은 자신들과의 관계를 개선해서 단물을 빨아먹고자 하는 태도여도 이해할 수 있겠다.

하지만— 이렇게 히죽거리며 말을 붙이고 은근하게 악의가 배어난다는 것은…….

"……무슨 수작을 부리는 거냐."

무의식중에 라라자는 다리에 힘을 넣어서 경계하며 주점 내부로 쭉 시선을 보냈다.

포위당하지는 않았나. 묘실에 돌입할 때 적의 위치를 찾는 것처럼 색적을 수행한다.

지상에서 모험가끼리 싸우는 행위는 불문율로서 금지되어 있다.

또한 동시에 발각당하지만 않는다면 괜찮다는 의미이기도 하다.

물론 라라자는 굳이 과거에 자신이 당한 부조리한 대우를 시끄럽게 떠들 생각은 없었다.

그쯤이야 《스케일》에서는 평범한 일이니까.

오히려 안 죽여줘서 감사하다고 말해도 될 정도이니— 비록 인정하고 싶지는 않을지언정.

"수작은 무슨, 남들이 오해하겠군. 모험가는 서로서로 돕는 거

아닌가?"

"빠져나갔다고 불만이 있다면 딴소리 마라. 너희가 쫓아냈잖냐……."

"네가 용까지 죽일 인재라는 걸 알았다면. 제길, 후회되는군? 하필 이알마스한테 빌붙어 다닐 줄이야……."

—한 명뿐인가?

물론 눈앞의 한 명이 가장 큰 위협이었다.

게르츠를 외형만 보고 단순한 무뢰한— 노상강도나 불량배의 두목이라고 생각해서는 안 된다.

의리, 인정이 아닌 사리사욕으로 움직이는 『악한』 모험가 녀석들을 휘어잡아 부리고 있다는 단순한 사실.

게르츠를 쳐서 하극상을 노리는 것은 터무니없는 위험이 뒤따른다는 인식을 모두가 가지고 있기 때문에 가능한 것이다.

드래곤보다 약하다. 겁먹을 필요는 없다. 두 명제는 이 녀석이 일격에 자신을 죽일 수 있다는 사실과 모순되지 않는다.

만약 이 남자가 주위 사람들에게 개의치 않고 대검을 뽑아 휘두른다면 자신은 죽을 것이다.

—죽나? 진짜로?

집중력의 승부다. 라라자는 생각했다. 간발의 차이로 살아남거나 혹은 죽거나.

따라서 저 녀석의 커다란 손바닥이 흔들리는 광경이 몹시 신경에 거슬렸다.

"시체 운반자에 잔반, 커다란 여자. 잘 봐줘도 너는 짐꾼 비슷한 입장일 테고?"

"……."

"그렇게 노려보지 마라. 농담이다, 농담."

뻔한 도발임은 잘 알아도 라라자는 몹시 짜증이 나는 스스로를 미처 억제할 수 없었다.

마음대로 떠들게 놔두라는 이성과 한 대 때려서 갚아주고 싶다는 감정.

어째서 자신은 단지 묵묵히 인내해야만 하는가?

보리죽을 퍼서 옮기던 숟가락의 움직임은 한참 전부터 멈춰버렸다.

"그래서 무슨 볼일이냐니까."

"별거 아니다. 라라자 선생한테 꼭 부탁하고 싶은 게 있어서."

"……."

"너 같은 실력자를 또 소모품으로 쓰다가 잃는 건 아까우니 우리도 선별을 할 생각이다."

"……알아서 하면 되잖냐."

"《황금 열쇠》라고 들어봤나?"

게르츠는 라라자의 말을 무시한 채 입을 열었다.

철판처럼 두꺼운 손바닥을 탁상에 올려 비비다가 히쭉 입술을 비뚤어뜨린다.

"지하 2층에 있다는 보물인데 말이지. ……아주 재미있게 한번 손에 넣어도…… 다시 또 나타난다더군."

"……다른 보물도 마찬가지잖아."

"좀 달라, 이 녀석은."

게르츠는 또 말했다.

"반드시 같은 장소에서 나타난다더군."

"그게 뭔—."

흥미 없다고 말한다면 거짓말이 된다. 라라자는 조금이라도 귀를 기울인 제 행동을 후회했다.

"신입한테 그 열쇠를 갖고 오도록 시키는 거다. 성공 여부로 싹수를 판단하는 거지."

라라자의 반응을 본 게르츠는 손맛을 느낀 낚시꾼처럼 눈웃음을 짓고 말했다.

"그 전에 시험 삼아서……. 《황금 열쇠》를 가져와줄 수 있겠나? 라라자 선생 혼자서. 어때?"

"……."

들어줄 이유 따위는 티끌만큼도 없다. 목적은 알 수 없으나 안 좋은 꿍꿍이가 있음은 분명하니까.

다만 미지의 보물에 흥미가 없다 말한다면— 거짓말이 된다.

잔반 녀석이 마침 칼을 망가뜨린 참이다. 벨카난이라는 동료도 더해졌다.

이알마스도 시스터 아이네도 변제를 재촉하지는 않으나 빚지고 사는 처지는 볼품없잖은가.

게다가 무엇보다도— 눈앞에 있는 이 녀석에게, 옛 혈맹의 패거리[클랜]에게 한 방 먹여줄 수 있지 않을까?

그 매력적인 제안은 라라자의 마음을 몹시 자극했다. 라라자는 신음하듯이 말했다.

"……나한테 이득이 없잖냐."

"너, 레아 계집을 찾아다닌다지?"

게르츠는 낚싯대를 잡아당겼다.

"보물과 맞바꾸는 조건으로 가르쳐주마."

§

"……그래서 수락했던 건가."

"맞아……."

결국 라라자가 자신의 선택을 이알마스에게 알린 시기는 탐색의 도중이었다.

몇 시간 이후인지, 다음 날인지도 알 수 없다. 미궁 안에서는 시간 감각이 무척 애매해지니까.

돌벽과 돌바닥과 묘실이 끝없이 이어지는 공간에서 얼마나 긴 시간을 돌아다녔을까?

탐색 짬짬이, 불현듯 말이 새어 나오기에는— 충분히 넘칠 만큼 정신의 해이함을 불러온다.

―긴장이 꽤 풀어졌군.

그것을 좋다고도 나쁘다고도 말하지 않고 이알마스는 단지 가만히 사실로서 받아들였다.

"woof……!"

"와, 와앗……!"

또한 시선의 저편에서는 둥실둥실 떠다니는 곰팡이 포자와 비슷한 구체 무리에 맞서 두 명의 소녀가 싸우고 있다.

"arf……?!"

가비지는 손에 든 명검 카시나트의 감촉에 아무래도 불만이 가득한가 보다.

가볍기 때문인가, 너무 예리하기 때문인가. 전에 쓴 쇳덩이 칼과 비교해서 폭이 가느다란 검인지라 반대로 휘둘리고 있는 느낌이 든다.

아마 기세를 너무 과하게 붙는 탓이라고 이알마스는 판단했다. 제대로 된 검술을 배우지 않은 까닭이다.

검술 같은 바깥의 기예가 미궁 속 괴물 상대로 무슨 쓸모가 있을까.

미궁에서 싸우는 방법, 괴물과 싸우는 방법은 미궁을 직접 탐색하지 않는 한 습득할 수 없다.

"흐읏……! 나, 나…… 너무, 힘들…… 힘들어엇……!!"

따라서 이알마스는 헉헉대며 죽기살기로 검을 휘두르는 벨카난에게도 검술을 따로 가르치지는 않았다.

출렁출렁 가슴을 흔들어 대며 용살의 마검을 휘둘러 대는 모습은 단적으로 말해서 우스꽝스럽기 짝이 없었다.

그러나, 그럼에도 살아남기 위해서는 이렇듯 쌓아 나가는 방법밖에 없다.

지금은 일단 체력과 끈기, 요컨대 집중력^{HP}을 끌어올리는 것이 먼저이니—.

—아무튼 퍼즈볼을 상대하는 건 귀찮으니까 말이지.

다만 연습용으로 쓰기에는 제격이다. 왜냐하면 이 괴물은 떠다니거나 불어나는 것 이외는 능력이 없기 때문이기에.

무기에 익숙지 않은 전사와 서툴게 검을 휘두르는 마술사에게는 이보다 좋은 상대가 없을 것이다.

벨카난이 우는소리를 늘어놓고 있는 동안에도 둥실둥실 어딘가에서 또 솟아난다.

"자, 어서. 끝내려면 전멸시켜야 한다."

"으아아아앙······!"

"spiiiiit!!"

이알마스는 짜증스럽게 검을 휘둘러 대는 가비지를 바라보며 지루함으로부터 새어 나오는 하품을 꾹 눌러 삼켰다.

"······."

라라자는 고민했다.

"가능할 거라 생각하냐?"

"음?"

"나 혼자서······."

61

"목적에 따라 다르겠군."

이알마스는 라라자가 작게 입 밖에 꺼낸 물음을 듣고서 역시 작은 목소리로 답했다.

전투가 끝날 때까지 도적은 할 일이 없다. 사색에 잠긴 모습을 보건대 머릿속에서 복잡하게 고민하고 있나 보다.

조언을 구하는 사람에게 잠시 시간을 주는 것에 이알마스도 딱히 인색하지는 않았다.

"묘실을 닥치는 대로 전부 뒤지고, 괴물을 전부 상대하고, 보물상자를 전부 열면서 나아가겠다면 이렇게 된다."

부츠의 끝부분으로 발밑에 대충 내려놓은 시체 자루를 가볍게 찬다. 오늘의 성과였다.

낮은 계층이라고 방심해서일까, 혹은 폭탄을 잘못 건드렸을까. 우연이 겹겹이 쌓여 목숨을 잃은 모험가가 여섯 명.

시체들을 둘씩 지상으로 옮겨야 하니— 왕복만 세 번이다. 귀찮지만 어쩔 수 없는 일이었다.

이것이 손쉽게 해치울 수 있는 작업이라면 시체 회수로 품삯을 받아 지내는 것은 어림없지 않겠는가.

"다만 묘실을 피하고, 함정을 피하고, 보물상자를 피하고, 괴물을 피하고, 단 하나의 목표만을 노리겠다면……."

"……가능한 건가."

"보장은 못 해도 말이지."

모험에서 무엇을 장담할 수 있겠는가. 여태껏 이알마스는 단 하나도 해당되는 예를 알지 못했다.

지하 1층, 2층이니까 안심하고 혼자 다닐 수 있다면 미궁은 밤의 거리보다 훨씬 더 안전할 테다.

"뭐……. 해도 된다거나, 때려치라거나. 따로 할 말은 없냐."

은근히 불평을 내비치며 이쪽의 낯빛을 살피고 꺼낸 물음이었다.

이알마스는 「하든 말든 상관없다」라고 대답했다.

"다만 도적이 없다면 보물상자를 못 열지 않나. 귀찮긴 하지."

"……죽으면 난감하냐?"

"귀찮긴 하군."

이알마스는 반복했다. 어울리는 기량과 계율, 사고방식을 가진, 새 도적을 찾아야 한다고. 상당히 번거로울 것이다.

따라서 나지막하게 웃고 이렇게 덧붙였다.

"안심해라. 시체는 회수해주마."

"……안심이 안 되는데."

라라자도 대꾸한 뒤 웃었다.

"라라자…… 군. 끝났어……!"

벨카난의 몹시도 지쳐 늘어지는 목소리. 라라자는 얼굴을 올렸다.

겨우 퍼즈볼을 전멸시켰으리라. 땀투성이로 거의 울상을 지은 몰골이다.

그리고 보물상자 옆쪽에서는 가비지가 시끄럽게 짖고 있었다.

"빨리 안 가면 또 걷어차일 거다."

"빨리 가봤자 걷어차잖냐, 저 바보는."

"맞는 말이군."

라라자는 경쾌한 걸음걸이로 소녀들— 보물상자가 있는 곳으로 달려 나갔다.

곧이어 개봉 작업을 하는 소리와 가비지가 우짖는 소리, 라라자의 고함소리, 벨카난이 허둥거리는 목소리도 울려퍼질 것이다.

평소와 같은— 파티의 일상이 된 광경이다.

"그나저나, 《황금 열쇠》인가."

그런 모습을 지켜보면서 이알마스는 턱을 쓰다듬었다. 마음에 걸리는 점이 있다면 한 가지.

"……특별히 가치가 있는 물건이었던가, 그것이."

§

"……괜찮아?"

벨카난은 미궁 입구에서 주뻣거리는 태도를 최대한 숨기려 하며 라라자의 얼굴을 봤다.

소녀에게 이렇듯 살짝 들여다보는 동작은 느릿하게 몸을 굽혀서 얼굴을 가까이 가져가는 행위가 된다.

미궁 입구에서 이런 자세를 취하면 다른 모험가들의 시선도 꽂히기 마련이었다.

"……그래."

그에 더하여 라라자의 뾰족한 목소리에 벨카난은 또 주뻣거리며 시선이 흔들거렸다.

—괜찮냐는 건 표현이 조금 나빴던 걸까…….

이래서는 마치 라라자 혼자서는 무리라고 말하는 것 같지 않은가.

벨카난이 가장 신뢰할 수 있는 모험가를 꼽자면 선배이자 동료인 라라자 한 명뿐인데.

"뭐, 이알마스가 장담해줬잖냐. 2층까지 조용히 다니기만 하면 어떻게든 될 거다."

"응……."

"실패했을 때는…… 뭐, 부탁 좀 하자."

"으, 응. ……내가, 꼭 찾아줄게……!"

"어, 별로 기쁘진 않네."

라라자가 어색하게 웃음을 터뜨리자 벨카난은 커다란 몸을 또다시 힘껏 움츠러뜨렸다.

역시 마음이 불편하다. 물론 겁 많고 이래저래 신경 쓰는 것은 소녀 본인의 천성이었다만.

……걱정하는, 걸까.

물론 염려가 된다.

이알마스 하나만 보고 착각하면 안 된다. 본래 미궁 단독 진입은 제정신으로 할 짓이 아니다.

심지어 여섯 영웅^{올스타즈} 또한 혼자서 지하에 가는 미련한 행동은 하지 않는다.

다만 그 이외에도 자꾸 찝찝하게 가슴속에 응어리지는 것이 있었다.

돌이켜 생각하면— 라라자가 예전 클랜과 얽혀 미궁에 간다는 말을 들었을 때부터 줄곧 이랬다.

이 소년과 떨어져서 모험을 한 경험이 없기 때문일까?

그러다가 문득 자기 생각만 하는구나 싶어서 벨카난은 조금 낙담했다.

무엇보다 이제 곧 위험한 곳에 몸을 던져야 하는 소년 앞에서 떠올릴 만한 생각은 아니었기에.

"그, 그럼, 나……. 라라자 군을, 응원할게."

"그래, 훨씬 마음에 든다."

결국 벨카난이 찝찝한 마음에 눈을 감고 말하자 라라자는 히죽 웃어주었다.

그제야 벨카난도 숨을 내쉬고 다시 또 허둥거리며 애용하는 가방에 손을 집어넣었다.

먼저 꺼내 든 것은 자그마한 — 벨카난이 봤을 때 — 천 꾸러미.

"으음, 먼저…… 자, 도시락이야. 두르가의 주점에 부탁해서 만들어 왔어."

"오, 고맙다."

"물주머니. 이게 물이고, 묽힌 찻물이고…… 이게 수프래."

"……넌 술은 안 마시니까. 알겠다."

"수프는 빨리 먹는 게 좋아. 그리고…… 이게 회복용 물약, 마비 회복약이고."

"……괜찮은 거냐."

"응."

벨카난은 고개를 끄덕거렸다.

"내가 말했잖아. 응원하겠다고. 그리고 또……."

"더 있는 거냐."

"후후."

벨카난은 흐뭇하게 미소 지었다.

소녀의 가방은 그 커다란 몸에 비교하면 자그마했으나 절대적인 부피는 상당히 컸다.

벨카의 가방에든 뭐든 다 들어가는구나.

할머니는 그렇게 말하며 부드럽게 미소를 지어주고는 했다.

벨카난은 할머님이 만들어준 가방은 마법의 가방이라고 오래도록 믿어왔다.

따라서 라라자가 이렇듯 놀라준다는 게 기뻐서 가슴을 살짝 젖혔다.

물론 주위의 사람들이 보기에는 굉장히 자랑스러워하는 모습으로 보일 터이나…….

"그리고 이게 《카티노》 두루마리, 《할리토》 두루마리야. 내가 열심히 베껴 썼어."

이알마스에게 배웠고 또한 제작하는 데 상당히 비싼 값을 치러야 했지만.

아무튼 합계로 금화 천 닢이다. 물약도 꽤 비쌌지만, 자릿수가 달랐다.

용 퇴치로 벌었던 돈이 남아있어서 다행이라며 자신의 가난뱅이 기질에 감사했을 정도다.

스케일에 마술사가 많이 있어도 주문 두루마리를 만드는 사람이 거의 없는 이유도 이해가 된다.

수고로움과 이익이 걸맞지 않기 때문에— 다만 벨카난에게는 충분히 이익이 되어주었지만.

"……괜찮은 거냐."

두 번째 물음. 벨카난은 다시 한번 「응」이라며 고개를 끄덕거리고 대답했다.

"탐색은 혼자서 해도 미리 도움을 받거나 준비하면 안 된다는 조건은 없었잖아."

"……."

"……앗, 혹시. 시, 싫었, 어……?"

커다랗게 부풀었던 풍선이 금세 쪼그라들었다. 벨카난은 또 몸을 작게 구부린다.

받아든 갖가지 물품을 바라본 라라자는 곧 천천히 고개를 좌우로 흔들었다.

"아니, 놀라서. ……고맙다. 벨카— 벨카난."

"으, 응."

—그냥 벨카도 괜찮은데.

이 말은 도저히 입 밖으로 꺼낼 수 없었다만.

"아, 맞다. 하나 더 있어."

따라서 속마음을 숨기려는 듯이 벨카난은 가방 깊숙한 곳에 손을 넣었다.

꺼낸 물건은 작은 가죽 주머니이고, 내용물이 무엇인지는 소녀 본인도 잘 알지 못했다만.

"이알마스 씨가, 선물이래."

"그 자식이?"

라라자는 얼굴을 찌푸렸다.

"수상쩍은데……."

"……그런가?"

벨카난은 고개를 갸웃거렸다.

"생각이 지나친 것 같은데……."

"너, 조만간에 사기당할 것 같군……."

손에 받아 든 라라자는 망설임 없이 묘하게 가벼운 자루 주둥이를 열었다.

손바닥 위에 거꾸로 올려 흔들자 굴러떨어진 것은 금화가 한 닢, 낚싯줄이 한 묶음.

"……약 올리나."

라라자는 얼굴을 잔뜩 찌푸리고 두 물건을 쥐어서 팔을 치켜들었다가 결국 주머니에 쑤셔 넣었다.

"……보석의 반지 정도는 내놓으라고 전해줘라."

"엥, 내, 내가?"

벨카난은 눈을 깜빡거렸다.

"라라자 군이 직접 말해."

"아⋯⋯."

라라자는 하늘을— 흐리고 탁한 스케일의 하늘을 올려다본 뒤에 거하게 숨을 내뱉었다.

"그러게, 그래야지. 그냥 나중에 두고 보자는 말만 전해줘라."

"⋯⋯응, 알았어."

응, 이러는 게 맞아. 라라자가 무사히 돌아와서 스스로 전하는 게 좋아.

벨카난은 그 광경을 상상하니 자연스럽게 미소가 지어졌다.

소년의 주검을 찾고 자루에 담아 운반하는 광경하고는 비교도 안 되잖은가.

그러고 나서 라라자는 불어난 물품을 챙겨 휴대하는 데 살짝 고생했다.

벨카난도 서툰 손놀림으로 채비를 도와주었고, 얼마 뒤 겨우 출발 준비가 갖춰졌다.

드디어 라라자가 미궁에 걸음을 들여놓는 단계에 이르렀을 때, 벨카난은 심호흡을 했다.

이때 무엇을 말해야 할지는 오늘 아침부터 쭉 고민한 끝에 결정했었다.

"⋯⋯힘내."

"그래."

마지막으로 라라자는 짤막하게 대답한 뒤 가볍게 손바닥을 휙 휙 흔들었다.

이어서 마치 산책이라도 가는 것처럼 가뿐하게 미궁의 어둠 속 으로 사라져 간다.

벨카난은 그 뒷모습을 보이지 않게 될 때까지 지켜봤다.

보이지 않게 되고도 제자리에서 우두커니 서 있었다.

§

"······망할 자식."

미궁 지하 1층, 모험가들이 잔뜩 모여든 구획을 라라자는 빠른 걸음으로 지나쳤다.

계율이 다른 모험가와 파티를 구하려는 부류 및 치료나 감정을 생업으로 하는 인물들.

그런 녀석들에게 볼일은 없는 데다가— 분명하게 말해서 안중 에도 없었다.

이제 소년은 참으로 기쁘게도 비록 목적은 불쾌할지언정 자기 자신의 모험으로 벅찬 입장이니까.

과거와는 매우 큰 차이다. 그래서 걸음이 자꾸 빨라진다. 이곳 에서 빠져나왔으니까.

그럼에도 불구하고 소년이 쓰디쓰게 말을 내뱉는 이유는 물론 손안의 낚싯줄과 금화였다.

주머니 속이 아니다.

어쩐지 훤히 간파당한 것 같아서 라라자의 마음에는 불만이 가득했다.

"저건 예비품이다, 예비품……."

괜히 변명처럼 중얼거린 뒤 라라자는 이미 실을 묶어둔 금화를 미궁 바닥에 던졌다.

금화는 돌바닥 위를 튕겨서 굴러가다가 얼마 뒤 엎어진다. 라라자는 실을 잡아당겼다.

—여기는 괜찮나 보군.

거듭 왕복한 미궁 1층이다. 함정이 없다는 것은 잘 안다. ……아니.

—지금까지는 함정이 없었다는 의미다.

앞서 겪었던 사건 이래로 라라자는 지도도 몸소 걸어서 익힌 기억도 신용하지 않는다.

이 미궁에는 구조를 뒤바꾸는 힘을 보유한 무엇인가가 있으니까.

그리고 자신이 원하는 바는 아니었을지언정 몸소 관여하기도 했다. 조심해서 나쁠 게 없다.

게다가 지금껏 걸어왔던 타일이 단지 우연히 안전했기 때문이었다면 어쩌겠는가.

아주 살짝 걸음걸이가 어긋난 탓에 함정에 걸리는 꼴은 절대로 사절이다.

미궁 안 탐색에서 시간은— 소비되는 자원이 아니다.

자신의 생명, 정신, 집중력과 비교하면 시간은 아무리 넉넉하게 써도 아깝지 않다.

……이게 이알마스의 방식이지.

그 남자에게 배웠던 가르침을 곧이곧대로 받아들일 생각은 없다.

다만 어쨌든 간에…… 쓸모 있겠다는 생각이 드는 방법이라면 적극 흉내를 낼 작정이었다.

과거의…… 가증스러운 옛 클랜의 『보물상자 담당』이었던 시절과 마찬가지다.

다른 녀석이 시도하다가 죽은 방법은 피하고, 어찌어찌 살아남은 방법을 흉내낸다.

선배의 발자취에 자기 신발을 겹쳐서 딛는 격이다. 안심감은 쌓아 나가서 손에 넣어야 한다.

물론 반드시 안전하기만 한 길은 아니지만―.

"……절대 안전을 보장받아야만 나아갈 수 있다면 미궁에서 발을 빼야지."

라라자는 자기 자신에게 말을 들려준 뒤 다시 신중하게 한 걸음씩 어둠 속에서 나아갔다.

사실을 지적하자면.

라라자가 혼자서 지하 미궁에 들어간 것은 엄밀하게 말하면 처음이 아니다.

과거에 소년은 악마의 돌을 손에 들고서 미궁에 진입한 뒤 이알마스와 가비지를 기습했었다.

이알마스는 그때 근성이 제법 괜찮다고 말해주었으나 실상은 조금 다르다.

결국 자신은 수상쩍은 술법에 걸려서 앞뒤 분간을 못할 만큼 정신이 흐트러졌던 것에 불과하다.

그런 게 아니었다면 당시의 라라자에게 감히 혼자서 미궁에 들어갈 만한 용기는 없었을 테지.

하지만—.

—나는 근성이 제법 괜찮은 놈이야.

어쨌거나 역시 『그때』가 이상했을 뿐, 『지금』과는 관계가 없다.

지금 라라자는 조심스럽게 주위를 살피면서 지하 미궁을 혼자 걸어가고 있다.

만약 인간을 역량으로 가늠한다면 라라자의 역량이 분명 올라갔다는 증거일 테지.

"……아무튼, 《황금 열쇠》를 찾는다."

지도를 펼쳐서 현재 위치를 — 물론 아직은 지하 1층이다 — 확인하고 목적을 중얼거렸다.

딱히 누군가가 듣는 것은 아니지만 묘하게 자꾸 입에서 말이 흘러나온다.

여럿이서 하는 탐색에 많이 익숙해져버렸기 때문인가?

아니면 불안을 외면하기 위해? 혹은 확인 작업에 쓸모 있다는 생각이 들어서인가?

라라자는 잠시 고민한 뒤 어찌 되었든 뭔 상관이냐며 생각 자체를 내팽개쳤다.

이유가 무엇이든 간에 불쾌하지는 않다. 신경 써야할 문제가 달리 많았다.

"그 녀석들에게 듣기론 지하 2층에 있다고 했었지⋯⋯."

통과해야 할 경로를 지도 위에 손가락을 그어서 더듬어본다.

지하 1층부터 지하 2층까지는 다행히 묘실을 통과하지 않아도 계단까지 이동할 수 있다.

이것은 매우 중요한 요소였다.

묘실을 통과한다는 것은 필연적으로 그곳을 지키는 괴물과 싸워야 하는 것을 의미한다.

도적 혼자서는 ― 설령 상대가 오크나 버블리 슬라임이더라도 ― 위태롭다.

『만약 묘실을 꼭 지나가야 하는 상황이라면 다른 모험가가 이미 지나간 묘실만 골라 들어가라.』

이 말은 단독 탐색을 앞둔 라라자에게 이알마스가 해준 몇 안 되는 조언 중 하나였다.

묘실을 수호하는 괴물은 한번 쓰러지면 당일에는 다시 나타나지 않는다.

그것이 미궁을 지배하는 소환 관계의 제약 때문인지 배회하는 괴물이 시체의 냄새를 싫어하기 때문인지는 알지 못한다.

다만 실제로 이 같은 법칙이 작용한다. 매우 중요한 지식 중 하나였다.

그런 의미에서 문제는⋯⋯ 지하 2층이다.

분명 의뢰인에게 들었던 설명에서 예의 《황금 열쇠》가 있는 곳은 묘실이니까.

그러니 보물상자 안에서 《황금 열쇠》를 찾고자 한다면 반드시 괴물과 싸워야만 한다.

"……차라리 이알마스한테 선행을 맡기는 게 좋았으려나."

이알마스와 잔반과 벨카― 벨카난이라면, 뭐, 문제는 없을 것이다.

벨카난이 말했던 대로 사전에 도움을 받는 행위가 금지되지는 않았었고.

―헛소리지.

어쨌든 간에 써먹을 수 없는 방법임은 라라자도 잘 알고 있었다.

의뢰인이 말하지 않았던가. 《황금 열쇠》는 몇 번이든 손에 넣을 수 있다고.

그 말은 《황금 열쇠》를 지키는 괴물도 몇 번이든 다시 나타난다는 뜻이 아니겠는가.

만약에 라라자가 뻔한 꼼수를 시도했다면 어떻게 되었을까?

선행한 모험가가 이미 쓰러뜨렸을 테니 방심한 채 묘실로 진입했다면―.

……생각이 좀 지나친가?

이런 꼼수까지도 자신을 죽이고자 하는 함정이라며 의심한다면 강박 관념이 지나친 것일까.

지금의 상황이 단순한 시샘, 훼방에 불과하다면 과한 경계이긴 할 텐데.

분명 자신은 놈들의 패거리에서 빠져나왔다. 보복은 당할지언정 살해까지 당할 관계는 아니었다. ……아마도.

　다만 『죽이고 싶다』라는 증오는 아니더라도 『죽어도 상관없다』는 충동임은 분명할 테지.

　"……아, 젠장……!"

　머릿속이 빙글빙글 소용돌이친다. 답이 안 나온다. 미로에서 헤매는 것 같다—.

　—미궁 안인가.

　시답잖은 말장난에 조금 긴장이 풀렸다.

　자기 자신의 모험으로 벅찬 처지인데도 어째서 이렇게 다른 녀석이 골칫거리를 떠넘기는 것인가.

　무시할 수 있다면 무시하고 싶다. 가장 편하다. 누구의 불평도 들어주지 않겠다.

　—난 빨리 이따위 클랜을 빠져나가서 돈 벌고 부모님한테 효도할 거야!

　—라라자 너도 뭔가 하고 싶어서 모험가가 된 거 아니야?

　그 말과 목소리를 아직 잊지 못하고 기억하고 있다. 따라서 라라자는 숨을 들이마셨다가 내뱉었다.

　"가서, 챙기고, 복귀한다. ……그게 전부다. 그게 전부야."

　우선은 지하 2층으로 내려간다. 계단으로 향하자. 하나씩, 하나씩.

　전혀 어려운 과제가 아니었다. 라라자는 결의한 뒤 앞으로 걸음을 내디뎠다.

§

"……빌어먹을!"

그런데 막상 터무니없는 난관이 라라자의 앞을 가로막고 있었다.

비유가 아니다. 문이다.

지하 2층, 《기어다니는 금화》와 함께 나아간 곳.

본래 안쪽에 《황금 열쇠》를 얻는 묘실이 있어야 할 통로는 문에 막혀서 차단되었다.

밀어도 당겨도 옆으로 비틀어도 움직이지 않는다.

설령 다른 동료들이 있었더라도 어느 누구든 저 문을 억지로 열지는 못했을 것이다.

라라자는 한숨을 내뱉었다.

—역시 다 함정 아니냐?

이런 이야기는 듣지 못했다. 이렇게 되면 《황금 열쇠》부터가 진짜인지 수상하다.

그러나 벌써 다 내던지고 복귀하자니 납득할 수 없었다.

적어도 놈들은 라라자의 말 따위는 절대로 믿지 않을 것이다. 손가락질하며 웃기나 할 테지.

—이렇게 된 이상 끝장을 본다.

라라자는 가만히 생각하면서 용 가죽 지도 주머니에서 지도를 끄집어냈다.

이알마스를 따라 꽤 넓은 범위를 잔반, 벨카난과 함께 다녔었다.

다만 일행의 목적은 — 최근에는 단련, 용살의 검, 붉은 용이었다만 — 시체다.

즉, 누군가가 이미 돌파한 묘실만 골라 들어가는 경우가 많았다.

멀쩡한 묘실에 들어가서 보물상자를 여는 경우도 있었으나, 어디까지나 돈이 될 만한 물건을 찾기 위함이니.

설령 이알마스가 《황금 열쇠》를 획득하는 데 필요한 물품을 알고 있었더라도…….

─굳이 찾으려 하진 않는다는 말이군.

따라서 이미 파악을 마친 묘실부터 뒤진다. 조사한다. 괴물이 있다는 것은 대전제로 두고.

─글쎄, 어떻게 뚫고 나아가야 되려나.

머릿속에 지금까지 자신이 겪어왔던 경험, 이알마스에게 들어서 익힌 얄팍한 지식을 떠올린다.

─묘실의 괴물은…….

미궁은 기이한 공간이다. 비유가 아니라 사실이기도 하다.

이알마스의 말을 빌리자면 새카만 바탕에 하얀색 선만 보인다는 이 미궁은 공간이 왜곡되어 있다.

한 걸음, 한 구획, 한 칸의 크기가 사람에 따라 달라지고 확대되고 축소된다.

묘실 내부에서도 역시 마찬가지. 그리고 괴물에게도 똑같다.

『어쩔 수 없이 묘실에 들어가야 하는 상황이라면.』

이알마스는 말했다.

『더 상대하기 쉬운 상대가 나올 때까지 도망친 뒤 문을 닫고 또 열어라.』

다른 차원으로 연결된 것이 아닌가 생각될 만큼 나타나는 괴물이 변화한다.

—아마도.

아마도를 붙인 이유는 라라자는 아직 실제로 시험해본 경험이 없기 때문이었다.

다만 이알마스는 맞다고 했다. 그렇다면 이번 기회에 확인해주겠다는 생각으로 전진하자.

틀렸다면 틀렸음을 알고 나중에 이알마스를 비웃어줄 수 있으니까 괜찮지 않나.

다만 이 방법에도 허점이 있다. 이알마스는 의미심장하게 웃더니 말을 덧붙였었다.

『도망칠 수 있는 괴물이 나왔다면 말이지.』

문을 열었더니 붉은 용이 나오면?

이야기는 곧바로 종막. 상상도 하고 싶지 않다만.

"⋯⋯쳇."

꼭 첫 번째 탐색에서 찾아내라는 조건은 달지 않았다.

오늘 도전한 묘실에서 발견하지 못하더라도 다음 날 다른 묘실을 또 뒤지면 된다.

미궁 탐색에서 시간은 아무리 많이 소비해도 아깝지 않은 자원 중 하나.

―조금 알겠군.

이런 뜻이었다고, 라라자는 깨달았다. 이해했고 배움을 얻었다.

경험이 무엇인지 묻는다면 이런 게 진짜 경험일 테다.

라라자는 신중하게 미궁 안에서 걸음을 내디뎠다. 코인을 던지고 잡아당기면서.

§

묘실의 문을 박차는 때는 언제나 긴장되는 한순간이다.

문 너머에 어떤 정체불명의 마물이 숨어있을지 모른다.^{언신 빙}

"Grrrroooooowwwl!!!!"

빨간 머리 여자아이가 소리 높여서 우렁차게 외치며 두려움을 알지 못하고 묘실의 어두운 음영 속으로 몸을 던진다.

번쩍 치켜든 칼날은 어두컴컴한 내부에서도 하얗게 빛나며 어둠과 함께 괴물을 찢어발겼다.

"GABBBBBLLLEEE?!!"

―푸르스름한 피부에 곡괭이……

악귀, 오거 떼인가. 이알마스는 숨을 내쉬었다. 두려운 것은 오거가 아니다.

"숫자가 많군. 앞에 나서라. 충분히 경계하면서."

"으, 응!"

허둥지둥하며 벨카난이 주눅 든 목소리로 답했다.

"알았어……!"

뒤뚱뒤뚱 ― 본인은 최대한 날렵하게 ― 앞으로 달려가는 모습을 지켜본 뒤 이알마스는 흑색 지팡이에 손을 얹었다.

오거를 앞에 두고는 벨카난의 커다란 몸 또한 어린아이와 같다. 가비지는 아예 논할 거리가 못 되고.

그럼에도 불구하고 소녀는 맹견과 같이 으르렁 소리를 내면서 손에 든 검을 세차게 휘둘렀다.

"alf!!"

명장 카시나트가 제련한 칼은 저 난잡한 취급을 거뜬히 버텨낸다.

바람 가르는 소리조차 격조가 높고, 카시나트의 검은 오거의 가슴판을 찢어발겨―.

"yap?!"

기세를 주체하지 못하면서 추가로 세 바퀴. 가비지가 거듭 헛발을 디디면서 짜증스럽게 으르렁거렸다.

달인의 손에 들리면 한 호흡 동안 열 번의 참격도 가능케 하는 얇은 칼날은 새털처럼 가볍다.

가비지는 진심으로 납득이 되지 않는다는 태도로 검을 고쳐 쥐었고, 그 빈틈을―.

"내, 내가……!"

벨카난이 메워주고자 죽기살기로 오거와 맞서 싸우려 했다.

낯빛은 창백. 입술을 꽉 깨물었고 겁먹은 눈동자는 부릅뜨였다. 도저히 모험가라는 생각은 들지 않는다.

소녀의 가느다란 팔에 휘둘려서 용살의 마검이 마치 몽둥이처럼 날아다녔다.

마치 어린아이의 장난과 같다. 위력만큼은 격이 달랐지만.

"ROOOAARR!!"

"흐, 아앙?!"

옆에서 불쑥 또 다른 오거가 곡괭이를 내리찍었기에 벨카난은 비명 지르고 뛰어서 물러났다.

가슴을 흔들거리며 느릿느릿, 이 같은 분위기는 사라지지 않는다. 하지만 집중력은 유지되고 있다.

당사자의 인식은 어쨌든 간에 처음으로 미궁에 진입했을 때와 비교하면 하늘과 땅 차이였다.

"yelp……!!"

따라서 이때를 노려 가비지도 거듭 덤벼들 수 있었다.

원하는 대로 말을 안 듣는 칼날을 이번에는 분풀이하듯이 마구 휘둘러 대며.

그렇다 해도 아무리 예리한 칼날일지언정 헛돌기만 한다면 적의 혈육을 파쇄할 수는 없는 법이다.

오거 떼는 쩔쩔매면서 거리를 벌렸다가 한 차례 부르짖고 또 소녀들에게 일제히 덮쳐들었다.

"Bow!!"

"와, 와앗……?! 야, 앗?! 아앗?!"

들개가 짖는 소리와 비명에 가까운 벨카난의 목소리. 살이 갈라지고 뼈가 부서지고 피가 흩날린다.

소리만 듣는다면 상상하는 광경도 또 달라질 터이나 두 사람은 오거 떼를 상대로 제법 잘 싸우고 있었다.

이알마스는 그렇게 모든 상황을 시야 한쪽에 담아두면서 묘실을 주의 깊게 주시했다.

—라라자가 빠진 영향은 별달리 없는 듯싶군.

그것은 이런 지극히 위태로운 상황에 처했을 때 무엇보다도 좋은 확인이었다.

다시 여유롭게 두 다리를 벌려 자세를 취한 채 모든 방위로 주의를 기울이면서 묘실의 어둠을 노려본다.

두려운 것은 오거가 아니다.

"이알마스 씨!"

불현듯 벨카난이 울먹거리는 목소리로 외쳤다.

"주문 좀, 써줘어!"

별것 아닌 우는소리다. 이알마스는 딱 잘라 거절하려다가 생각을 바꿔 고개를 옆으로 흔들었다.

"오거는 쉽게 잠든다."

"엥?! 앗……!"

벨카난이 까만 머리카락을 흔들거리며 얼굴에 활짝 웃음을 지었다.

당사자에게 자신감이 전무한 탓이겠지. 언제나 죽기살기로 고민을 거듭하는 저 소녀는 그만큼 머리 회전이 빨랐다.

물론 이 같은 자각마저도 벨카난에게는 없을 터이나—.

"가비지, 으음, 잠깐만…… 부탁할게……!"

"yap!!"

커다란 녀석이 뭔가 떠들고 있다는 정도의 인식으로도 가비지에게는 충분했나 보다.

벨카난이 느릿느릿 몸을 흔들며 뒤로 물러났을 때, 앞으로 나서는 것은 자신이 역할이다.

그것은 벨카난을 돕는 의미보다 자신이 안 나서면 다른 녀석들은 아예 못 버틴다는 인식이 있기 때문이기에.

가비지는 도무지 미덥지 않은 검으로 오거의 목을 노려서 재빨리 날려 보냈다.

"woof!!"

"EEK?!"

핏방울이 솟아오른다— 다만, 모자랐다.

궤적이 너무 빨랐던 탓이다. 본래 오거의 목이 있어야 했을 시점보다도 먼저 칼날이 후리고 지나갔다.

척, 돌바닥에 다리를 찍은 가비지는 예상 이상으로 실린 기세를 제어하지 못한 채 다시 한번 회전한다.

"GRRROA?!"

이제야 노렸던 위치에 다다른 오거에게 어떻게든 칼날을 날려 타격을 입히는 데 성공했다.

가비지는 불만스럽게 이를 갈았지만, 벨카난에게는 충분히 긴 시간이었다.

"《카프아레프 타이 눈잔메》." <small>혼아, 멈춰라, 그대의 이름은 미몽이로다</small>

용살의 검을 지팡이로 대신하고 힘껏 목소리를 높여서 낭송하는 진언. <small>트루 워드</small>

묘실의 허공에서 형태를 이룬 《카티노》의 아지랑이는 눈 깜짝할 새에 오거 떼를 에워쌌다. <small>수면</small>

"만세……!"

《카티노》를 못 쓰는 마술사는 쓸모가 없다. <small>수면</small>

그것은 편견이다만, 《카티노》를 구사할 수 있는 마술사의 유용성은 대단하다. <small>수면</small>

용을 죽여서 얻은 술법이 미궁에서는 초보 중 초보에 불과한 《카티노》라지만─ <small>수면</small>

─초보 중의 초보여도 무척 커다란 한 걸음이었다.

의식이 몽롱해진 악귀 무리 따위야 가비지의 적이 아니다.

벨카난 또한 막대기처럼 우뚝 서 있는 괴물을 베어 넘기는 것 정도는 당연히 가능하다.

소녀들이 가차없이, 혹은 죽기살기로 오거의 숨통을 끊고자 움직였다.

그런 광경의 먼 저편에서. 미궁의 어둠─ 하얀 선과 검은색의 깊은 곳에서 살의가 형태를 이루어 슬금슬금 부풀어 오른다.

이알마스는 자세를 한껏 낮추고 숨을 들이마셨다.

─저기다.

흑색 지팡이에서 예리한 칼이 솟구치더니 허공에 한 차례 번뜩였다.

"조, 조금은…… 도와줘도 괜찮았는데……. 나 살짝…… 섭섭해."

얼마 뒤 땀투성이로 숨을 헐떡거리며 승리를 거둔 것 같지는 않은 모습으로 벨카난이 돌아왔다.

한편 가비지는 묘실의 중앙에서 짜증스럽게 검을 휘두르며 코를 실룩거리고 있다.

"alf."

이알마스는 한 차례 부르짖고 묘실의 안쪽으로 달려가는 가비지를 지켜보다가 말했다.

"나도 할 일은 했다만."

"할 일이라니……."

벨카난은 무척이나 맥 빠진 표정을 지었다.

"……토끼를 베는 게……?"

이알마스의 칼끝에는 하얗고 작은 짐승이 아무 소리도 내지 못한 채 죽어있었다.

§

"오늘 보물상자는 무시한다."

"woooof……!"

"울어도 안 된다."

이알마스는 무자비하게 단호한 어조로 말했다.

가비지는 불만을 가득 드러내면서 보물상자를 쾅 걷어차고 발을 얹는다.

어서 열라고 재촉하는 것처럼 우짖었으나 이알마스는 뜻을 굽히지 않았다.

"도적이 없기 때문이다."

"alf!"

"안 된다."

"yap!!"

벨카난은 두 손으로 붙든 물주머니를 꽉 부여잡았다.

……어, 어떻게 하지…….

또 고민한다. 고민해봤자 어떠한 해결책도 나올 리 없건마는.

"나, 나도……."

결국 소녀가 목소리를 낸 때는 물주머니가 찢어지기 직전이었다.

"whine……."

"나도…… 오, 오늘은 포기하는 게…… 좋다고 생각하는데…….."

"……yelp."

가비지는 목청을 울리며 침음한 뒤 마지막으로 다시 한번 보물상자를 걷어차고 발을 내렸다.

어쩔 수 없지— 태도가 끝내 불손한 것은 이번에는 물러나 주겠다는 의사 표시일까.

아무튼 간에 이알마스와 가비지의 실랑이가 수습된 것 같아서 벨카난은 숨을 내쉬었다.

……라라자 군이 있어주면 좋았을 텐데.

"……."

이런 생각을 하는 자신도 어쩐지 몹시 한심한 마음이었다.

오거의 주검을 산처럼 쌓아 놨는데도 벨카난은 티끌만큼도 기쁘지 않았다.

적어도 이런 식으로 자신이 싸울 수 있다는 것을 고향의 할머니가 안다면 기뻐할 텐데.

아니면 마술사니까 마술사답게 주문을 쓰라고 꾸중하시려나?

하지만 《카티노》를 익혔다고 알려드리면 분명히 눈이 휘둥그레져서 칭찬해줄 것이다.

"적응이 안 되나?"

"꺄앗?!"

불현듯 이알마스가 말을 걸어왔기에 벨카난은 허둥지둥하며 손에서 놓칠 뻔했던 물주머니를 붙들었다.

잔뜩 삐쳐서 다음 묘실로 향하는 문을 찾는 가비지는 놓아둔 채 이알마스가 곁에 와 있었다.

저 남자는 물주머니의 내용물을 의무적으로 입부터 목구멍까지 부어 넣으며 탐색에 대비하고 있다.

벨카난은 가만히 보다가 급히 자신도 물로 목을 적셨다.

미지근해야 했을 물이 무척이나 차가워서 기분이 좋다.

"적응을…… 하기 싫은가 봐."

입에서 숨결과 함께 자연스럽게 새어 나온 답이었다.

벨카난 본인도 입 밖에 꺼내고 나서야 자신이 이 같은 생각을 갖고 있었다고 깨달았을 정도였다.

따라서 소녀는 흠칫거리며 이알마스의 안색을 살피고 이리저리 딴 곳을 쳐다봤다.

이알마스는 변함없이 묵묵히…… 어떠한 대꾸도 없이 벨카난을 바라보고 있다.

벨카난은 마음이 불편해져서 꾸물꾸물 몸을 움직이며 계속 말했다.

"난…… 있잖아, 만약, 이 미궁에 가장 아래층이 있다면."

그런 장소가 정말 있다면. 만약에 그곳까지 가는 데 성공한다면.

만약에, 만약에, 만약에. 가능성이다. 애매하고 형태가 없어 상상도 못 하는 먼 앞날.

그러나 만약 정말로… 목표가 이루어진다면.

"그곳은 다 같이 가고 싶어."

"……."

이알마스는 대답하지 않았다. 어쩌면 무엇인가 말을 꺼내고자 했는지도 모른다.

다만 묘실의 저쪽에서 가비지가 우짖는 소리가 들렸다.

아무래도 다음 묘실로 이어지는 통로나 문을 발견한 것 같다.

이알마스는 소지품 중 익숙한 손놀림으로 지도를 꺼내 들면서 이미 걸음을 떼고 나아가는 중이다.

이알마스는 대답하지 않았다.

─하지만 안 된다는 말도 꺼내진 않았네?

벨카난은 그것으로 충분하다고 생각했다. 곧이어 한 가지 생각을 떠올려서 급히 덧붙인다.

"……앗, 저기. 느, 늘어나는 건 괜찮…… 거든?"

따라서 벨카난은 그렇게 말한 뒤 급하게 이알마스와 가비지의 뒤를 쫓았다.

이제 라라자가 무사히 돌아와주기만 하면…… 다 괜찮겠다는 생각이 들었다.

§

성과를 거둔 것은 대략 탐색을 시작한 지 사흘─ 세 번째의 도전이었다.

미궁 안에서 느끼는 시간 감각은 전혀 믿을 것이 못 된다. 라라자에게는 사흘이어도 실제는 과연 며칠이었을까?

바깥과 안을 왕복하기를 이제 세 차례, 따라서 세 번째라고 소년은 머릿속으로 정정했다.

매사에 벨카난이 나서서 이렇듯 이것저것 신경을 써준다는 것이…… 부끄럽기도 하고 고맙기도 했다.

"그나저나…… 이건 《은 열쇠》인가."

라라자가 손에 든 물건은 탁한 은색을 띤 낡고 자그만 열쇠였다.

묘실의 괴물— 뜻밖에도 오크가 달랑 한 마리만 쭈그리고 앉아 있었던지라 라라자는 배후에서 찔러 죽였다.

그리고 보물상자를 따서 발견한 내용물이 이 보잘것없는 열쇠 하나.

전혀 수지가 안 맞는다고 봐야 할까, 커다란 결실이라고 봐야 할까.

"……분명 은색의 문이 있기는 했지."

라라자에게는 후자였다.

소년은 피 웅덩이에 잠긴 오크를 힐끔 쳐다본 뒤 열쇠를 주머니에 집어넣고 손을 의복의 가슴팍으로 문질렀다.

인간 형태의 괴물을 죽이는 행위는 아직 좀처럼 익숙해지지 않는다.

상대에게 싸울 의욕이 없다면 — 그것을 우호적이라고 칭하는 것은 비꼼이다 — 더더욱이고.

한편 그렇다고 해서 특별히 죄책감을 느끼지도 고양감을 느끼지도 않는다.

단지 어중간할 뿐— 이알마스의 말을 빌리자면 이것이 중립, 중용이라 불리는 태도이려나.

……그 녀석이 떠드는 말은 잘 모르겠다니까.

진심인가, 농담인가, 정신이 나가서 하는 소리인가. 미궁이 오직 하얀색 선으로 보인다는 게 도대체 뭔데.

라라자는 으스스한 한기를 살짝 느끼면서 어둑어둑한 석조 미궁을 둘러봤다.

그야 라라자 또한 전투가 한창일 때는 암흑과 괴물의 모습만 눈에 들어오는 때도 가끔은 있다.

보물상자를 개봉할 때도 마찬가지다. 주위 상황이 안 보이게 된다.

다만 그것은 심히 집중하기 때문이며 이알마스가 보는 세계와는 근본부터 다른 셈이다.

가비지에게는 어떻게 보이는 걸까? 벨카난에게는……. 아이닛키에게는.

한 사람 더, 자신이 아는 레아 소녀에게는 과연 어떻게 보였을까.

"……."

라라자는 쓸데없는 생각을 떨치고 혼자 조용히 미궁의 어둠 속으로 걸음을 뗐다.

길동무라고 말할 수 있는 대상은 휙 던져졌다가 또 질질 끌려오는《기어다니는 금화》뿐. 따라서 적적하지는 않다.

지도와 기억, 눈앞의 광경.

여러 요소를 비교한 끝에 라라자가 향한 곳은 2층의 한가운데에 위치한 구획.

발견은 앞서 했으나 탐색하지 않았던 묘실이다. 이유를 말하자면 단순 명쾌하게 딱 하나.

"……은색 문이라고 은 열쇠로 열리는 게 맞나."

눈앞에 우뚝 서 있는 낡디낡은 은색의 커다란 문이다.

하늘 높은 곳에서 내리쏟아지는 안개 안쪽으로부터 나타난 모양새로 악마의 문양이 문 전체에 조각되어 있다.

저도 모르게 공포에 떨면서 도망치고 싶어진다…… 라라자는 오기를 담아 얼굴을 일그러뜨렸다.

보통 이 같은 상황에서는 자신처럼 멍청한 모험가가 봉인을 풀고 악마를 불러내는 법이다.

그럼 용사가 나타나서 악마를 무찔러 없애줄 테지. 최초의 어리석은 인물은 아무도 존재조차 알지 못한다.

—용사라, 흥.

과연 그런 인간이 있기는 할까. 정말 있다면 옛날에 미궁을 다 공략해주었을 텐데.

애당초 하늘의 선택을 받은 누군가가 나타난들 이곳 미궁에서는 어떠한 의미도 없다는 것이 이미 증명되었다.

따라서 만약 용사라는 인물이 실재한다면 그자는 분명 미궁에서 나타날 것이다.

예컨대 빨간 머리 여자아이와 까만 머리 여자아이가 용살자로서 미궁 안으로부터 멋지게 등장했던 것처럼.

—뭐, 뻔하지. 올스타즈가 나서줄 거다.

자신이 악마를 불러내봤자 해결하는 것은 고명한 여섯 명의 모험가들일 테지.

또한 시체는 이알마스와 벨카난이 회수해줄 테고. 가비지도 따라다녀주기는 할 것이다.

그러면 딱히 걱정할 이유는 없다. 고작 한 번 죽는 게 뭐라고.

라라자는 자기 자신을 다잡았다.

"가, 간다아……!"

열쇠를 넣어 돌린다. 소리가 울리며 자물쇠가 해제되었다. 문을 박찬다. 긴장되는 한순간.

—적은, 뭐냐……?!

묘실 안에는 무엇이 몇 마리나 있지?

라라자는 재빨리 근처를 쭉 주시했다.

"Ahhhhhhh……."

"Growwwwwwl……."

먼저 눈에 띈 것은 끔찍한 생물이었다.

역겨운 신음 소리를 흘리며 묘실의 안쪽 어두운 곳으로부터 꾸역꾸역 몸을 일으켜 다가든다.

숫자는, 네 마리— 좀비임을 곧장 알아볼 수 있었다.

—뻔하지!

먼저 주의를 기울여야 할 곳은 바닥이다. ……거봐라, 있잖아.

뽈칵뽈칵 가슴속이 불편해지게 만드는 소리를 내며 기어서 오는 지저분한 점액 덩어리 녀석들.

크리핑 크러드 몇 마리가 좀비 떼와 함께 라라자에게로 거리를 좁혀 접근하고 있다.

—이런 정도라면…….

어떻게든 상대가…… 가능할까? 아니…….

―위험한데.

좀비의 손톱과 이빨에는 생전은 없던 마비 독이 묻어난다고 이알마스가 말을 했었다.

『의외로 까다로운 적이다.』

그렇게 녀석은 검은색 외투 안쪽으로 음울하게 웃음을 지었었다.

『혼자 탐색할 때는 목이 날아가는 것과 큰 차이가 없으니까.』

소름 끼치는 조언이었다.

라라자는 일단 도망치자는 생각도 떠올렸다. 다만 도저히 못 싸울 적은 아니라는 생각도 했다.

판단을 망설이다가 반걸음 뒷걸음쳐서, 그리고―.

"에, 라앗……!!"

소년은 앞으로 뛰어나갔다.

먼저 겨냥해서 단검을 휘두른 곳은 발밑이다.

꿈틀거리는 점액 하나가 칼날에 베여 찢기고 펑 터져서 물보라를 흩날렸다.

바닥의 점균 녀석들을 신경 쓰면서 좀비와 싸울 바에야 좀비를 경계하면서 먼저 점균을 처리하겠다.

라라자는 이래야 더 싸우기가 쉽다고 판단했던 것이다. 과연 맞을지는 알 수 없다만.

"Ahhhhhhh……."

"아차, 차……?!"

즉각 좀비 떼가 손을 앞으로 내밀어 붙잡으려 하는 터라 허둥지둥 받아넘긴다.

다만 숫자가 많았다.

라라자가 한 번 칼날을 휘두를 때마다 좀비 떼는 네 번을 덮쳐 드니까.

튕기고, 빗겨내고, 피하고, 마지막 한 마리의 손톱이 팔뚝을 살짝 할퀴었다.

라라자는 핏기가 싹 가시는 기분을 느꼈다. 상처 부위가 저릿거리는 것 같다. 느낌이 들 뿐이다.

"망, 하아알!"

욕설을 뱉고 아우성치며 라라자는 곧장 두 번째로 크리핑 크러드를 가격하여 으깼다.

다만 또 되풀이되는 4회 공격.

"으앗……?!"

이번에는— 다 막아냈다. 라라자는 물러나서 거리를 벌린 뒤 숨을 내쉬었다.

막았다. 회피했다. 피해 없음. 그러나 정신이 피폐하다. 집중력이 깎여나간다.

—어떻게 하지?

"Ahhhhhhh…….."

"Ahhhhhhh…….."

신음 소리를 흘리며 바짝 다가드는 좀비 떼. 크리핑 크러드도 아직 남았다.

이알마스라면 어떻게 했을까. 가비지라면 어떻게 했을까. 벨카난이라면…… 벨카라면?

"……통하기만 하면 감지덕지인가!"

라라자는 망설이지 않았다. 소년은 방금 전과 똑같이 앞으로 뛰쳐나가면서 손 하나를 가방 안에 넣었다.

"Eeeeeek……."

좀비 떼가 다가붙는다. 붙잡은 물건을 끄집어낸다. 서툰 손놀림으로 봉인을 푼다. 두루마리를, 펼친다.

"《카프아레프 타이 눈잔메》."

즉각 양피지에서 튀어나온 모양새로 아지랑이가 뻗어 나가며 눈에 띄게 좀비들의 움직임이 둔해지기 시작했다.

─썩어도 머리통에 뇌는 남아있었군!

아니, 머릿속을 채우고 있는 덩어리는 콧물을 만드는 데 쓰인다고 했던가? 뭐, 아무래도 좋다.

"벨카…… 진짜 고맙다."

얼굴을 마주 보고 부르기는 아직 익숙하지 않은 애칭. 지금은 중얼거리는 게 딱히 고생스럽지는 않았다.

라라자는 몽롱한 상태에 빠진 좀비 떼를 무시한 채 재빨리 크리핑 크러드를 처리했다.

좀비 네 마리를 해치우는 것은 그다음이다.

비록 인간형의 생물이라지만─ 좀비를 죽이는 데는 별달리 저항감이 느껴지지 않았다.

어차피 처음부터 죽은 채 나타난 녀석들이니까.

§

"……그래, 이거냐."

그렇게 난관을 넘어 혼자서 묵묵히 탐침을 움직인 끝에 보물상
자를 개봉하고 손에 넣은 것.

라라자는 뭐라 형용할 수 없는 애매한 표정으로 《곰 조각상》을
바라봤다.

무척이나 용맹스럽고 사나워 보이는 곰 조각상이다. 나는 몇백
만이나 되는 놈들을 해치웠다고 자랑하는 듯한 생김새다.

—이걸로 뭘 어쩌라는 건데?

머리를 부여잡고 싶어졌다. 버럭 소리치고 싶어졌다. 미궁의 주
인은 도대체 무엇을 생각하는 걸까.

이처럼 굳이 자물쇠를 달아서 엄중하게 격리해놓은 묘실의 안
쪽에 이딴 물건을 숨겨 두는 의도를 알 수가 없다.

라라자는 잠시 쪼그려 앉은 채 신음하다가 이윽고 숨을 내뱉었다.

"……아무튼 찾아낸 게 이거니까 잘 갖고 다닐 수밖에 없나."

다른 방법은 모르는지라 어쩔 수 없겠다.

라라자는 곰 조각상을 고생고생하며 가방에 욱여넣었다. 팔이
가방의 주둥이에서 삐져나와 보이는 상태였다.

이런 물건을 갖고 다녀야 할 줄 알았다면 더욱 큼지막한 자루를

준비했을 것이다.

—벨카난이 있었다면 그 녀석한테 떠넘겼을 텐데 말이지.

그 녀석의 가방은 몹시 크다. 라라자는 잠시 딴생각을 하다가 지도 주머니에서 지도를 빼냈다.

왔던 길. 통로. 주변의 형태. 지도. 발밑의 함정. 한 걸음씩 신중하게 《황금 열쇠》가 있는 묘실로 향하자.

—이런 짓거리를 신입 한 명한테 시키는 게 말이나 되냐…….

라라자는 금화를 던졌다가 끌어당기면서 기막힌 심정에 야유를 담아 입가를 비뚤어뜨렸다.

이래서는 마치 자신이 더 이상 신입은 아니라는 듯한 발언이지 않은가.

뭐, 실제로 붉은 용과 싸워서 승리를 거둔 시점부터 신입은 아니었을 테지만—.

—그래도 뭔가 말이지.

자기 자신을 숙련자, 전문가, 중견의 실력자라고 내세우고 싶은 마음은 안 든다.

왜냐하면 이알마스 때문에. 아이닛키도. 게다가 올스타즈를. 라라자는 알고 있었다.

심지어 가비지 또한 자신보다는 훨씬 더 미궁을 드나든 경험이 많지 않겠나.

라라자는 미궁에 대해 거의 알지 못한다.

어떻게 해야 이곳에서 살아남을 수 있는지, 생존 방법의 기초를 조금 배우고 있는 정도였다.

하지만—.

—**그 녀석**보다는 아마 잘 알겠지.

레아 여자아이. 그 소녀가 알고 있는 지식은 과거의 라라자와 비슷한 정도. 아무것도 없다.

따라서 혹시나 다시 만날 수 있다면 그때는 이래저래…… 선배 행세를 할 수 있을지도 모른다.

가만히 상상을 하면 조금이나마 유쾌하고…… 기분이 좋아지는 미래이기도 했다.

바보 같은 생각이라는 것이 자각될 만큼 태평하고 근거도 없는 내일의 이야기.

다만 어쨌든 라라자의 걸음걸이를 가볍게 만들어주는 데 충분한 광경이기는 했다.

문득 깨달았을 때, 소년은 또다시 문 앞에 서 있는 자신을 발견했다.

숨을 가다듬는다. 이 너머에 《황금 열쇠》가 있다. 곰 조각상으로 열리는 건가? 어떻게?

다만 걱정은 기우였다.

라라자가 살짝 문에 손을 대자 밀지도 않았는데 문이 저절로 움직였으니까.

마치 한 장의 금속판 같았던 문의 한복판에 줄이 그어지더니 소리도 없이 열리고 있다.

라라자는 침을 삼켰다. 입술을 적시고 앞으로 나아간다.

한쪽 손은 단검에. 자세를 한껏 낮추고, 시선은 좌우로. 적의 형체는 없음. 신중하게, 앞으로.

문 너머는 작은 묘실이었고, 더 안쪽에는— 커다란 문이 하나.

라라자는 문에 살며시 손을 얹었다.

문은 밀어도 당겨도 옆으로 비틀어도 꿈쩍도 하지 않았다.

만약 이 자리에 다른 동료들이 같이 있었더라도 어느 누구든 저 문을 억지로 열지는 못했을 것이다.

"또냐!!"

결국 《구리 열쇠》와 《개구리 조각상》을 발견해서 돌아올 때까지 세 번의 탐색이 더 필요했다.

§

거래 장소로 지목한 곳은 지하 미궁의 제1계층이었다.

비록 상대방이 결정했으나 라라자의 입장에서도 바람직한 곳이었다.

—최악의 경우 싸움이 벌어져도 트집 잡히지 않을 테니까.

명색이 거래의 형태를 취한 이상, 상대도 무엇이든 준비를 해서 가지고 올 것이다.

레아 소녀 본인. 그게 아니더라도 단서는 가져올 테지.

설령 가짜이더라도…… 함정이더라도…… 시비가 붙는 상황을 가정했을 경우…….

—여기라면 어떻게든 된다.

그게 라라자의 생각이었다.

지상에서는 불문율이 있어 모험가끼리 싸우는 행위는 금지되어 있다.

하지만 미궁 내부는 별개였다. 이곳을 선택한 시점에서 상대는 이미 무엇이든 수작을 부릴 작정이리라.

—하지만 나 역시 마찬가지.

놈들이 제아무리 뛰어난 역량을 가진 모험가일지언정 붉은 용보다는 강하지 않다.

일격에 목이 베여서 날아가지 않는 한 소녀의 손을 붙잡아 도망치는 정도는 아마 가능할 테니.

손을 뻗어서 이름을 부르고 소녀가 뛰쳐나오면 그 손을 붙잡고 같이 달려간다.

기억 속 머리카락을 두 갈래로 묶은 레아 소녀는 틀림없이 이렇게 움직여줄 것이라는 생각이 든다.

오히려 소녀가 먼저 라라자의 이름을 부른 뒤 도망칠 기회를 찾으려 할 것 같기도 했다.

지나가는 봄바람 같은 여자아이였다.

따라서— 자신이 손을 잘 붙잡아주기만 하면 반드시 잘 마무리할 수 있다.

"……그때를 위한 열쇠인가."

주머니 안쪽으로 묵직하게 존재감을 나타내는 물건을 라라자는
자신도 모르게 손바닥으로 만지작거리고 있었다.

《황금 열쇠》.

두 개의 열쇠와 두 개의 조각상을 거쳐서 간신히 획득한 이 열
쇠는 명칭과 똑같은 물품이었다.

묘실에 있던 왕쥐를 해치우고 보물상자를 개봉해서 손에 넣은
열쇠.

딱히 아무런 극적인 전개도 동반되지 않고 평범한 재화와 마찬
가지로 보물상자에 들어있었다.

그런 의미에서— 현실감은 매우 희박했다.

무게감과 달리 무척이나 가볍게 느껴지는데, 어째서일까?

라라자는 거듭 열쇠를 만지작거리고, 이리저리 살펴보고, 동료
들에게도 확인을 요청했었다.

물론 가비지는 우짖기만 했을 뿐이었다만······.

『이게······《황금 열쇠》구나?』

벨카난이 몹시 애매하면서 뭐라 표현할 수 없는 표정을 지었던
터라 잘 기억하고 있다.

『진짜로? 맞아?』

『다른 게 뭐가 있겠냐.』

그렇게 《투신의 주점》에서 라라자는 입술을 삐죽거렸었다.

『이게 맞겠지.』

『그야, 그렇기는 한데······.』

곧장 벨카난은 커다란 몸을 움츠러뜨리며 고개를 숙여버린다.

이렇게 되면 라라자도 감당이 되지 않았다. 무슨 소리를 해도 울려버릴 것 같다는 생각이 들어서다.

만약 진짜로 울렸다가는 뒷감당이 두렵다. 올스타즈의 사라는 분명 기다란 귀를 뾰족거릴 테니까.

뭐든 말을 해주지 않을까 하는 절박함으로 라라자는 이알마스에게 눈을 돌렸다.

그 녀석은 무엇이 재미있는지 나지막하게 웃더니 입을 열었다.

『뭐, 갖고 가봐라.』

이알마스는 계속해서 말했다.

『뒷일은 뒷일이니.』

따라서 라라자는 우선 저 말에 따랐다.

지하 1층에 잔뜩 모여든 어중이떠중이들, 정체를 알 수 없는 모험가들의 사이를 피해서 쭉 나아간다.

모험가의 신분과 내력 따위에 아무도 신경을 쓰지 않을지라도, 저들은 지나치게 수상쩍은 부류였다.

어느 파티에서도 자리 잡지 못하고 수상한 치료 및 감정, 조력자로 생계를 꾸려 나가는 녀석들.

선인지 악인지 가늠도 안 되는 계율의 인물들 중에 노상강도^{부시워커}가 섞여 있지 않으리라는 보장은 없다.

따라서 라라자는 이런 부류는 무시하기로 방침을 정해뒀다.

굳이 상대하지 않고 미궁의 구획을 나아가다가 얼마 뒤—.

"여, 왔냐."

"……그래."

두 번 다시 마주하기 싫었으며, 이게 마지막이기를 바라는 상대의 히죽거리는 웃음.

게르츠는 흡사 이제 곧 모험을 가려는 듯한 차림새로 대검을 등에 메고서 그곳에 있었다. 미궁 입구에서 파티를 구하는 수상쩍은 녀석들이 으레 서성거리는 것처럼 라라자를 기다리고 있다.

라라자는 간신히 혐오감을 목소리에 내비치지 않고 자제했다……고 생각했다.

자신의 감정을 완벽하게 숨겼다는 생각은 안 들지만, 어쨌든 간에 형식을 갖춰야 할 필요는 있다.

"소감은 어떠신가, 라라자 선생."

"그딴 곳에 신입 혼자 보냈다가는 사망자가 나올걸."

라라자는 친근하게 구는 목소리를 내치려는 듯이 음색에 예리하게 날을 세웠다.

"들은 이야기와 꽤 다르던데."

"그랬나?"

게르츠는 실실대며 어깨를 으쓱거렸다.

"어차피 그냥 소문이었으니까 말이지."

사람을 가소롭게 보는 비웃음. 미안하다는 생각도 안 하는 대답.

혹은 신입을 혼자서 보냈다가 죽어도 상관없다고 생각하는 것 같다.

분명히 양쪽 전부이리라. 라라자는 그렇게 생각했다. 주머니 속의 가벼운 물체를 꺼낸다.

"……받아라, 《황금 열쇠》다."

"오호, 이게 말인가……."

미궁의 엷은 어두움 속에서 깜박깜박 반짝이는 별처럼 무게감 있는 금색의 광채.

그것을 본 게르츠는 웃음을 짓더니 무척 호들갑스럽게 감탄한 양 숨을 내쉬었다.

"어쨌거나 만에 하나의 경우도 있지. 제대로 확인은 마쳐야겠군."

"……뭐냐. 캣 로브 나리의 가게라도 갈 셈이냐?"

"시간을 많이 빼앗지는 않아, 라라자 선생……."

게르츠는 나직하게 말하고 등 뒤를 돌아봤다. 그곳에 쪼그려 앉은 그림자가 있음을 라라자는 처음으로 깨달았다.

"그렇지?"

"—오를레아?"

들판에 피는 자그마한 꽃. 분명 그 꽃의 이름과 똑같은 여자아이였다.

다만 라라자가 지금 목격한 것은 바위를 뒤집은 곳에서 꿈실거리는 하얀 구더기였다.

삐쩍 말라서 뼈와 가죽만 남은 몸뚱이를 누더기— 붕대로 덮은 자그만 살덩어리.

저게 아마도 여자아이인가 본데, 한쪽만 남은 눈동자가 끈적하

107

게 탁한 분위기로 라라자를 쳐다봤다.

어두운 눈동자였다.

"……오를레아?"

라라자는 자신도 모르게 되풀이해서 이름을 불렀다.

기억 속 영상과 모든 부분이 다른데도 무슨 까닭인지 인상이 겹친다.

딱히 의심한 것이 아니고, 차마 믿기지 않았던 것도 아니고—

그 아이가 맞다는 생각부터 들어버렸다.

"……빨리 내놓기나 해."

대답 대신에 요구의 말이 돌아왔다. 그리고 말라붙은 작은 나뭇가지와 같은 팔을 뻗는다.

손을, 내밀어줬다. 라라자는 붙잡지 못했다.

작게 혀 차는 소리. 대머리 독수리가 사냥감을 낚아채는 것처럼 《황금 열쇠》를 빼앗아 간다.

오를레아는 하나뿐인 눈동자를 찡그린 채 곧장 《황금 열쇠》로 손을 가져갔다.

그게 감정을 하는 동작이라는 것을 라라자는 곧바로 알 수 있었다.

터크 선사가 소년의 눈앞에서 몇 번인가 실제 보여준 예가 있었기 때문이다.

다만 터크 선사의 손놀림과 눈앞의 오를레아가 보여주는 동작에는 차이가 있었다.

오를레아의 상처투성이 손가락은 마치 그 감촉을 느끼는 것처

럼《황금 열쇠》를 만지고 있다.

무척 익숙한 손짓이었다. 몇 번이나 거듭 되풀이해서 숙달되었음을 알아볼 수 있었을 만큼.

다만 사실을 분명 인식했는데도 이해력이 현실을 곧장 따라오지는 못한다.

과거에 캣 로브의 가게에서 경험했던 바 있는 신체와 의식의 어긋남. 그것이 지금 라라자의 마음과 몸에서 다시 발생하고 있는 감각이었다.

"……이게 뭐야."

붕대 얼굴의 레아 소녀— 오를레아는 가증스럽다는 듯이《황금 열쇠》를 노려보며 쏘아붙였다.

"이딴 물건으로 나를 살 셈이야?"

"뭐……?"

라라자는 말을 잃었다. 산다? 무엇을? 저 아이를?

"아니야. 무슨 소리야, 난 절대……."

"《황금 열쇠》와 맞바꿔 날 사서 가져갈 작정이니까 맞잖아."

"나는……."

틀리지는, 않았다.

그러나 무엇인가가 다르다. 무엇인가가 이상하다. 안 좋은 의도는 아니었다. 맹세코.

다만 사실을 따져보면 무엇 하나 달라지는 게 없다. 라라자는 결국 저 말대로 할 작정이었으니까.

오를레아의 등 뒤편에서 게르츠가 히죽거리며 웃음 짓고 있음을 알 수 있었다.

"이딴 아무런 가치도 없는 단순한 잡동사니로 사기를 치겠다고?"

함정이다.

처음부터 끝까지 모든 과정이, 결말까지도…….

"웃기는 소리 집어치워……!"

—오를레아도, 포함해서.

§

"요컨대 우리에게 잡동사니를 쥐여주고자 수작을 부리셨단 말이군, 라라자 선생께서는."

라라자가 늦게나마 제정신을 차릴 수 있었던 것은 역시 이제껏 쌓아온 경험 덕분이었다.

경쾌하게 울리는 칼이 뽑는 소리와는 달리 무겁고 둔중한 살의의 덩어리.

마치 길가의 벌레를 차서 날리거나 날벌레를 쳐서 짓뭉개는 것처럼 직접적이며 군더더기 없는 동작이었다.

이알마스의 말을 빌리자면 살기든 뭐든 떠드는 말은 결국에 마음의 착각이며—

……아찔함을 느끼는 감각의 작용은 요컨대 경험치에 불과하다.

저 말이 머릿속을 스쳤을 때 라라자는 자신의 신체가 힘껏 뛰어서 뒤로 물러났음을 깨달은 참이었다.

방금 전까지 몸체가 위치했던 지점을 대형 도끼와 같은 철검이 후리고 간다.

게르츠의 애검인 **두 동강이 검**이다……!

"그럼 지금 여기서 칼 맞고 뒈져도 불평은 못 하겠군!"

"젠, 장……!"

라라자는 자세를 낮추고 경계하면서 시선을 좌우로 보냈다.

—포위당했다.

지하 1층에 잔뜩 모여든 수상쩍은 모험가 패거리 틈에서 낯익은 면면들이 하나둘 나타난다.

옛 클랜의 — 동료라는 말은 쓰기 싫다 — 족속들이었다.

—어떻게 하지?

어떻게 하면 되는가? 자신은 무엇을 하러 이곳에 왔는가?

오를레아. 소녀의 모습을 찾아 헤매며 목소리를 쥐어짜고자 한다. 다만 무력하게 꺾였다. 소녀의 눈동자와 눈이 마주쳐버렸으니까.

단 하나만 남은 눈동자에서 라라자를 향하여 날아 꽂히는 시선은 매섭고 싸늘하다.

거절. 명확한 의사 표시.

그 순간, 이미 이곳을 찾아오기 전 라라자가 세운 계획은 완전히 날아가버렸다.

거듭 육박하는 검. 즉각 몸을 구부려서 칼날을 피한다. 어째서인지 허리에 힘이 빠져서 엉덩방아를 찧었다.

아무 말 없이 치켜든 상대의 칼날에서 라라자의 얼굴로 그림자가 떨어졌다.

죽는다.

틀림없다. 이번에는 진짜 죽는다. 이곳에서.

오를레아의 눈앞에서.

그것은—.

"Wou! Ouuuuuh!!"

그때였다.

모험가 패거리의 머리를 뛰어넘어서 한 차례 우짖더니 뛰어든 작은 그림자가 손에 든 칼날을 휘둘렀다.

몸을 젖히는 게르츠의 앞에서 한 번 번뜩였다가 기세를 고스란히 더해서 다시 또 회전.

온 전사가 바라 마지않을 명검 카시나트의 반짝임을 보고 게르츠는 눈이 커다래졌다.

"네년, 가비지……!!"

"woof!"

가비지는 게르츠의 욕설을 무시한 채 호수의 밑바닥처럼 맑고 푸르른 눈동자로 라라자를 바라봤다.

소녀는 어깨에 칼날을 얹어 올리더니 절레절레하며 아주 어처구니가 없다는 듯이 라라자를 내려다본다.

자신이 같이 안 있어주면 결국 이 녀석은 전혀 아무것도 못 하지 않냐고—.

가볍게 발부리로 툭툭 건드는지라 욕설이 나올 법도 할 터이나, 지금 라라자는 차마 대꾸할 기운도 없었다.

　그런데, 어째서? 같은 의문을 품기는 게르츠도 마찬가지였나 보다.

　다만 속마음이 말로 표현되기보다 앞서서 답은 혼잡한 곳 저편에서 나타났다.

　"아차차."

　심히 나직한 웃음소리와 함께 한 남자가 불쑥 걸어 나온다.

　시체 운반자, 흑의의 남자. 흑색 지팡이의—.

　"이알마스……!"

　"행동이 무척 빠르군, 게르츠."

　"네놈의 사주였나……."

　격앙하는 반응은 잠시뿐. 덜컥 이성을 놓아버릴 인물이었다면 게르츠는 이미 옛날에 죽었다.

　곧장 두 동강이 검을 빈틈없이 겨누어 견제하며 피아의 간격을 가늠하려는 듯이 다리가 바닥을 스쳐 움직였다.

　이알마스의 흑색 지팡이가 기병도라는 사실을 게르츠는 잘 알고 있었다.

　"별일이군? 네놈은 굳이 남 일에 끼어들지는 않는 주의가 아니었던가."

　"딱히 끼어들 생각은 없다."

　반면에 이알마스는.

저 녀석은 평소와 똑같다— 그래, 미궁에 있을 때 보이던 태도를 결코 무너뜨리지 않는다.

입가에 엷은 웃음을 띠었고, 하얀색 선만 보인다며 지껄여 대는 눈동자는 유쾌하게 구부러졌다.

진심으로 즐거워하고 있다. 또한 라라자에게는 이미 낯익은— 기이한 광경이기도 했다.

한 손에 쥔 흑색 지팡이를 흔들거리며 이알마스는 또 입을 놀렸다.

"너무 죽이면 탁해지고, 너무 깨끗하면 둔해지지. 죽이는 기술은 적당히 둔한 수준이어야 좋다."

"개소리……."

"아직 짖지는 않았다만."

언제 불현듯 이알마스가 산책이라도 가는 것처럼 간격을 좁혀 다가들지 알 수 없었다.

게르츠는 차마 선공을 하지 못했다. 다만 겁먹은 기색은 아니었다.

저울에 올려서 가늠하고 있다. 라라자에게 폭력을 가하고 싶은 욕구와 이알마스 및 가비지와의 대결.

게다가—.

"……용살의 파티에는 황당하게 큰 여자 전사도 있다는 말을 들었지."

"마술사다."

이알마스는 짧게 정정했다.

"《카티노》를 사용할 수 있는."

115

복병의 가능성— 혹은 마술사의 위협. 어쩌면 기만.

게르츠의 머릿속 저울이 흔들리기 시작한다.

가비지는 용수철을 꽉 눌러놓은 것처럼 다리에 힘을 모으고 있다.

그렇게 말이 오가는 동안에도 라라자는 가비지의 발밑에서 몸을 움직이지 못했다.

못 박혔기 때문이다— 혹은 못 박았기 때문이었다.

오를레아의 눈동자 하나. 그것이 라라자를 꿰뚫은 채 놓아주지 않는다.

가증스럽다는 듯이 이쪽을 쳐다보고 있는 저 소녀의 얼굴은 몹시 심하게 경련하고 있었고, 또한 추하게 비뚤어져 있었다.

라라자에게는— 울음을 터뜨릴 듯한 표정으로 보였다만.

"—윽."

어째서일까, 저 소녀의 이름을 불러줄 수 없었다.

오를레아도 라라자의 이름을 입에 담지는 않았다.

"……좋다."

얼마 뒤.

게르츠는 천천히 칼끝을 내렸다. 가비지가 시시해하며 코웃음을 쳤다.

"네 녀석과 맞붙을 만한 가치가 저 애새끼한테는 없거든."

"그런가."

이알마스가 가만히 중얼거리자 게르츠도 반응하며 「간다」라고 부하들에게 명령했다. 게르츠를 따르는 클랜의 인물들은 지시에

고분고분 복종하며 뒤를 쫓아서 간다.

당연히— 오를레아도.

"……오를레아."

겨우 소녀의 이름을 목구멍에서 쥐어짜 냈을 때는 전부가 늦어 버렸다.

소녀는 당연히 이딴 가느다란 목소리 따위 듣지도 못했을뿐더러 고개를 돌려주지도 않았다.

미궁 안쪽으로 사라져 가는 자그만 뒷모습을 라라자는 묵묵히 배웅할 수밖에 없었고…….

"……라라자, 군?"

주뼛주뼛 조심스럽게 뒤에서 건네는 작은 목소리에 가만히 숨을 내쉬었다.

"벨카……난."

"……응."

고개를 돌리자 그곳에는 커다란 몸을 최대한 힘껏 움츠린 흑발의 여자아이가 같이 고개를 끄덕여주고 있었다.

별것 아니다. 저 녀석은 단지 인파에 섞여 쪼그려 앉아 있었을 뿐이었다.

라라자는 「미안」인지 다른 무엇인지를 입을 열어서 중얼중얼 말했다.

"……응."

벨카난은 다시 한번 똑같은 말을 중얼거린 뒤 라라자가 혼자 일어서기를 기다려줬다.

꾸물꾸물 몸을 일으킨 라라자를 가비지가 한 차례 냅다 걷어찼다.

라라자는 아파서 신음하면서도 끝내 소리를 지르지는 않았다.

몇 대 얻어맞아도 싸다는 생각을 했다. 차라리 오를레아한테 맞았다면 조금 더 나았겠다는 생각도 했다.

그렇게 몸을 일으킨 뒤에 라라자는 흑의의 남자를 바라봤다.

"……설마 구해주러 온 거냐."

"딱히 의도한 것은 아니다."

이알마스는 살짝 어깨를 으쓱거리더니 고개를 옆으로 흔들었다.

"단지 미궁을 탐색하러 왔다가 마주쳤을 뿐이지."

"그러냐……."

아마도 정말 우연이라는 생각이 들었다. 이알마스는 그런 녀석이니까.

"실패한 건가."

"……아마도."

"뭐, 그런 날도 있겠지."

혹시 위로일까. 라라자는 이알마스를 빤히 바라봤다.

변함없이 녀석은 엷은 웃음을 머금은 모습이니— 요컨대 절대 위로의 말은 아니었으리라.

라라자는 문득 발부리가 무엇인가에 닿았음을 깨달았다.

어느 틈인가 오를레아가 내던진 《황금 열쇠》다.

라라자는 《황금 열쇠》를 주워 들고서 셔츠로 문지른 뒤 주머니에 넣었다.

"어쨌든 살아있다면 다음 기회가 있다."

"……그러냐."

"그렇고말고."

이알마스는 굳이 위로의 말을 건네지 않는다.

요컨대 저 말은— 단순한 사실이었다.

§

"쳇, 구더기 자식……."

이름조차 아무 관심이 없는 패거리의 발소리에 섞여서 게르츠의 독설이 지하 미궁 내부에 울려 퍼졌다.

짐작건대 저 녀석의 머릿속에는 라라자를 욕보이고 농락하다가 손쉽게 끝장을 낼 계획만 들어 있었을 것이다.

이알마스와 마치 들개와 같은 잔반이 나타나는 사태는 상상도 하지 않았을 테지.

……얼간이.

다만 오를레아는 이러한 때에 절대로 아무것도 말하면 안 된다는 사실을 몸소 학습해왔다.

게르츠는 분명 욕구에 휘둘리는 얼간이 같은 남자다.

언제나 내키는 대로, 충동에 따르는지라 자신에게 이득이 될 법한 — 본인에게 기분이 좋은 — 선택지를 고를 뿐이다.

도시의 불량배, 깡패와 마찬가지. 강도, 날치기가 차라리 더 영리하겠다.

다만 이처럼 덜떨어진 남자가 오직 무력만 믿고 살아남을 수 있을 만큼 미궁은 만만한 곳이 아니었다.

위협, 생존율, 자신의 적, 아군. 누가 자신을 우습게 보고, 누가 자신을 조롱하는가. 누구라면 농락할 수 있는가.

그것을 빠르게 알아차리는— 야생의 감이라고도 할 수 있는 감각이 이 남자에게는 있다.

그렇기에 강하다. 그렇기에 살아남아왔다.

오를레아는 입을 꾹 다물고 죽기살기로 눈을 내리깐 채 게르츠의 말을 머릿속에서 털어냈다.

저놈의 눈에 쓸데없이 띄지 않고자. 저놈에게 마음을 읽히지 않고자.

잘못해서 시선을 끌었다가 분풀이, 본보기로 어떠한 짓을 당하게 되는지를 생각하지 않고자.

아픔도 괴로움도 고통도 머리와 마음을 텅 비워버리면 어떻게든 버틸 수 있다.

단지 한순간, 잠깐만 아플 뿐이며 일단 버티면 지나간 일에 불과하다.

그럼에도 불구하고 무슨 이유인지…… 방금 전 가증스러운 소년의 얼굴만큼은 뇌리에 찰싹 달라붙어 있었다만.

……이 자식이.

게르츠가 굳이 이름을 언급했던 탓이다.

지금까지 줄곧 억지로 떠올리지도 않았는데.

게르츠가 입 밖에 꺼내자마자 이런 꼴이다.

몇 번이나 불현듯 머릿속에서 폭발하는 것처럼 감정이 팽창한 단 말이다.

머리에 피가 솟구치고 의식이 온통 하얘진다. 사고가 뱀처럼 똬리를 틀고 잠긴다.

나 따위는 잊어버린 채 다른 여자아이들에게 둘러싸여 자유롭게 신나게 모험을 하고.

모든 것이 다 늦어버린 지금, 갑자기 나타나더니 감히 자신을 구해주겠다고?

바보 취급에도 한도가 있다. 도대체 뭐 하는 녀석인가. 자기만 잘났다는 건가.

게다가 구해주는 방법이 《황금 열쇠》와 바꿔 사들이는 수작에 불과하다니.

그딴 싸구려 물건, 아무 가치도 없는 잡동사니로. 겨우 그 정도가 자신의 가격인가. 맞는 말이긴 하지만.

우습게 보지 마. 우습게 보지 마. 우습게 보지 마.

……안 돼.

오를레아는 곧바로 싹 날아갈 뻔한 자신의 고삐를 단단하게 고쳐 잡았다. 따라서 소녀는 간신히 게르츠가 걸음을 멈추었을 때 제때 반응할 수 있었다.

"아이고, 이게 웬 봉변이랍니까……."

마치 미궁의 어두운 곳에서 인간 형태의 그림자를 도려낸 것처럼 나타난 남자였다.

까만 심홍빛의 외투와 안쪽에는 녹색의 법복을 걸친…… 사제.

게르츠의 눈이 발치에 달라붙은 들개를 쳐다보듯이 가늘어졌다.

"네놈은 뭐냐."

"아뇨, 아뇨. 자랑할 만한 이름은 아니온지라……."

"그럼 죽어라."

두 동강이 검이 윙윙거리며 날아간 것을 오를레아는 바람 가르는 소리가 울려 퍼졌을 때야 간신히 인식했다.

설령 **우호적이며** ─ 비꼰 말이다 ─ 싸울 의사가 없는 괴물이어도 게르츠는 전혀 봐주지 않는다.

대체로 저런 부류는 돈을 꽤 넉넉히 챙겨 다니기 때문이라며 비웃음을 지었었다만─.

"아차차……!"

수상한 사제는 능청스럽게 소리를 냈다. 오를레아의 눈에는 사제가 둘로 절단된 것처럼 보였다.

다만 사제가 있던 공간을, 법복을 칼날이 분명 절단했는데, 틀림없는데─…….

"후, 후후……. 단지 겸양입니다. 기분이 상하셨다면 실례, 제가 실례를……."

사제는 불과 몇 걸음을 물러났을 뿐, 건재하다.

쉽게 호감을 살 법한— 따라서 더욱 짜증스러운 웃음. 오를레아는 눈을 깜빡였다.

지금, 짧은 순간에 사제의 목에 있는 성물— 부서진 호부^{애뮬릿}의 파편이 반짝거리며 빛났던 것 같은데…….

"……치유의 술법이냐? 아니면 수호의 술법이냐?"

"변변찮은 요술이랍니다."

"양쪽 다라는 뜻인가……."

게르츠는 짧게 혀를 차더니 천천히 애검을 등에 멘 칼집에 꽂아 넣었다.

오를레아는 — 언제나 습관적으로 대비하기 위하여 — 슬며시 두목의 얼굴을 살핀다.

게르츠는 비웃음을 보내고 있었다.

"떠들어봐라. 그런 재주를 구경하고도 돈을 떼어먹는 녀석으로 취급받는 것도 마음에 안 드니."

"감사합니다."

사제가 머리를 수그렸다.

"예, 그럼요. 손해는 안 보실 겁니다."

저자의 눈이…… 어째서 자신을 보고 있다고 생각한 걸까?

……라라자.

오를레아는 문득 뇌리에 가증스럽고 어리석은 녀석의 이름이 스치고 감을 깨닫고 입술을 깨물었다.

뭐가 어떻게 되든 이제는 마주할 날도 없을 텐데.

제 3 장
엘리베이터

"가족 이야기 말고 뭐 없냐."

"흐엥?"

고개 돌렸을 때, 소녀는 입에 딱딱한 빵 조각을 물고 있었던 것 같다.

소녀는 레아답게 좋은 먹성을 유감없이 발휘하며 눈 깜짝할 새에 빵을 먹어치웠다. 괜히 살집이 붙으면 곤란하다는 이유를 들어 소녀는 곧잘 먹거리를 잘라서 나눠준다.

그게 핑계라는 것을 라라자는 이미 잘 알고 있었다. 알면서도 지적은 하지 않았다.

그런 여자아이였다.

"뭐가 궁금한데?"

"목적."

라라자는 신음했다.

"가족을 위해서 돈을 벌겠습니다, 꼭 성공할 겁니다. 그럼 모험가가 아니어도 딴 방법이 있잖냐."

"으음, 음……. 아니, 뭐~ 있긴 있는데 말야~."

오를레아는 우물쭈물하며 얼굴을 숙이더니 무척 겸연쩍게 말을 흐렸다.

소녀치고 드문 반응이었다.

클랜 패거리의 거점, 아지트. 그 뒤편 지저분한 골목길의 그늘진 곳.

패거리가 접시 대신에 쓰다가 버린 딱딱한 빵을 들개처럼 뜯어먹으며 소녀는 중얼거렸다.

"······안 웃을 거야?"

"내용에 따라."

"나빠~ 너무해라······. ······아니, 으음······. 응·······."

잠시 고개를 숙인 채 말이 없었던 오를레아는 꾸물거리며 가슴 앞에서 손가락을 자꾸 만지작거리다가 답했다.

"옛날 동화에 말이야, 기사님이 있었는데······."

"뭐냐."

라라자는 선언한 대로 웃어줬다.

"왕자님이냐."

"아닌 건······ 아닌데, 에잇!"

오를레아의 목소리가 높아졌다. 어두운 곳인데도 소녀의 얼굴이 몹시 붉어졌음을 알 수 있었다.

"왕자님이 와줄 거라고 기대하는 게 아니란 말이야!"

"그럼 뭔데."

"왕자님 옆에 있는······ 기사님을······ 보고 싶어."

그렇다. 그는 찬란하고 성스러우며 이 세상의 무엇보다도 아름다운 갑옷과 검을 장비한 기사.

열기에 들뜬 말투로 기사에 대해 설명해주는 오를레아.

그 표정은 본인이 레아라는 사실을 제외하더라도 무척 앳되어 보였었다.

그때 소녀는 기사님을 뭐라 불렀더라. 그래, 분명히, 분명히······.

§

"······다이아몬드의 기사······."

실없는 대화. 기억의 파편으로도 남지 않는 일상의 한 장면. 완전히 잊고 있었다.

다 지난 이야기를 왜 지금 뒤늦게 마구간의 깔짚에 누워있을 때 떠올렸을까?

답은 고민을 할 필요도 없다. 다만 라라자는 일부러 생각을 떨쳐냈다. 그 무렵의 오를레아와 지금의 오를레아. 자꾸 이어지려고 하는 둘을 연결시키지 않기 위하여.

그러나, 그럼에도 불현듯 사고가 입에서 새어 나오는 경우는 있는 법이다.

미궁의 어둠 속, 불쑥 입 밖으로 삐져나온 말에 이알마스가 한쪽 눈썹을 끌어 올렸다.

"그리운 이름이군."

대답이 돌아오리라 생각진 않았다. 라라자는 고개 돌려서 흑의의 남자를 올려다봤다.

이알마스는 가비지, 벨카난에게서 눈을 떼지 않는다.

전방에서는 두 사람이 잔뜩 몰려든 거대 개구리처럼 생긴 괴물과 맞싸우고 있다.

"와아아아······?! 흐아아아앗?!"

"woof!!"

쓸데없이 숫자만 많은 것은 퍼즈볼 같은 부류와 마찬가지.

벨카난은 무척 허둥거리고 있으나 아마 가만히 놔둬도 괜찮을 테니 라라자는 고개를 끄덕거렸다.

"……좀 알아?"

"이야기는 들었다."

이알마스도 고개를 끄덕였다.

"두 명이 있지. 악마의 구덩이에 내려간 뒤 돌아오지 못한 인물과 모험가."

"모험가였냐."

"그래."

꽤 오래전의 이야기라며— 이알마스는 말을 시작했다.

먼 옛날에 어느 왕국이 무시무시한 마인에게 점령당했던 사건이 발생했다고 한다.

그 왕국에는 사악한 존재의 침입을 막아주는 여신의 가호가 있었으나 내부에서 태어난 악까지 막지는 못했다.

왕국에서 태어나 자란 마인 앞에서 여신의 수호는 아무 의미도 없었던 것이다—.

"쓸모없잖아."

라라자의 투덜거림. 이알마스는 쓴웃음 짓고 어깨를 으쓱거렸다.

"왕은 살해당했고 수도는 빼앗겼다. 하지만 어린 왕녀와 왕자만은 위기를 피해 탈출했지."

모험가로 신분을 바꾼 남매는 마인을 처단하기 위해 전설의 무구를 찾아 헤맸다.

기나긴 모험의 나날. 왕자가 청년이 될 무렵, 둘의 숙원이 마침
내 이루어졌다고 한다.

획득한 무구는 마법의 갑옷, 투구, 장갑, 방패, 아울러 검. 요컨
대 달리 말하자면―.

"다이아몬드^{코드즈}……."

"……기사의 무구다^{아머}."

하지만 이알마스는 고개를 흔들었다.

"그게 다 갖춰진 것은 아주 잠깐뿐이었지."

마인과 남매, 왕녀와 왕자의 싸움이 어떤 과정을 거쳐 마무리되
었는지는 소문으로 짐작할 수밖에 없다.

다이아몬드의 광채를 발하는 그 고대의 무구를 장비한 왕자는
과연 얼마나 강했을까.

마도에 뛰어났다는 왕녀와 함께 왕자는 마인을 상대로 제 이름
에 부끄럽지 않은 대결을 펼쳤으리라.

다만 끝끝내 마인을 궁지로 몰아넣었던 그때, 마인이 발한 원념
의 목소리는 대지를 뒤흔들었다.

왕도 안 왕성의 가장 깊숙한 곳에는 무시무시한 저주가 서린 구덩
이, 《악마의 구덩이》가 뚫렸으며, 마인과 왕자는 그곳에 삼켜졌다.

이리하여 다이아몬드의 기사의 무구는 사라졌고, 남은 것은 저
주와 왕녀뿐이었다―.

라라자는 자주 들었던 동화, 전설의 이야기라고 생각했다.

다만, 하지만…… 그게 전부는 아닐 것이다.

라라자는 알아차릴 수 있었다. 이야기를 하자 이알마스의 눈이 점점 빛난다는 것을.

저절로 마른침을 삼키게 된다. 그래, 언젠가 봤었지. 저 녀석이 호부 이야기를 들었을 때의 모습과 비슷하다.

왜냐하면, 이유가 있다. 다이아몬드의 기사의 이야기는 아직 끝나지 않았으니까.

"마인과 함께 사라진 여신의 수호가 깃든 지팡이를 되찾아야 한다고 왕녀가 말을 꺼냈다."

"……모험가."

"그렇다."

이알마스는 고개를 끄덕였다.

"모험가다."

마치 정신을 놓은 것처럼 수많은 모험가가 《악마의 구덩이》에 도전했다.

저주와 괴물로 가득 찬 심연에 내려가서 살아 돌아오지 못한 인물은 얼마나 많았을까.

살아 돌아왔더라도 목표를 이룬 사람은 아무도 없었다.

다만— 결국에 목적을 이룬 인물이 나타났다.

《악마의 구덩이》에 흩어진 무구를 모으고, 여신의 수호가 깃든 지팡이를 되찾고, 지상에 빛을 가져다준 인물.

요컨대— 다이아몬드의 기사.

"……그냥 전설이 아니었던 거냐."

"사실이다."

이알마스는 아무렇지도 않게 말했다.

"그 후에 어떻게 되었는지는 알 수 없다만."

"알 수 없다니……."

"알려지지 않았으니 어쩔 수 없지. 먼 옛날의 일이다. 기억하는 사람도 없겠지."

끝났나 보군. 이알마스가 중얼거렸다.

앞에서는 거칠게 숨을 내쉬며 개구리 시체 앞쪽에 주저앉아 있었다.

가비지는 짜증 난다는 듯이 카시나트의 검을 마구 휘두르며 손에 느껴지는 무게감과 가벼움에 얼굴을 찌푸리고 있다.

그렇다면 다음은 보물상자— 도적인 자신이 나설 차례다.

그때, 라라자의 머릿속에 문득 기묘한 상상이 스쳤다.

"이봐."

라라자는 뺨을 실룩거리며 말했다.

"혹시, **네** 이야기를 한 거냐?"

"……."

이알마스는 순간 입을 다물었다. 그리고 천천히 숨을 내쉬듯 중얼거렸다.

"나는 아니다."

그것이 대답이었다.

§

그렇게 다른 생각을 했던 탓이었을까.

"아차, 차……?!"

독침이다.

라라자는 손가락에 느껴지는 예리한 통증에 얼굴을 찌푸렸다. 사고 쳤구나, 신음한다.

함정이 있는 위치는 자물쇠가 아니다. 보물상자의 바깥쪽 장식, 거스러미처럼 티 나지 않게 장치되어 있었다.

손가락에 박혔을 때는 이미 늦었다. 욱신욱신 타오르는 것처럼 손가락에 열이 오른다.

곧장 상처가 난 부위를 꽉 붙잡은 채 물러났지만, 무슨 상황인지를 숨길 수는 없다.

"실수했나."

"alf."

이알마스의 담담한 목소리와 가비지의 어이없어하는 한 차례 우짖음.

빨간 머리 여자아이는 맑고 푸르른 눈동자에 짜증을 담아 이쪽을 노려보고 있었다.

검을 못 구한다— 개봉 작업 중 실수를 하면 보물상자는 당연히 내용물까지 망가지니까.

이전이었다면 내 탓은 아니라며 항변했을 터이나 이번만큼은 아니었다.

게다가 단지 기량의 문제이지도 않다.

독침이 있을 것 같다고 예측은 했다. 그랬는데도 다른 생각을 하다가 실수했다.

라라자는 미안하다고도 잘못했다고도 말하지 않고 묵묵히 고개 숙일 뿐……

"물러나서 쉬어라."

이알마스가 말했다.

"치료를 도와주고."

"어, 앗."

당황하며 서 있던 벨카난이 얼굴을 들어 올렸다. 까만 머리카락 이 흔들린다.

"나, 나 말야?"

"그래."

"아, 알았어……. 응."

벨카난은 짧게 대답한 뒤 살며시— 달리 말해서 느릿느릿하게 자신의 커다란 몸을 라라자에게 가까이 가져다 댔다.

그리고 얼굴을 빤히 바라다본다. 그림자가 떨어진다. 라라자는 거북해서 마주 올려다봤다.

금빛의 눈동자가 몹시 불안감을 띠고 움직임을 알 수 있었다.

"……괜찮아?"

"아, 응."

라라자는 뭐라 말해야 할까 상당히 고민했다.

"⋯⋯미안."

"딱히, 난⋯⋯."

벨카난은 더듬더듬 말을 꺼내며 라라자를 묘실의 벽 옆으로 이끌었다.

그곳이라면 개구리 시체로부터 멀기도 하고, 달리 방해도 되지 않을 것이라고 생각했겠지.

그래봤자 이후의 경로를 어떻게 나아가야 할지 탐색하고 있는 사람은 이알마스뿐이다.

가비지는 미련을 못 버리고 보물상자의 주변을 빙빙 돌다가 이알마스의 뒤를 쫓아서 돌아다니고 있다.

라라자는 숨을 내뱉었다.

"미안⋯⋯."

"그러니까, 난 딱히."

벨카난의 목소리가 뾰족해졌다.

"⋯⋯화, 안 났어."

벨카난은 본인의 작은— 커다란 가방에서 해독약과 붕대를 꺼냈다.

소녀가 허둥지둥, 당사자는 최대한 서둘러서 치료를 하기 시작한다.

라라자의 손가락을 조심스럽게 만지며 약을 발라주고 붕대를 감고⋯⋯.

도저히 능숙한 손놀림이라는 말은 못 하겠으나 무척 진지하며, 또한 정성이 담겼음은 알 수 있었다.

……도대체 뭐 하는 거냐, 나는.

라라자는 숨을 내쉬었다. 한숨도 벌써 몇 번째일까.

어쩌면, 신나서 우쭐거렸던 건가…….

이렇듯 파티를 짜서 어엿한 모험가가 되고, 용 퇴치에 참가하고, 그렇게.

그렇게 자신 혼자서 무엇을 이루었던가. 이런 꼴인데, 아무것도 이루지 못했다.

이래저래 꼬였다. 살아있다면 또 다음 기회가 있다고 이알마스는 말을 해줬지만.

자기 혼자만 열을 올렸고, 자기 혼자서 헛발질을 한 격이었잖은가.

뻔한 사실을 부정할 만한 근거는 분명 미궁의 어디를 뒤져봐도 찾을 수 없으리라…….

"고민했던 이유."

불현듯 벨카난이 말했다.

"……그 애 때문이야?"

라라자는 바로 대답하지 못했다. 대답할 수 없었다.

벨카난의 눈동자가 무척 가까운 곳에 있었다.

"……아마도."

라라자는 꾸밈없이 답했다.

얼버무리고 싶진 않았다. 다만 스스로도 분명하게는 알지 못했다.

따라서 결국 대답이 애매해졌고, 벨카난은 「그렇구나」라고 중얼거렸다.

"나, 난 말야. 나…… 나…….."

벨카난이 마른침을 삼키며 소리를 낸다.

"생각을 좀 해봤는데."

—포기하는 게 어때?

그런 사고가— 소녀의 마음속에 없었다고 말한다면 거짓말이 된다.

라라자에게 딱 한마디 꺼내면 된다고 속삭이는 목소리가 자꾸 들린다.

그냥 포기하는 게 어때? 다 잊어버리자? 나쁜 애잖아. 신경 쓰지 마.

딱 잘라 말함으로써 전부 끝내버리면 된다.

다만 약아빠진 발언은 자꾸 벨카난의 목에 걸려서 밖에 나오지 못했다.

왜냐하면, 그런 방식은—.

……치사한걸.

벨카난은 커다란 여자아이다. 힘도 세다. 다른 사람들보다 더 배가 고프다.

싸움이 벌어졌을 때 조금이라도 손이 닿으면 벨카는 치사하다는 말이 나온다.

배고파서 조금만 더 많이 달라고 하면 벨카는 치사하다는 말이

나온다.

느림보 벨카. 굼벵이 벨카. 치사한 벨카.

치사하지 않아. 벨카난은 언제나 그렇게 생각했었다. 치사한 짓은 안 해.

—나는, 치사한 애가 아니니까.

"……진지하게 얘기를 해보는 게, 좋아!"

"뭐……?"

그 말은 간신히 쥐어짜는 것처럼, 부르짖는 것처럼 날카롭게 라라자에게 뛰쳐나갔다.

놀라서 이쪽을 보는 소년의 눈동자가 여닫힘을 반복한다.

벨카난은 뺨에 열기가 오름을 깨달았다.

하지만 지금 입을 다물었다가는 앞으로 두 번 다시 치사한 벨카에게 이기지 못할 것이라고 생각했다.

"왜냐면, 라라자 군은…… 그 애랑 제대로, 이야기를 못 해봤, 는걸."

나, 지켜봤어. 벨카난은 중얼거렸다. 그때, 그곳에서.

열쇠를 건네고, 빼앗기고, 감정을 하고, 잡동사니라는 말을 들었을 뿐. 그게 전부니까.

그게 전부여서는—.

"아무것도…… 그 애의 마음도, 라라자 군의 마음도 알 수 없잖아."

"……."

라라자는 입을 꽉 다물었다. 벨카난은 이곳에서 도망치고 싶어졌다.

잘난 척하며 무슨 소리를 늘어놓은 걸까. 겨우 나 같은 애가. 분명히 미움받을 거야.

커다란 몸을 힘껏 움츠렸다. 높은 머리를 내려뜨리고, 고개를 푹 수그리고, 눈도 귀도 막아버리자.

모자의 챙에 숨으면 분명 얼굴은 보이지 않아. 목소리도 들리지 않아.

어느 누구와도 아무것도 얽히지 않고 조용히 사라져버리고 싶다는 생각마저 든다.

"……벨카."

"어, 앗, 으, 응!"

따라서 불현듯 이름을— 애칭을 불렸을 때 벨카난은 얼굴을 홱 들었다.

곱게 땋은 흑발이 얼굴 옆쪽에서 튕겨 오른다.

라라자가 이쪽을 보고 있었다. 빤히, 똑바로.

벨카난은 당장 도망치고 싶어지는 시선을 몇 번이나 죽기살기로 소년을 향해 되돌렸다.

조금 뒤 라라자는 작게, 하지만 분명하게 말했다.

"고맙다."

"……응."

벨카난은 머리를 위아래로 움직여서 대꾸했다.

후회는, 아주 없지는 않았다. 하지만—.

—할머님이라면.

할머님이라면 틀림없이 칭찬해주실 행동이었다.

§

그날도 지하 1층, 미궁 입구의 바로 아래쪽 구획은 수많은 녀석
들로 무척 북적이고 있었다.

가득 들어찬 악취는 사람의 체온과 입김만으로도 짜증 나는데
더욱 독하게 속을 자극한다.

괴물의 혈육, 땀과 때, 먼지, 손상된 채 방치당한 모험가의 시체
냄새— 썩은 내.

이렇다 할 치료도 못 받고 버려져서 벽에 기댄 채 신음하는 녀
석들과 사원에 내동댕이쳐지는 녀석들.

어느 쪽이 더 나은지 비교하는 것을 오를레아는 한참 예전부터
그만두었다.

저 녀석들과 시체와 자신. 무엇을 따져봐도 차이는 없으니까.

"......"

숙소라고 불러주기도 꺼려지는 누더기 천과 거적으로 둘러싼
귀퉁이가 오를레아에게 주어진 거처였다.

소녀는 그곳에서 돌벽에 기대고 다리를 아무렇게나 뻗은 채 멍
하니 시간이 흘러가는 것을 기다리고 있다.

미궁 안에서는 시간의 흐름이 애매하다.

오를레아는 벌써 이곳에서 100년쯤 하염없이 지낸 것 같다는 생각이 들었다.

전혀 나아지는 것 없는 이러한 생활은 비렁뱅이와 마찬가지.

오른쪽, 왼쪽의 여러 나리님들에게 머리 숙이는 대신 이곳을 찾는 모험가들에게 머리 숙이고 감정료를 적선받는다.

그러다가 가끔 변덕에 휘말려서 얻어맞고, 희롱당하고, 용서를 간청하고, 간신히 내일을 향해 목숨을 이어 나간다.

비렁뱅이보다 나은 부분을 꼽자면 식사와 물로 곤경을 겪지는 않는다는 정도…….

……아니지, 훨씬 안 좋은가.

적어도 비렁뱅이는 클랜 패거리에게 물값과 밥값 때문에 돈을 갈취당하지는 않는다.

아니면 자신이 모를 뿐이고 비렁뱅이에게도 비슷한 패거리가 들러붙는 것일까.

만약 그렇다면 감옥에서 나가도 감옥 안, 미궁에서 나가도 미궁 안이잖은가.

……별 차이 없어…….

이딴 시답잖은 사고가 빙글빙글 머릿속에서 휘도는 것도 모조리 그 자식 때문이다.

자신 따위 싹 잊어준다면 자신도 다 잊을 수 있었을 텐데.

……그 눈빛.

그딴 눈으로 자신을 쳐다보지 않길 바랐다.

그래서는 마치 자신이 더 나쁜 행동을 한 것 같지 않은가.

이렇듯 번민하고 있는 사람은 오히려 자신이건마는…….

오를레아는 바짝 말라서 푸석푸석한 입술로 가만히 숨을 내뱉었다.

"앗?!"

불현듯 어떤 소리가 나고 자신이 숨은 ― 자신을 숨기는 ― 장막이 젖혀졌다.

얼굴을 들어올린 오를레아는 그곳에서 흑발의 소년을 본 듯한 기분에 사로잡혔다.

그러나, 아니었다. 머리카락이 있는 위치는 소녀의 시선보다도 조금 더 아래쪽.

타오르는 듯한 붉은색 머리카락과― 맑은 호수처럼 바닥을 알 수 없는 푸르른 눈동자.

"너, 너는…….."

오를레아의 목소리가 떨렸다.

"……잔반?"

"alf!"

들개 같은 계집애가 어슬렁어슬렁 오를레아의 **움집**에 들어온다.

오를레아는 저 소녀를 물론 잘 알고 있었다.

물론 용 퇴치를 하기 훨씬 전부터.

"……뭔데. 새 주인님은 시체 운반자 아니었어?"

"yap."

"여전히 뭔 말을 하는지 알 수가 없는 녀석이네……."

같은 클랜에 있었다는…… 그런 인식을 말도 모르는 이 여자애가 갖고 있을지는 알지 못한다.

다만 목줄에 묶인 채 인간 방패로 끌려다니던 소녀를 오를레아는 잘 기억하고 있었다.

따라서— 감정이 얼굴에 드러났다. 오를레아는 한껏 얼굴을 찡그리고 또한 혀까지 차며 반응했다.

"……무슨 볼일인데. 주인님이나 라라자가 시켜서 찾으러 왔어?"

"woof!"

"…….."

"…….."

"……후, 바보 같아."

이 애가 누군가한테 길들여질 리 있겠는가…….

……누군가에게 **구함을 받아** 살아갈 리 없는 녀석이잖아.

클랜에 있던 무렵에도 그랬다.

저 녀석은 쇠사슬에 묶였던 탓에 명령을 받아 움직였다기보다는 끼니를 때울 수 있으니까 따랐을 뿐.

지금도 마찬가지였다. 이 아이는 혼자 어디든 마음대로 다닐 수 있음이 분명하다.

미궁에 있는 이유는 미궁에 있고 싶기 때문에. 단지 그게 전부다.

과거의 오를레아는 잔반— 가비지의 존재에 안심했고, 또한 저 눈동자를 볼 때마다 불안해졌었다.

자신보다 밑에 위치하는 존재가 있다는 안도감. 저 녀석은 자신과는 전혀 다르다는 불안감.

저 소녀의 푸른 눈동자에서는 어떤 감정도, 사고도 짐작할 수 없었다.

들개 같다고 생각했던 여자아이는 어쩌면 자유롭고 활달한 늑대의 부류가 아니었을까…….

지금은…… 어떤 상태이려나.

"……진짜로 뭔데, 넌."

"whine…….."

오를레아는 가비지의 뺨과 머리카락 곳곳에 묻은 피를 보면서 얼굴을 찌푸리고 손가락으로 문질렀다.

가비지의 푸른 눈동자가 짜증 난다는 듯이 가늘어지고, 오를레아의 손가락을 덮은 붕대가 검붉게 더러워진다.

오를레아는 다시 한번 한숨을 내뱉었다.

가비지가 질질 끌어다가 가져다 놓은 정체를 알 수 없는 무기를 발견했기 때문이었다.

지금 등에 멘 검과도, 과거에 메고 다녔던 쇳덩이와도 다르다.

곁에 라라자의— 도적의 모습은 없고 혼자뿐. 그리고 이리저리 뒤어서 묻은 피.

뻔히 다 보이는데도 사정을 파악하지 못할 만큼 유감스럽게도 오를레아는 어리석지 않았다.

"너 말이야, 설마 혼자 묘실에 들어가서 보물상자를 억지로 열고 가져온 거야?"

"yelp!"

"기막혀……. 바보구나. 진짜, 황당무계한 바보야……."

설마 이 여자아이가 자신의 손님이었다니. 오를레아는 나지막이 신음했다.

어째서 자신이 감정을 하고 있음을…… 위치도 포함해서 알아낸 걸까.

애초에 가비지가 감정의 필요성을 이해하고 있다는 것이 놀랍다.

"설마…… 냄새를 쫓아 찾아왔다거나? ……진짜로 개도 아니고."

물론 — 오를레아는 알 도리도 없겠으나 — 정답이었다.

가비지 또한 학습은 한다.

보물상자의 안에 검이 있더라도 물건을 건네받는 때는 발견하고 시간이 필요하다.

그 북슬북슬하고 작고 딱딱한 녀석이 검을 이리저리 만지작거린 다음에야 받을 수 있다.

따라서 오늘 홀로 미궁에 진입한 뒤 방해꾼은 동강을 내고 보물상자를 걷어차 열었으며.

발견한 검을 질질 끌면서 복귀하던 도중— 기억에 있는 냄새를 맡았다.

가비지는 스스로가 현명하며 강하다는 것을 확신하고 있다.

따라서 당연하게도 그 냄새는 온몸에 붕대를 둘둘 감고 다니는 자그만 애꾸 녀석의 냄새임을 똑똑히 기억했다.

그 작고 딱딱한 녀석과 얼마 전 자그만 녀석이 보여줬던 손놀림이 같다는 것을 기억하고 있었다.

뭐, 잘은 모르겠는데 아마도 작은 녀석들은 검을 이리저리 만지작거리는 게 좋은가 보다.

따라서 까만 녀석과 시끄러운 녀석도 먼저 만지작거릴 수 있게 넘겨주는 것이다.

그러면 가장 강하고 현명한 자신도 작은 녀석들더러 먼저 만져보라고 자비를 베풀어줄 수 있다—.

"alf!"

오를레아는 어서 더듬어달라는 듯이 내미는 그 무기를 못마땅한 기색으로 받아 들었다.

"……돈 있어?"

"……."

"돈은…… 아, 됐어. 이런 말을 꺼내는 내가 멍청이 같아……."

오를레아는 혼자 중얼거리는 동시에 어쩐지 맥이 빠지는 기분을 느꼈다.

……뭐, 상관없나.

이런 생각을 떠올린 게 얼마 만일까.

따라서, 그래, 뭐, 상관없잖아. 감정 한 번 해주는 게 뭐가 어렵다고.

오를레아는 갑자기 변덕 부리는 자기 자신에게 아주 살짝이나마 미소를 지어줬다.

"기대가 어긋나도 화내진 말고……."

과연 의미가 통하는지는 제쳐두더라도 변명 비슷한 말을 남긴 뒤 오를레아는 검에 손을 가져갔다.

그래, 검이다. 이 무기는 검이다. 누가 무엇을 위해 단련했고, 어떤 경위와 함께 휘둘러졌는가…….

다만 이 미궁에서 발견된 검은 어떠한 명검의 부류에 속할지라도 단순한 「검」이다.

그 이상의 무엇인가…… 전설의 이야기와 연관이 있어야 비로소 이름을 받아 불리게 된다.

가령 절단하는 검, 두 동강이 검, 짐승 분쇄기, 마술사 정벌의 검…….

……다이아몬드의 검, 하스니르.

꿈같은 이야기다. 상당히 오랜만에 떠올린 이름이었다.

맞닿는 것 전부를 모조리 베어버리는 진공의 칼날이 장착된 보검.

그런 무구가 정말 있다면 나타날 만한 장소는 이곳 《미궁》뿐이라고 상상했었는데…….

얼마 뒤, 사고의 늪에서 다시 떠오른 오를레아는 놀라움과 함께 눈을 커다랗게 떴다.

윙윙 거세게 회전하여 적을 찢어발기는 칼날. 살인을 위해 단조된 기이한 검.

"이거 카시나트의 검이잖아……!"

"Eek?!"

반응은 극적이었다.

그 이름을 들은 순간, 가비지는 검을 내던지더니 펄쩍 뛰어서 물러나기까지 했다.

소녀는 이 세상에 종말을 초래하는 괴물을 노려보는 것처럼 낮게 우짖었다.

너무나 뜻밖의 반응인지라 오를레아는 어리둥절하다가…….

"……뭐야? 필요 없어?"

"woooooof……!"

"그럼 두고 가든가."

"Crorf!"

무심코 키득 웃었다. 도대체 얼마 만일까, 스스로도 알 수 없을 만큼 무의식중에.

다만 웃음은 곧 온데간데없이 지워졌다. 쿵쿵 울리는 불쾌한 발소리가 가까워지고 있기 때문에.

먼저 알아차리고 얼굴을 들어올린 것은 가비지다. 오를레아는 나지막하게 신음했다.

"넌 뒤로 돌아서 나가."

"yap."

"네가 여기 있으면 괜히 문제만 생겨……!"

딱히 말이 통해서는 아니었을 것이다.

다만 오를레아가 가비지를 누더기 천 안쪽으로 꾹꾹 힘줘서 밀어 넣는데도 저항하지 않았다.

그렇게 시간을 아낄 수 있었기에 더욱 큰 사고는 막은 셈이겠다.

"인마, 오를레아. 오늘 벌이는 좀 어떠냐?"

어슬렁거리며 육식 동물 같은 얼굴에 웃음을 짓고 모습을 나타낸 자는 게르츠였다.

곧이어 오를레아의 대답을 기대하지 않고 곧바로 보관함을 뒤집어서 돈을 갈취한다.

오를레아는 약간이나마 모아둔 감정료가 이자의 심기를 거스를 만한 금액이 아니기를 기도할 뿐이다.

그때— 게르츠의 눈이 불현듯 오를레아의 무릎 위쪽에 놓인 예리하고 서늘한 칼날에 닿아서 멈췄다.

"오호라. 아주 괜찮은 물건을 구해 놓았군⋯⋯."

아무런 말 없이 게르츠가 손을 뻗어서 다짜고짜 무릎 위 명검을 낚아챈다.

고개 숙이고 있던 오를레아의 시선이 그 궤적을 좇아서 튀어 올랐다. 목소리도, 새어 나왔다.

"아⋯⋯."

"뭐냐?"

오를레아는 사나운 시선 앞에서 허둥지둥 자세를 고쳐 앉고는 머리를 좌우로 흔들었다.

"아무것도⋯⋯ 아닙니다."

"좋아."

게르츠는 본인의 등에 메고 있었던 두 동강이 검을 아무렇게나 떼어서 집어 던졌다.

그리고 막 손에 든 카시나트의 검을 가볍게 휘둘러본다.

저 바위와 같은 손이 칼자루를 쥔 순간, 명장이 단련한 칼날은 윙윙 소리를 내며 허공을 베었다.

새된 비명과 비슷하게 바람 가르는 소리. 기이한 형태의 칼날은 아직 마주하지 않은 적을 찢어발기기 위하여 회전한다.

게르츠는 이빨을 드러내며 상어처럼 웃었다.

"괜찮군, 마음에 들어⋯⋯."

게르츠는 큰 체구와 어울리지 않는 마법과 같은 솜씨로 등에 카시나트를 고정했다.

오를레아는 줄곧 폭풍이 지나가기를 기다리는 것처럼 고개 숙이고 있었다.

다만 조용히 끝날 리 없다는 것도 잘 알고 있었다.

"저번에 한 협상이 마무리됐다. 힘 좀 보태줄 테냐?"

지시하는 말도 따라오라는 말도 아니다. 명령이 아닌 요망. 부탁.

실제로는 거절할 수 없는 압박일지라도 게르츠는 항상 이렇게 말을 꺼낸다.

너는 자주적으로 우리를 따르는 것이다. 네 자유 의지에 따라서 말이지.

그러니까, 그래.

오를레아는 이때도 자기 의사로 머리를 숙인 셈이다.

"⋯⋯네. 물론, 입니다."

"좋았어, 착한 아이구나. 간다, 따라와라!"

그리고 게르츠는 고개 돌리지도 않고 나타났을 때와 마찬가지로 성큼성큼 누더기 방을 뒤로했다.

오를레아가 복종할 것을 의심도 하지 않는다.

그것은 결코 신뢰가 아닌 자신이 이 소녀의 지배자라는 확신이 가져다준 행동이었다.

느릿느릿, 오를레아는 몸을 일으켰다. 저주에 침식당한 몸이 몹시도 아프다.

마지막으로 뒤쪽을 힐끔— 천 안쪽을 돌아봤다가 다리를 질질 끌다시피 하면서 떠나갔다.

이후에 남은 것은 바닥에 내팽개쳐진 두 동강이 검과…….

"snarl……."

들개 같은 잔반이 한 마리.

소녀는 바닥에 나동그라진 검에 부리나케 다가가더니 냉큼 주워 들었다.

이어서 뚫어져라 꼼꼼하게 검을 살펴보다가 가볍게 한 차례 휘두른다. 또 불만스럽게 콧숨을 한 번 내뱉는다.

가비지는 「뭐, 됐어」라며 말하는 것처럼 검을 짊어지고 곧장 귀로에 올랐다.

왜냐하면 얼마 전 시끄러운 녀석이 없었던 탓에 수확을 얻지 못했으니까.

제대로 본보기를 보여줘야겠다— 이 같은 생각이 과연 있었는지는 분명하지 않다.

다만 어쨌든 간에 소녀가 갖고 돌아간 검을 보고서 라라자는 눈이 휘둥그레지며 놀랐다.

그리고 가비지의 발자취를 더듬어 지하 1층의 복잡한 곳곳을 찾아 돌아다니다가 사흘째.

겨우 도착한 오두막에는 이미 새로운 주민이 눌러앉아서 라라자를 놀란 눈으로 올려다보고 있었다.

오를레아는 그날 이후로 모습을 감춘 것이다.

§

불길한 예감은 드는데 이 또한 일상과도 같았다.

그러니까 분명히, 그래. 아주 심각한 사태가 벌어질 것 같지는 않아…….

오를레아는 미궁을 걸을 때마다 언제나 이런 생각을 했다. 오늘도, 마찬가지다.

앞을 게르츠, 좌우를 이름도 모를 모험가들에게 둘러싸인 채 지하 통로를 나아간다.

빙글빙글, 빙글빙글. 어디를 봐도 똑같은 지형, 똑같은 벽, 똑같은 바닥.

이러면 전부가 흑색 바탕에 하얀색 선으로 만들어진 것 같다는 생각마저 들기 시작한다.

오를레아는 그런 느낌을 받을 때마다 위험하다고 자기 자신을 다잡고 세게 눈을 감고자 애쓰곤 했다.

다시 눈을 뜨면 전혀 달라지지 않은 미궁의 광경이 되살아난다.

그러니까 아직 괜찮아. 자신은 아직 미치지 않았다.

"오, 오오, 잘 와주셨습니다아."

불현듯 목소리가 들리고, 게르츠도 천천히 걸음을 멈췄다.

잘 보면 저 너머의 암흑에서 얼마 전 마주친— 정체불명의 수상쩍은 사제가 모습을 드러냈다.

목에는 변함없이 기묘한 파편처럼 생긴 호부를 걸고 있었고…… 얼굴에는, 웃음을 띠고 있다.

오를레아는 새삼 뒤늦게 저 법복에 있는 문양이 송곳니라는 사실을 깨달았다.

"그래. 꽤 많이 벌어들일 수 있을 것 같았거든. 얘기만 들어보면."

"예. 믿음에 따른 이득은 보장해드리겠습니다. ……자, 이리 오시지요……."

그렇게 말한 뒤 사제가 인도한 곳은 한 치 앞도 보이지 않는 심연의 어둠 속이다.

마른침을 삼킨 것은 오를레아였을까. 아니면 다른 모험가인가.

다만 적어도 게르츠는 아니었을 것이다.

"좋았어, 가자."

그자는 한 점의 두려움도 없는 양 주저하지 않고 어둠 속에 걸음을 내디디며 모습을 감췄다.

오를레아는 다리가 움직이지 않았다. 떨려서, 자꾸 굳어져서, 한 발짝 앞을 내딛지 못한다.

"아⋯⋯."

희미하게 목소리가 새어 나왔다. 등 뒤에서 혀 차는 소리가 들렸다.

"아윽?!"

그리고 묵직한 통증과 함께 소녀의 여윈 신체는 암흑 속으로 나가떨어졌다.

칼자루라든가 뭔가 단단한 물체에 가격당했다는 것을 깨닫기보다 빠르게 가느다란 팔을 붙잡힌다.

뼈가 부러지지 않았을까 싶은 격통에 힘겹게 비명이 새어 나왔다.

"네년 없이는 진행이 안 된단 말이다."

"뭐, 어⋯⋯?"

어둠 속에서 다시 미궁으로 오를레아를 끌어낸 자는 게르츠였다. 혼란에 빠진 채 하나만 남은 눈동자로 주위를 둘러본다.

⋯⋯작은, 방?

그렇다, 작은 방이다. 여기는 비좁고 작은 곳. 양쪽으로 열리는 문이 있는 묘실이었다.

오를레아가 당황하고 있는 동안에도 다른 모험가들이 밀려닥친다.

도망칠 길을 찾는 — 그런 의도는 딱히 없었다만 — 것처럼 오를레아는 사방을 둘러봤다.

다만 소녀의 팔은 게르츠에게 단단히 붙잡혀 있고 문 앞에는 어느 틈엔가 송곳니의 사제가 있었고.

"이것은 천지를 잇는 제단과 비슷한 시설인데 말입니다……."

"잡설은 됐다."

게르츠가 소리 높였다.

"빨리 시작해라."

"예. 그럼요, 물론입니다. 잠시 실례를……."

송곳니의 사제는 작은 방 벽면에 파묻힌 몇몇 단자를 거침없는 솜씨로 조작했다.

곧바로 방 전체가 흔들렸고, 오를레아는 자그맣게 비명을 질렀다.

부유감 — 추락과 거의 비슷하게 — 떨어지고 있다?

다만 비틀거릴 자유도 주저앉을 자유도 무엇인가를 붙잡을 자유도 소녀에게는 없었다.

팔을 우악스럽게 붙들려서 마치 인형처럼 매달린 몰골.

오를레아의 뇌리에서 어린 시절에 딱 한 번 봤던 사형의 광경이 되살아났다.

주점에서 재미있는 구경거리라며 보여주었던 그것은 죄인이 올라탄 받침대의 바닥이 꺼지면서 시작됐다.

나락에 떨어지다가, 하지만 목에 걸린 밧줄에 매달려서 숨도 못 쉬고 생명을 잃었다.

어째서인지 기억 속 죄인의 얼굴은 **감정꾼**이 되기 이전의 자기 얼굴이었고…….

—횡, 쿠웅.

끝없이 깊이 가라앉는 승강기 안에서 옛 광경이 눈꺼풀에 달라붙은 채 떨어지지 않았다.

제 4 장
그레이터 데몬

"뭔가, 달라졌어."

"엉?"

"뭔가 좀, 《스케일》이— 아니, 《미궁^던전》인가."

어둠 속에서 들린 모라딘의 맥락 없는 발언에 올스타즈는 별생각 않고 귀를 기울였다.

묘실에는 시체의 냄새가 가득 들어차 있다.

그들, 《스케일》에서도 최상위이자 미궁 탐색의 최전선을 나아가는 모험가들에게는 그다지 큰 위협은 아니었다.

지금은 아직, 이렇게 단서를 하나 붙여야 한다는 것은 여섯 명 전원이 잘 인식하고 있다만.

게다가 미궁에는 괴물 이외의 위협도 가득 넘쳐난다.

그중 하나가 보물상자에 장치된 함정이며— 대처 가능한 자는 모라딘뿐.

엄밀하게는 호크윈드 또한 대처가 가능하나 이 흑의의 남자도 빠른 손재주가 필요한 분야에서는 모라딘에게 양보한다.

따라서 전투 후 모라딘이 보물상자와 씨름하고 있는 동안에— 나머지 다섯 명은 딱히 할 일이 없었다.

주위를 경계하면서 모라딘의 목소리에 귀를 기울인다. 달리 무엇을 할 수 있을까.

누가 뭐라든 지금 파티의 명운을 쥐고 있는 인물은 한 작은 도적이었다.

"조금 더 구체적으로 말하지 못할까."

파티원의 상처를 확인하던 터크 선사가 투덜거렸다.

"설명이 부족하잖느냐."

"재촉해봤자 나도 딱히 확실하게 뭔갈 깨달은 건 아니걸랑."

모라딘은 손에 쥔 탐침을 움직이면서 애매한 말투로 중얼거렸다.

"바람이랄까, 물결? 지금까지는 그냥 쉬지않고 탐색만 반복하는 느낌이었는데 뭔가 좀……."

"그렇군."

맞장구치며 고개를 끄덕인 것은 용 머리 투구를 쓴 세즈말이다.

"공감되는 부분이 있어."

호방한 쾌남자라는 말이 아주 잘 어울리는 선량한 사나이다. 유쾌하게 웃으며 갑옷의 어깨 보호대를 흔들거렸다.

"요즘 들어서 어려운 사건이 이어지지 않았나. 몬스터 배치 센터에 붉은 용. 재미있어서 좋아."

"나는 사절이야, 세즈말."

반면에 새침스럽게 불만이 묻어나는 목소리로 대꾸한 것은 사라였다. 입술을 삐죽거리며 계속해서 말한다.

"난 주문의 경지를 높이고 싶어. 영웅담의 노랫말에 적히고 싶지는 않아."

"무서운 성녀님이라서 아름다운 엘프님이어도 데려갈 사람이 딱히 없겠지."

"나중에 걷어차 줄 거야, 모라딘."

기다란 귀를 곤두세운 엘프의 말에 레아는 소리 죽여서 웃더니 또 「아차차」라고 중얼거렸다.

나중이라는 말에서 사라의 성격이 드러난다. 보물상자 개봉을 방해하지 않겠다는 뜻이다.

"그럼 고명한 프로스페로 선생의 의견은 어떠신가?"

"나에게 묻지 마라. 별자리 읽기는 비전문이니."

이런데도 여성에게 꽤 인기가 좋은 미형의 마술사는 거하게 숨을 내쉬고 고개를 옆으로 흔들었다.

"다만, 글쎄다. 물결……. 어떠한 흐름이 있다는 것은 분명하겠군. 희한하게도 말이지."

"뭐, 동감이야."

의외로 저 애매모호한 말에 동의를 표시한 것은 사라였다.

사라는 보물상자의 옆에 쪼그려 앉아서 무릎 위쪽으로 턱받침을 하더니 울적하게 숨을 내쉰다.

"이알마스 녀석이 우리 귀여운 가비지를 데려왔을 무렵부터 뭔가…… 좀."

사라의 걱정거리가 이알마스와 직접 관련되어 있지 않음은 명백했다.

흑의의 시체 운반자를 염려하며 신경 써주는 친구 엘프와 곁에 붙어서 따라다니는 빨간 머리 여자아이.

게다가 최근엔 한 사람 더, 소심하고 키가 큰 마술사 소녀까지 추가되었다.

그뿐 아니라 매사에 성실하고 열심인 라라자라는 소년의 안부도 걱정이다.

누가 뭐라든 이알마스에게도 동료를 아끼고 배려하는 마음 씀씀이가—.

"있는 거야, 없는 거야……."

"그래 보여도 꽤 유쾌한 사내이다만?"

"세즈말은 누구한테도 똑같은 말을 해주잖아?"

경계를 맡아 서 있는 갑옷 남자라면 거리낄 필요 없다. 사라는 메이스의 끝으로 세즈말을 콕 찔렀다.

능청 부리며 휘청휘청 비틀거리는 세즈말의 갑옷에서 철컥철컥 소리가 난다.

그런 소음에도 신경쓰지 않고 가만히 팔짱만 끼고 있는 호크윈드는, 평소대로이고…….

"뭐, 거대한 흐름이 있다고 치고, 그 안에서 우리가 가능한 것은 썩 많지 않을 게다."

가장 연장자인 터크 선사가 무척 진지하게 함축이 있는 말투로 중얼거렸다.

그러자 맨 먼저 입술을 삐죽거린 것은 평소처럼 사라다.

"그게 뭐야, 포기하라는 거야?"

"그런 게 아니다. 강을 헤엄치는 물고기는 딱히 강에 지배를 받는 처지는 아니잖느냐."

사라는 흥미든 반발이든 마음이 가는 방향을 솔직하게 따라간다.

이 늙은 드워프는 그런 성품을 언제나 기특하게 생각하고 있었다.

따라서 자연스럽게 꺼내는 말도 젊은이를 가르치고 깨우치려는 내용이 되기 마련이다.

"뜻하는 대로 헤엄칠 뿐이라는 뜻이란다. 폭풍 속에서도, 탁류 속에서도."

"강을 원망하는 물고기는 없는가."

불현듯 호크윈드가 나지막이 웃었다.

별일도 다 있군─ 아니지, 이 녀석도 세즈말이 말하는 『꽤 유쾌한 사내』다.

그 사실을 파티의 인물들은 전원이 잘 알고서 함께 행동하고 있다.

"그런데 낙엽은 바람을 원망한다더군."

"낙엽이랑 달리 우리한테는 손과 발이 달려 있는걸."

사라가 코웃음을 쳤다.

"물고기하고도 달라."

"물고기에게도 폐가 있고, 손발이 달린 종류도 있다고 들었다."

지팡이에 기댄 자세로 보물상자를 바라보고 있었던 프로스페로가 끼어들어서 받아쳤다.

"다시 말해서 그 녀석들도 강의 흐름에 지배당하는 처지는 아니라는 말이 되겠군."

"육지를 걸어 다니는 물고기? 으엑……."

어떤 형태의 무엇을 상상했을까, 얼굴을 잔뜩 찌푸린 사라가 속이 안 좋아졌는지 불쑥 신음했다.

이렇듯 등 뒤로 들려오는 동료들의 여러 말소리가 모라딘의 마음을 편안하게 해줬다.

사명감이나 긴장감은 필요하다. 다만 동시에 마음 편하게 손을 움직일 여유도 필요하다.

뒤쪽에 이 녀석들이 있어준다는 사실은 진지한 각오 및 안심감을 더불어 가져다준다.

어떤 상황도 어떻게든 극복할 수 있다.

모라딘은 굳게 믿었기에—.

"아차차."

따라서 이렇듯 함정을 해제하고 자물쇠를 딸 수도 있었다.

"뭐야? 죽었어?"

"내용물에 따라서 다르. 엇."

사라의 농담에 웃음 짓고 대꾸하면서 보물상자의 뚜껑에 손을 가져가려다…… 움직임이 멈췄다.

모라딘이 뭐라 말하기보다 빠르게 호크윈드가 자세를 낮춰 경계 태세를 갖춘다.

이후의 움직임은 신속했다.

올스타즈는 물 흐르는 듯한 움직임으로 진형을 갖추고 장비를 손에 쥐고서 임전 태세를 취했다.

"어느 방향이지?"

애검 워 슬레이어를 뽑아 들면서 마치 산책을 갈 목적지를 묻는 것처럼 말하는 세즈말.

"저쪽."

모라딘은 이중의 의미로 적당히 대꾸했다.

"발소리가 자꾸 울린다. 숫자가 많은 건가, 덩치가 큰 건가……."

"둘 다다."

호크윈드가 단언했다.

"준비해라. 온다."

"여차하면 《로크토페이트》를 쓰지. 나든 사라든 주문을 남겨둔 쪽이……."

"……어라, 옷도 장비도 전부 다 사라지는데요?"

"《추잔메 레 타우크》……!"

사제들의 대화를 흘려들으며 프로스페로가 담담하게 진언을 낭송한다.

불가시의 역장이 일행 모두를 둘러싸는 감각— 하지만 프로스페로는 진중한 말투를 무너뜨리지 않는다.

"혹시나 싶어 《코르츠》를 펼쳤습니다. 얼마나 의미가 있을지는 장담하지 못 합니다만."

"뭘, 어떤 수단이든 없는 신세보다야 낫다네."

세즈말은 태연하게 중얼거렸다. 철 투구 안쪽으로 묘실의 저편 통로로 이어지는 어둠을 주시한다.

땅울림 같은 발소리는 이제 모두의 귀에 울려 퍼지고 있었다. 입술을 핥는다.

"자, 등장하셨군……!"

나타난 적은— 악마였다.

§

그것은 검푸른 근육 덩어리였다.

커다란 나무처럼 굵직한 팔과 다리. 피부도 없이 노출된 근섬유가 잔뜩 부풀어 올라서 두 팔과 두 다리를 형성하고 있다.

그 위쪽에는 짐승의 해골을 닮은 머리통. 뒤틀린 큰 뿔. 형형하게 불타오르는 희푸른 눈동자. 등에는 날개. 뒤쪽에는 꼬리.

무엇보다도— 저 괴물은 미궁의 천장까지 닿을 만큼 거구였다.

그렇다, 얼마나 큰 규모인지 가늠조차 안 되는 미궁의 천장과 같은 높이이다.

명성 자자한 여섯 영웅, 올스타즈일지언정 숨을 죽였던 것은 당연한 반응이리라.

아울러 다 같이 짧은 한순간 이상의 지체를 허락하지 않고 즉각 전투태세로 전환할 수 있었던 것은 특별히 주목할 만한 부분이었다.

"《라아리프 타우크 밈아리프 페이체》." 나의 여섯 감각이여, 하늘을 가득 채워라

정체불명의 괴물과 마주했을 때의 철칙은 먼저 정체를 분명하게 밝히는 것.

따라서 가장 먼저 《라츠마픽》을 읊조렸던 사라가 곧바로 비명 식별 지르다시피 상대의 이름을 외친다.

"그레이터 데몬?!"

마계의 심연에 도사리고 있다는 무시무시한 마신. 그런 존재가 눈앞에 있다. 적의를 가득 드러내면서.

신화, 전승 속 이야기에서만 존재해야 할 위협. 현실과 동떨어진 현실.

무릎이 떨리고 허물어지려고 한다. 이것은 시련인가? 희롱인가? 사라는 마음속으로 카도르토 신을 몹시 저주했다.

―그야 미궁에는 뭐가 있어도 이상할 게 없지만 말야……!

"이건 너무하잖아?!"

거꾸로 부는 바람이여, 저편에서 날아와 우리의 방벽이 될지어다
《베아리프 밈아리프 타우크》!"

"모라딘, 뒤를 지켜라! 호크, 오른쪽으로!"

"우오!"

기원
터크 선사가 낭랑하게 《바마츠》를 읊는 와중에 세즈말의 호령에 따라 호크윈드가 반응했다.

칠흑의 그림자가 미궁 바닥을 미끄러지듯 단숨에 주파하여 거구의 악마에게 들이닥친다.

그것은 흡사 거대한 나무 주위로 벌이 날아다니는 장면 같았다. 우선은 오른팔. 그곳에 한 번의 검격.

호크윈드가 허리에 찬 칼을 뽑아서 때려 박은 일격은 상대의 외
대미지
피에 아주 약간의 아픔을 가했을 뿐.

다만 이처럼 약간이나마 적이 둔해지는 짧은 순간은 세즈말이 동료들의 지혜에 의지할 수 있는 귀중한 시간이었다.

"뭐, 그레이터 데몬이라고?"

"조심하십시오."

장벽의 고착에 의식을 할애하면서 프로스페로가 속삭이듯 알렸다.

"문헌에 따르면 놈은 숨 쉬듯이 냉기를 조작하고, 제 손에 독기를 묻혀 휘두른다고……."

"자네가 쓴 《코르츠》가 있잖나."

"얼마나 버틸지 장담할 수 없습니다."

"그럼 깨지기 전에 쓰러뜨려야지."

세즈말은 어린아이가 어머니에게 저녁 식사 때까지 집에 돌아오겠다고 말하는 듯한 태도로 한 손에 워 슬레이어를 들고서 뛰쳐나갔다.

"으, 라아앗!!"

나무꾼 또한 거목을 베어 넘어뜨릴 수 있다. 짐승 분쇄기의 칼날은 악마의 다리에 깊숙이 박혀 들어갔다.

"──."

피가 용솟음친다― 상위 마신이 짜증을 내는 동작으로 입을 벌리고 아무렇게나 팔을 휘둘렀다.

"우, 오, 옷?!"

그 순간, 날파리를 쫓아내는 듯한 손짓에 얻어맞은 세즈말이 가볍게 하늘을 날았다.

백은빛 전신 갑주가 미궁의 돌바닥과 격돌하며 굉음을 만들었다.

"세즈말?!"

"아니, 무사하다."

사라가 비명을 질렀을 때, 전사는 쾌활하게 응답하며 돌바닥 위에서 꿈틀거렸다.

"축도 덕분에."

그러나 몸의 움직임은, 목소리는 굉장히 연약하다. 갑옷은 찌부러졌고, 명백하게 큰 타격을 받았다.

—아니야!

사라는 곧장 알아차렸다. 저 상태는 부상 때문만이 아니다. 마비다!

"신의 가호도 무한히 베풀어지지는 않는다, 오래는 못 버티느니라……!"

"알아……!"

따라서 터크 선사의 외침에 반응하여 가장 먼저 사라가 세즈말에게 달려갔다.

숫처녀의 치유를 쓸 수 있다면 사망 이외에 모든 부상은 부상의 범주에 들어가지 않는다.

다만 제아무리 엘프일지라도 신화 시대의 민첩함은 쇠퇴한 지 오래였다.

느릿느릿 일어선 세즈말에게 마신의 팔이 육박한다.

"쳇! 세즈말도 호크도 힘을 못 쓰는 건가. 에라이—!"

또한 이 같은 상황에서 가만히 있을 「뒤를 지켜라」 모라딘이 아니다.

레아는 예로부터 배짱 두둑한 종족으로 잘 알려져 있다.

그 용감함은 수명의 길이가 인간과 다를 바 없이 줄어들었음에도 사라지지 않은 것이다.

모라딘은 재빨리 배낭에서 붉가시나무 지팡이를 뽑아 들고 두 손으로 꽉 쥐어 마신의 코끝을 향해 겨누었다.

"그래, 이거나 처먹어라!"

《불꽃의 지팡이》에서 쏟아진 화염이 그레이터 데몬의 안면을 불살랐다.

얼마 전 《몬스터 배치 센터》에서 획득한 파티의 성과 중 하나이다.

그렇다 해도 전위의 전사에게는 쓸모없는 막대기이고, 술사 세 사람도 각자 담당하는 주문이 있다.

웬만한 괴물이라면 숯덩이로 만들 수 있는 화력을 쏟아내기에 모라딘은 내심 무척이나 의기양양했었다만.

하지만 레아 도적은 얼굴에 불이 붙은 마신의 눈동자에서 타오르는 불꽃을 목격한 뒤 눈을 부릅뜨게 된다.

《마할리토》에 필적하는 업화인데, 그런데 마신의 외피를 제대로 불태우지도 못한 것이다.

"얼씨구……?! 역시 만만치 않군, 이 자식……!!"

다만— 그렇다. 역시 시간을 끄는 데는 충분하고도 남는 활약이었다고 말할 수 있겠다.

"이이야아앗!!"

불꽃을 찢으며 울려 퍼지는 호크윈드의 날카로운 기합 소리.

두 손에 칼을 쥐고 허공에서 몸을 비틀어 선풍처럼 소용돌이치며 마신의 팔로 뛰어올랐다.

"—?!"

소리 없는 절규. 모두가 눈을 의심했으리라. 세즈말에게 뻗어

나가던 팔은 허공으로 사라지고 있었다.

호크윈드의 일격이 거목처럼 두꺼운 마신의 팔을 베어서 날려 버린 것이다.

"그래도 역시 목을 절단하는 것은 힘겹군……."

회전해서 착지한 호크윈드, 닌자는 나지막하게 침음했다.

이 세상의 존재가 아닌 저것들이 죽음으로부터 보호받고 있다 는 사실을 **그는 아주 잘 알고 있다**.

"프로스페로, 《코르츠》는 소용없다, 차라리 해제해라."

"이상하잖습니까?! 그레이터 데몬은 분명 주문을 쓸 텐데……!"

"이 녀석은 쓰지 않는다."

그 말의 진정한 의미를 프로스페로가 분명하게 이해해서 한 행동은 아니었을 것이다.

어쨌든 이때 마술사를 움직인 것은 머리에 가득 욱여넣은 지식이 아닌 동료에 대한 신뢰였다.

"《라아리프 헤아 라이 타잔메》!"

프로스페로는 폭풍을 소환하는 이름처럼 《라할리토》를 마신에게 때려 박았다.

"─?!"

그 열풍에 온전히 맞은 뒤에야 그레이터 데몬의 거구가 처음으로 거하게 기울어지며 비틀거렸다.

제4위계, 역시 전설적인 수준에 오른 불꽃은 통하는구나 싶어 모라딘이 프로스페로를 바라봤다.

다만 《스케일》에서 다섯 손가락에 들어갈 만한 대마술사는 이마에 식은땀을 흘리며 힘껏 고개를 좌우로 흔들었다.

"마신에게 술법은 안 통합니다! 단지 열풍으로 제압하고 있을 뿐입니다……!"

결국 이것은 전부 시간 끌기에 불과하다.

그래서, 무엇을 위해 시간을 끌었느냐고 묻는다면 답은 단 하나.

"다들, 잘했다……."

"시끄러워, 넌 제발 얌전히 있어……!"

사라는 동료 모두가 만들어준 시간을 사치스럽게 써서 세즈말을 쏘아붙였다.

비틀비틀 몸을 일으킨 세즈말의 몰골은, 무척 심각했다.

순백의 갑주는 푹 파였고, 피는 뚝뚝 떨어지고, 무엇보다 언제나 가득하던 힘찬 기운이 전혀 느껴지지 않는 음색.

그나마 높은 집중력으로 낙법을 취했으며 《바마츠》의 보호를 받은 덕분에 간신히 부지했던 생명.
히트 포인트

"2연속으로 끝낼 거야, 이빨 꽉 물고 버텨."

사라는 하얀 손바닥을 피로 붉게 물듦에도 아랑곳않고 세즈말의 가슴판에 가져다 댔다.

생명이여, 그대의 이름은 부드러운 돌이로다
"《다루이 아리프라 카프잔메》."

이마에 비지땀을 흘리며 기적의 마중물이 되는 《디알코》의 축도를 신께 탄원한다.
유연

시들었던 세즈말의 사지에 힘이 돌아오고, 딱딱하게 굳었던 관절은 본연의 부드러움을 되찾는다.

그리고 심호흡을 한 차례. 이마에 땀이 배어나고 숨이 가늘어진다. 혼이 깎여 나가는 터라 사라에게도 부담이 큰 작업이다.

—그게 뭐 어쨌다는 건데……!

그런 것으로 눈앞의 남자가 살아날 수 있다면 얼마든지 깎아내 주면 그만 아니겠는가.

천지에서 숨 쉬는 생명의 힘이여, 이자의 곁에 모일지어다
"《밈아리프 다루이》!"

완치
숫처녀의 기도는 하늘에 닿아 《마디》의 기적을 일으켰다.

사방에 가득 찬 생명의 숨결이 소용돌이치며 세즈말에게 쏟아져 몸에 활력을 불어넣는다.

으스러졌던 살점이 솟아나고, 부서졌던 뼈는 이어져 붙고, 흘렸던 피는 몸 안에서 끓어오른다.

사라는 순식간에 죽음의 늪에서 복귀한 영웅의 철 투구를 양쪽으로 딱 붙들어 잡아 손바닥으로 덮었다.

투구의 안쪽, 보이지 않는 얼굴. 그곳을 눈물까지 글썽거리며 사라는 절절하게 들여다본다.

"무모하게 들이받지 마. 죽으면 나도 못 고쳐줘. 쓸데없는 지출은 절대 사절이야. 알았어?"

"오냐!"

"알면 됐어! 어서 가!"

사라는 갖은 감정을 눌러 삼킨 채 일어서는 세즈말의 등을 때려서 밀어줬다.

아무리 상처를 수습하고 뼈를 이어 붙였더라도 혼백의 소모만큼은 치유할 수 없다.

육체에 큰 손상을 입은 시체는 소생도 어려워진다는 것이 모험가들 사이에서는 널리 알려진 사실이다.

다만 두려움을 모르는 사내, 세즈말은 짐승 분쇄기의 칼날을 한 손에 들고 당당하게 일어선다.

눈앞에는 한 팔을 잃어버린 상위 마신. 이쪽에는 믿음직한 동료들. 그리고 자신은 살아있다.

"그렇다면 질 이유가 어디 있겠는가!"

세즈말이라는 남자는 망설이지 않고 정면을 향해 힘차게 나아가는 것이 자신의 강점이라고 확신하고 있다.

그는 짐승 분쇄기, 워 슬레이어를 두 손으로 치켜든 채 그레이터 데몬에게 똑바로 돌진했다.

"우오오오!!"

주인의 기대를 배반하지 않는 것이 명검의 증거라면 워 슬레이어는 진정 훌륭한 무기다.

철저하게 단조된 강철의 칼날은 주인의 완력에 보답하여 끝내 마신의 다리, 뼈와 근육을 깊숙이 절단했다.

"—?!"

상위 마신의 소리 없는 비명이 진동과 함께 대기를, 미궁을 공명시켜서 뒤흔든다.

《라할리토》의 기세에 눌려 기울어졌던 마신의 커다란 몸이 다시 거하게 비스듬히 허물어졌다.

그대로 굉음을 울리며 돌바닥 위에 나자빠졌고, 그 틈을 놓칠 모험가는 없다.

"베어라, 호크윈드!"

"우오!"

마신이 흘린 피를 뒤집어쓴 리더의 지시에 부응하여 호크윈드가 칼을 손에 들고서 뛰어올랐다.

그는 가느다란 나뭇가지를 달리는 날다람쥐 같은 움직임으로 마신의 커다란 몸 위를 뛰어 올라가서 목에 육박한 뒤, 이어서—.

"이이야앗!!"

최후의 일격으로 바위와 같은 머리를 베어 떨어뜨리는 데 성공했다.

피 흐르는 머리가 돌바닥에 굴러떨어지는 광경은 오히려 우스꽝스러울 만큼 위압감이 없었다.

전원이 — 적어도 호크윈드 이외 — 거하게 숨을 내뱉으며 얼굴을 마주 바라본다.

"끝난…… 거야……?"

"……끝이라, 생각하고 싶군요."

사라가 주저앉고, 프로스페로가 거하게 숨을 내뱉는다.

냉정 침착한 터크 선사도 무의식중에 이마에 배어난 땀을 닦았으며, 모라딘이 얼굴을 찌푸렸다.

"말해 두겠는데, 딱히 내가 알람을 건드린 건 아니다?"

"잘 알고 있다네."

세즈말이 워 슬레이어를 휘둘러서 피를 떨치고 말했다.

"저건 어떻게 봐도 배회하는 괴물이지." 원더링 몬스터

"이 계층에 저런 끔찍한 괴물이 배회하고 있다는 게 소름 끼치는구나……."

사라의 상태를 확인하고, 프로스페로를 격려하고, 모라딘의 어깨를 토닥여주고 터크 선사가 가까이 다가온다. 터크 선사는 그레이터 데몬을 이리저리 관찰하고 있는 호크에게 힐끔 시선을 준 뒤에 세즈말의 상처를 살폈다.

사라의 기적은 적절하게 쓰였다고 말할 수 있겠다. 적어도 문제는 없다.

굳이 말하자면 이 젊은이가 다시 한번 미궁의 심연에 발을 들여놓음으로써 인간의 영역을 벗어났다는 점인가.

그런 수단이 아니었다면 비록 살아남을 수 없었겠으나 터크 선사는 우울했다.

신마의 봉우리를 끝까지 올라가버린 인물의 말로 따위 썩 기뻐할 만한 것이 못 되기 때문이다.

"단지 이제껏 운이 좋았던 건가, 단순히 이번 탐색에서 운이 나빴던 건가……."

"이것도 스님이 말한 『커다란 흐름』에 속하는 사태 아닌가?"

"어쩌면."

터크 선사는 진중하게 고개를 끄덕거렸다.

"일단 복귀한 뒤 재정비를 하자꾸나."

"동감이군. 이보게, 호크!"

딱히 반대할 이유도 없다. 세즈말은 마신의 주검 위쪽에 선 남자를 불렀다.

그런데 대답이 없다.

흑의의 남자는 아직 양손에 칼을 든 채로 가만히 어둠 너머를 주시하고 있다.

"호크?"

—임전 태세.

그 의미를 깨닫지 못할 올스타즈가 아니다.

차마 못 믿겠다는 마음보다도 생존을 위해 육체가 몸을 몰아붙인다.

기진맥진한 몸으로 각각 무기를 들어 올리고, 지팡이를 들고, 어둠을 주시하며 경계를 한다.

닥쳐드는 것은— 굉음, 진동, 압도적인 존재감. 다수의…….

"농담이지……?"

이런 사태가 일어나서는 안 된다.

전원의 마음을 대변하여 사라가 당장에라도 눈물을 쏟을 것 같은 목소리로 중얼거렸다.

사라는 전심전력을 기울여서 방금 전 마음속으로 욕했던 카도르토 신에게 사죄하고 있었다.

이런 게 정녕 시련이라면 이제 충분해요. 희롱이라면 제발 자제를. 벌이라면 아무쪼록 용서를.

"말했을 텐데."

반면에 호크윈드는 별반 동요한 기색도 없이 태연하게 말을 꺼냈다.

그는 어둠 깊숙한 곳을 바라보고 있었다. 미궁의 안쪽. 그곳에서 들이닥치는 것들을. 평소와 마찬가지로.

거대하며, 큰 무리.

"둘 다다."

다음 순간, 그레이터 데몬의 군세가 밀려닥쳤다.

§

"아하, 어쩐지……. 시체를 발견하지 못한 이유가 있었군요."

"과거형인가."

"현재 진행형이기도 하답니다."

이알마스의 말에 시스터 아이닛키는 울적하게 한숨을 내쉬었다.

이곳은 캔트 사원이다.

긴 의자에 나란히 앉은 채 — 이알마스는 억지로 앉혀 놓았다 — 평소처럼 설교 중.

그리고 사건의 전말— 라라자가 찾아 헤맸던 모험가 여자아이의 말로를 지금 막 들은 참이었다.

─못살아.

아이네가 한탄하는 이유는 이 남자의 보고가 늦어졌던 것도, 그리고 다시금 예의 여자아이가 행방불명된 것도 아니다.

"더 바람직한 삶을 위해서 소생을 허락해주셨는데 말이죠. 정말 불손합니다."

기껏 죽음을 번복하여 귀한 기회를 받은 한 여자아이가 스스로의 삶을 혹사시키고 있다는 사실 때문이었다.

이럴 바에야 차라리 신께서 계신 죽음의 도시에서 가만히 있는 게 나았을 텐데.

소생과 관련하여 할 말이 많겠지만, 소생에 응한 사망자에게도 할 말이 많다.

부당한 처우에 맞서 항거하는 정도의 기개는 갖고 있었기에 다시 살아난 것 아니겠는가.

"그래서, 어떻게 하실 생각이신가요?"

"벨카난과 함께 지하 1층을 돌아다니며 찾고 있더군."

"이알마스 님의 계획을 여쭌 거예요."

"글쎄, 어떻게 하실 생각이시려나……."

이알마스는 가만히 중얼거린 뒤 사원의 안뜰, 햇살 아래에 주저앉아 있는 소녀를 바라봤다.

빨간 머리 여자아이는 풀밭에 앉아서 두 자루의 검과 마주하며 고민이 많은 표정을 짓고 있었다.

가끔 한쪽을 들고 휘둘러보다가 또 한쪽을 들어서 휘둘러보고 비교하면서 얼굴을 찌푸리고 있다.

아무래도 게르츠가 내팽개치고 간 것으로 짐작되는 검 역시 소녀의 까다로운 눈에 들지는 못한 듯싶다.

—카시나트의 검도 싫고 두 동강이 검도 싫은가.

이알마스는 입가를 아주 살짝 구부리며 목소리를 흘렸다.

"눈 높은 녀석이군."

"어머. 그 말씀은 조금 오만한데요, 이알마스 님."

미모의 근원을 나타내는 신체 부위를 뾰족거리며 아이닛키는 말했다.

"저 아이가 찾고 원하는 것은 단순히 강한 검이 아니라 **자기 자신의 검**이잖아요?"

"흠."

"적당히 구한 물건으로 누가 만족할 수 있겠어요."

더구나 이 도시에서 살아가는 모험가라면.

그렇게 말한 아이네의 발언을 이알마스는 충분히 사유한 뒤에 머리를 위아래로 움직여 동의를 표했다.

"일리가 있군."

"십리는 있답니다."

시스터 아이네는 의기양양하게 제 생명력을 가득 담아낸 풍만한 가슴을 쭉 내밀며 대꾸했다.

"그나저나 정말 별일이 다 있네요."

"뭐가 말인가."

"어머나, 정작 본인은 아직도 깨닫지 못하셨군요?"

은발의 아름다운 엘프는 선조 때부터 달라지지 않은 우아함으로 눈웃음을 짓고 키득키득 웃었다.

"설마 이알마스 님께서『어떻게 해야 좋을지 모르겠다』라며 고민을 하실 줄이야!"

그 목소리는 방울이 울리는 것처럼 들려왔다. 이런 음색을 독점할 수 있다는 것은 도대체 얼마나 큰 행운일까.

이알마스만이 아이닛키의 웃음소리를 듣고 있음을 안다면 이를 저주하는 남자들은 많을 것이다.

어쨌거나 정작 당사자, 흑의의 이알마스는 땅이 꺼져라 숨을 내뱉었다.

"단적으로 말해서."

"네."

"예의 오를레아라는 여자아이도, 게르츠도 미궁 탐색과 관계가 없지 않은가."

—바보 같은 소리를.

가끔 이 연령 불명의 남자는 천연덕스럽게 몹시 멍청한 말을 꺼내는지라 아이네 또한 기막힐 따름이다.

다만 이 또한 바람직할 테다.

부족하다는 것은 더 나아가서 삶의 가치, 죽음의 가치를 쌓아올릴 수 있음을 의미하니까.

시스터 아이닛키는 부족함을 애써 채우고자 하는 태도에서 경애를 느낀다.

"관계가 있는지 없는지를 따지고 들어가면, 사람은 먹고 자고 **아이 만들기**를 하는 게 전부인걸요?"

아이네는 태연하게 인간의 근본적인 욕구에 대해 언급하면서 손가락을 하나 세워 보였다.

품행이 안 좋은 꼬마를 끈기 있게 자비롭게 가르치고자 애쓰는 고승과 같은 동작이었다.

"그게 어디를 봐서 더 바람직한 삶인가요? 모든 것은 관계없고 쓸데도 없는 단계부터 시작되는 법이에요."

"쓸데가 없어도 마냥 쓸데없지는 않다?"

그 말의 의미를 음미하듯이 중얼거린 뒤 이알마스는 천천히 고개를 옆으로 흔들었다.

"철학이군."

"아니요~! 신학입니다!"

"맞는 말이군."

그렇다면 고작해야 시체 운반자에 불과한 이알마스가 진정한 의미를 깨달을 가망은 있지 않겠다.

오히려 납득이었다.

시스터 아이닛키는 고민하는 한 남자를 바라보면서 살포시 미소 지었다.

"모험도 비슷하지 않은가요?"

"그건……"

글쎄, 어떠한 답을 꺼내려고 했을까.

이알마스 본인의 생각이 구체화되기보다도 더 빨리, 세차게 문이 열렸다.

"이알마스, 있지?!"

불쑥 난입한 인물은 한 명의 엘프 여성이었다.

주위의 참배객과 사제들의 눈도 개의치 않고, 성큼성큼 사원 깊숙한 곳으로 들이닥친다.

"조금 도움을 받아야 해서 왔는데……!"

올스타즈의 사라는 내키지 않는다는 감정이 훤히 드러난 표정으로 이알마스에게 이렇듯 언성을 높여 말했다.

얼굴을 들어 올렸던 가비지가 그 모습을 보더니 작게 우짖고 뒷걸음쳤다.

땀을 흘리고, 눈물이 배어 나오고, 머리카락은 마구 흐트러졌고, 하얀 살결은 찰과상과 먼지투성이.

그럼에도 여인의 아름다움이 손상되지 않는 까닭은 역시 엘프이기 때문일까.

혹은— 저 신체를 얇은 옷가지 한 장으로 간신히 덮어 놓은 자극적인 차림새 때문이었을까.

§

"제기랄, 잔반 녀석! 이알마스 녀석……!"

지하 미궁에서 울려 퍼지는 라라자의 악담을 듣고 뒤에서 따라가던 벨카난은 움찔 놀라며 몸을 움츠렸다.

짤그랑짤그랑, 던진 금화가 튕기는 소리. 발소리가 둘.

가끔 지도를 들여다보며 나아가고 있기는 한데 기껏해야 둘뿐인 탐색.

이런 처지가 벨카난은 불안하기도 했고…… 조금은 기쁘기도 했다.

"라라자…… 군이라면, 괜찮다고…… 생각한 거야."

게다가 나도 함께니까— 이런 말까지 할 만큼 자신감이 가득 넘치지는 못했지만.

실제로 라라자의 행동은 초보자에 가까운 벨카난의 눈으로 봐도 몰라보게 달라졌다.

통로를 나아갈 때 사방에 눈길을 주고, 발밑의 함정에 주의를 기울이고, 신중하고 당당하게 앞으로 전진한다.

단순히 실력이 올라갔다는 말로 설명할 수는 없을 것이다.

미궁을 나아가는 과정에 있어 무엇을 어떻게 해야 좋을지를 소년이 착실하게 학습했다는 증거였다.

단지 괴물과 싸워 살아남기만 해서는 얻을 수 없는 경험이 확실하게 느껴졌다.

정작…….

"아니지, 그 자식은 절대 믿어서 보내준 게 아니다. 그런, 마음대로 해라. 이게 뭔데?"

정작 당사자는 자신의 상태에 무자각한 채 불만만 늘어놓고 있었지만.

뭐, 어쩔 수 없지— 않을까, 벨카난은 가만히 생각했다.

오를레아라는 레아 소녀가 다시 게르츠와 함께, 행방불명됐다.

물론《스케일》에서는 흔하게 들을 수 있는 이야기였지만, 라라자에게는 경우가 달랐다.

어떻게든 그 소녀와 다시 만나서 이야기를 나누고 싶다. 도와달라.

그렇게 부탁을 하는 상대에게 건네기에는 무척 성의 없는 발언이기는 했다.

심지어 가비지의 반응은 어떠했냐면……. 벨카난은 소년의 등을 바라보면서 씁쓸하게 웃었다.

—그건, 하지만, 라라자 군이 잘못을, 했고…….

어떤 실수를 했는가,

가비지가 갖고 돌아왔던 검이 문제였다.

피투성이 가비지가 아주 의기양양하게 사냥감을 자랑하려는 듯이 내밀었던 검.

그것이 두 동강이 검임을 알아본 순간, 라라자는 무의식중에 검을 빼앗아 들고 말았다.

『너, 이거 어디서 구했냐……?!』

당연히 가비지는 한 차례 우짖고 덤벼들었다.

베풀어 주는 것은 괜찮아도 강탈당하는 것은 참을 수 없다.

태어나서 지금까지 이 같은 처사를 용납했던 사례는 단 한 번도 없었으니까.

곧장 맞붙어서 엎치락뒤치락 주먹질, 물어뜯기, 걷어차기, 날려 버리기.

체격 차이가 있을지언정 용살의 전사에게 도적이 어떻게 당해 낼 수 있을까.

검을 되찾은 가비지는 라라자에게 으르렁거리며 고개를 홱 돌려버렸었다.

그 결과가— 두 명. 라라자와 벨카난.

다만 목적을 생각하면 벨카난의 큰 가슴 깊숙한 곳에서 따끔따끔 묵직한 아픔이 치달았지만.

그럼에도 의지해준다는 것이 기뻐서 소녀는 자신의 커다란 몸으로 느릿느릿 소년의 뒤를 따라갔다.

"……그런데 찾을 단서는…… 혹시 있어?"

"……없는데."

라라자는 아픈 부분을 찔리고 인정하는 것이 싫어서 얼굴을 찌푸렸다.

"……없어도 찾아 나서는 게 맞잖냐."

"……응."

그 말을 끝으로 대화가 중단됐다.

조용히 있는 게 싫어서 벨카난은 주뼛주뼛 네거리의 너머를 내다보려고 하며 간절하게 머리를 굴렸다.

"으음, 아이닛키 씨한테 부탁해서 《칸디》를 써보는 건 어때……?"

"그 사람, 무조건 돈 받을걸……."

던진 금화의 낚싯줄을 잡아당기면서 라라자가 투덜거렸다.

"돈 내는 건 불만 없는데 돈도 없는 주제에 의지하면…… 반칙이잖냐."

"……응."

벨카난은 작게 — 옆에서 보기에는 크게 — 머리를 움직였다.
《칸디》로 알 수 있는 것은 **동료**의 **시체**가 위치한 곳뿐이다.

굳이 입 밖에 꺼내서 말할 용기는 벨카난에게는 없었다.

그럼 애당초 《칸디》에 대해 언급하지 말아야 했을지도 모른다.

곧장 후회의 감정에 휩싸인 벨카난은 다시 대화를 이어 나가고자 잇따라 입을 움직였다.

"그럼, 그러면, 그러니까…… 지, 지하 1층에서, 여기저기…… 물어볼까?"

"안 좋은 시선이 모일 것 같거든……."

"……아으."

"아니, 너……."

라라자는 혀를 찼다.

"벨카난 말고, 나 말이야."

따라서 결국 달리 수단이 없는 셈이다.

모눈을 하나하나 채워 나가며 지하 미궁을 수색한다. 한 걸음씩, 착실하게.

미궁 탐색이란 이렇듯 머리가 아득해질 만큼 기약이 없는 작업의 축적이리라.

그것을 쭉 혼자서 되풀이했다는 이알마스는…….

……도대체 뭘까.

벨카난은 그 흑의의 남자가 싫진 않았지만, 종잡을 수 없다는 생각은 항상 가지고 있다.

분명히 나쁜 사람은 아니었다. 따라서 오늘의 이 같은 행동에도 뭔가 생각이…….

"잠깐……!"

"꺅."

불현듯 제지의 말이 들려서 벨카난은 커다란 몸을 움찔 떨었다. 서둘러 걸어 라라자의 뒤로 숨는다— 숨으려는 생각이다.

라라자는 미궁의 모퉁이, 벽에 바짝 붙어서 한껏 자세를 낮춘 채 단검을 뽑았다.

그 모습을 보고 벨카난 또한 꾸물꾸물하며 지팡이 대신으로 쓰는 용살의 검을 쥐었다.

앞으로 나서야 할까, 미리 주문을 읊어야 할까. 챙 넓은 모자를 꾹 내리누른다.

"뭐, 뭐야……?"

"모르겠는데, 뭔가가 온다—!"

정말이었다. 금세 누군가가 나타났다.

"에잇, 괘씸한 녀석들이군……! 어찌 이토록 불손한가! 어찌 이토록 불경한가! 극형을 받아 마땅하다!"

쩌렁쩌렁 날이 선 목소리와 철꺽철꺽 발소리. 흐릿하게 번지는 각등의 불빛.

큰 짐을 등에 멘 탓일까, 벼룩처럼 등이 비틀렸고 지금은 미친
사람처럼 마구 소리를 치는 자그마한 노인—.

"왕의 재가도 없이 저것을 쓸 줄이야! 괘씸하군, 어떻게 감히—!!"

"할아버지……?"

"오오!"

벼룩 남자 뱅크는 주뼛주뼛하는 벨카난의 목소리를 듣더니 눈
을 형형하게 빛냈다.

앞서 만났던 때의 모습과는 완전히 다른 기이한 분위기인지라
무의식중에 목소리가 새어 나온다.

라라자는 자신을 감싸주려는 것처럼 앞에 나서주었으나 키가
자신보다도 훨씬 작았다.

……나도 키가 좀 작았다면.

문득 스치는 안타까운 마음을 벨카난은 까만 머리를 흔들거리
며 떨쳐냈다.

"위, 위험하잖아……? 여기, 미궁인데……. 혼자서……."

"여기서 대체 뭐 하는 거야, 할배. 댁은 주점에서 장비랑 돈 갖
고 장사하는 사람이잖아."

"헤헤……. 아이고, 아주 신기한 우연이 다 있군요, 도련님, 아
가씨……."

방금 전까지 쏟아내던 기이한 광채는 자취를 감췄고, 노인은 이
제 얼굴을 잔뜩 비틀며 알랑거리는 웃음을 보여줬다.

191

하지만— 벨카난은 어째서인지 알 수 있었다.

이 노인의 본성은 오히려 방금 전 모습이야말로 진짜가 아니었을까—.

"그게 말입니다, 미궁에 묘한 기척이 있었던지라 잠깐 상황을 보러 말이죠……."

"잠깐 상황을 보러?"

라라자가 얼굴을 찌푸렸다.

"집 앞에 밭도 아니고."

"헤, 헤헤. 비슷한 곳이지 않겠습니까. 똑같이 모험가가 여무는 곳이온지라……."

"댁한테는 돈줄, 밥벌이인가."

"에헤헤……. 아무렴요, 잘 아시는군요……."

뱅크는 맞장구치더니 히죽거리는 웃음을 감추지 않고 굽신굽신 머리를 숙였다.

다만— 주목해야 할 부분은 따로 있었다.

벨카난은 겁먹은 모습으로 라라자의 건너편, 뱅크의 뒤쪽, 미궁의 어둠을 바라봤다.

어린 시절에 할머니가 들려주셨던 무시무시한 괴물 이야기가 뇌리를 스친다.

알마르를 덮쳤던 공포. 요술사 하르기스. 고대 황제의 저주…….

"저, 저기."

긴장 때문에 목소리가 높아졌다.

"할아버지. 묘한 기척이라니……?"

"마음씨 고운 아가씨, 도련님."

뱅크는, 벼룩처럼 작은 노인은 물음에는 답하지 않고 갑자기 매섭게 말했다.

"당장 도망치십쇼. 여기 있으면 안 돼요."

"뭐라고?"

"예, 암요. 이놈도 말입니다, 아가씨와 도련님이 죽는 건 싫습죠. 예, 아무렴요."

그렇게 말하면서 뱅크는 벨카난의 손에 무엇인가를 억지로 쥐여줬다.

"어라, 응……?"

그것은 지저분하고 오래된 누더기 천이었는데, 심하게 때가 끼어서 본래 색조차 알아볼 수 없었다.

이게 도대체 무슨 의미인가…… 거듭 물어야 할 필요는 없었다.

어둠 깊숙한 곳으로부터 땅 흔들리는 소리가 울려 퍼졌다. 땅울림. 아니, 이것은……

"발, 소리……?"

"큭! 도망친다, 벨카난! 할배!"

"어, 아, 꺄아……앗?!"

라라자의 움직임은 누구보다도 빨랐다.

소년은 벨카난의 손을 붙들고 노인의 손을 붙잡더니 발길을 돌려 달음박질쳤다.

아니, 달음박질치고자 했다.

다만 소년이 쥔 것은 마술사의 부드러운 손뿐.

"이봐, 할배?!"

"할아버지?!"

저러면 안 되는데, 벨카난은 라라자에게 손을 붙잡혀 끌리면서 노인이 있는 방향으로 고개 돌린다.

노인의 등 건너편, 어둠 깊숙한 곳— 형형하게 불타오르는 눈동자. 저건, 저것은……

"흐, 읍……?!"

벨카난은 너무나 큰 공포에— 이계의 괴물을 목격하고 저도 모르게 허물어질 뻔했다.

딱딱, 이빨이 부딪친다. 시야가 일그러진다. 마구 아우성치며 몸을 웅크리고 싶다.

말도 안 된다, 말도 안 된다, 말도 안 된다. 어떻게, 이럴 수가.

저 광경을 보고 노인은 껄껄거리며 요란하게 웃음을 터뜨리고 있었다.

"벨카난, 일어서!"

라라자는 한 번 혀를 차더니 벨카난을 죽기살기로 끌어 올린다.

비록 작지만 무척 단단하고 씩씩하며 뜨거운 소년의 손바닥만이 벨카난의 동아줄이었다.

벨카난은 울음소리인지 비명인지 분간도 안 되는 소리를 지르며 자꾸 꼬이려 하는 다리로 힘껏 달렸다.

"자, 가라! 그리고 부디 서둘러서 임무를 수행해주거라!!"

등 뒤쪽에서 두 사람을 끝까지, 끝까지— 노인의 웃음소리가 몰아붙이고 있었다.

§

"그래, 누가 죽었나. 호크인가, 세즈말인가."

"이 친구야. 섭섭한 소리 말게나, 미뮈."

그렇게 말하며 금발의 미장부는 껄껄 쾌활하게 웃었다. 《투신의 주점》이었다.

상징과 같은 용 머리 투구는 보이지 않는다.

몸에 걸친 복장은 평범한 옷가지이고, 애검 워 슬레이어도 허리에 달아두지 않았다.

물론 다른 파티원도 마찬가지였다.

아이닛키에게 빌린 수녀복을 걸친 사라를 비롯하여 올스타즈 여섯 명.

각각의 장비는 단 하나도 빠짐없이 완전히 사라진 것 같았다.

예외는 호크윈드뿐.

쫇은 날붙이 한 자루 장착하지 않은 저 남자만이 무슨 까닭인지 평상시와 다를 바 없이 찌릿거리는 기세를 날카롭게 유지하고 있었다.

"사라가 새하얗게 질린 얼굴로 뛰어들길래 혹시 싶어서."

그러한 여섯 사람과 마주한 이알마스는 느긋하게 편한 모습으로 말했다.

한편 가비지는 변함없이 사라의 무릎 위였다.

아주 꽉 껴안겨 있는 처지인데도 불구하고 웬일로 입을 다문 채 얌전하다.

그것을 배려라고 해석한 사라는 다정하게 빨간 머리 여자아이의 머리를 쓰다듬어줬다.

"woof……."

언짢아하며 투덜대는 목소리. 다만 가만히 받아준다는 것이 기쁘다.

아무래도 생각보다 더 자신은 동요하고 있는가 보다.

최소한 잔반이라는 별명으로 불리는 이 소녀가 보기에도 알 만큼은.

그렇게 소녀 덕분에 마음을 잘 가라앉히다가 문득 신경 쓰이는 부분이 하나. 빌려 입은 수녀복의 가슴께가 헐겁고, 허리 주변은 조금 끼는데……?

—에잇, 얄미워!

사라는 친구에게 느낀 사소한 질투를 눈앞에 있는 흑의의 남자에게 대신 화풀이하여 해소하기로 결정했다.

"내가 사망자가 생긴 다음에 《로크토페이트》를 영창할 만큼 굼뱅이로 보인다는 거야?"

"영창은 터크 스님이 했잖나."

"야!"

그리고 충동적인 심술은 히쭉히쭉 웃는 레아 도적에게 제압되었다.

무척 야무진 이 남자는 어디에서 벌써 조달했는지 질 좋은 의복을 차려입었다. 잘 살펴보면 허리에는 단검도 매달아 놓았지 않나. 도적답다면 도적답기는 하다만.

"그렇다 해도, 뭐, 실제로 위험했던 건 진짜야."

그런 사라의 예리한 시선을 물리치려는 듯이 당사자 모라딘은 손을 휙휙 흔들었다.

"《디알코》도 제한이 있잖아. 마비에 독까지 쓰는 큼지막한 괴물 무리가 들이닥치더라니까."

그 덕분에 보물상자도 못 열고—. 마지막 한마디도 포함한 것이 아마도 본심이었겠다.

그 옆에서 땅이 꺼져라 한숨을 쉬는 인물은 몸소《로크토페이트》를 쓴 터크 선사였다.

갑옷과 투구로 몸을 감싸면 바위와 같은 무예승이지만, 이렇게 보면 나이를 먹은 노인장 같기도 하다.

"미안하구나. 후퇴와 《로크토페이트》를 두고 더 안전한 수단을 골라버렸어."

이래서 나이 먹는 게 처량하지. 선사는 주름투성이 얼굴에 짙은 피로를 드러내며 중얼거렸다.

전원 무사히 후퇴할 수 있을지는 운에 달렸지만, 《로크토페이트》

는 확실하게 지상으로 도착할 수 있다.

다만 치러야 할 대가는 절대로 작지 않았다.

《로크토페이트》로 구출할 수 있는 대상은 맨몸뚱이뿐. 다른 전부를 포기해야 한다.

요컨대 올스타즈는 찰나의 순간에 모든 장비를 다 잃어버린 것이다.

"뭘, 전멸도 각오해야 했네. 사망자가 생기면 돈이 드는 데다가 아예 사라질지도 모르지. 잘 판단한 거다."

이렇든 손해를 본 책임을 정말 아무것도 아니라는 듯이 세즈말은 웃어넘긴다.

살아남았다면 딱히 문제는 없다.

인생의 밝은 측면을 보는 능력에서 자신보다 뛰어난 자는 없음을 이 자유 기사는 확신하고 있다.

"게다가 이렇게 장비 회수를 믿고 의뢰할 만한 친구도 있으니까 말이지."

"그건 상관없다만."

이알마스를 곧장 찾아왔던 이유가 요컨대 이것이었다.

시스터 아이닛키는 이 같은 사태를 굉장히 기뻐했었다만, 안타깝게도 아직은 근무 중.

거듭 칭얼거리는 수녀를 내버려 두고 이렇듯 주점으로 장소를 바꿔 모였다만ㅡ.

"그레이터 데몬이라고?"

의자에 스스럼없이 몸을 앉히고 흑색 지팡이 이알마스는 외투 안쪽으로 프로스페로에게 시선을 보낸다.

"예."

수려한 마술사는 매우 심각하게 고개를 끄덕거렸다.

"틀림없습니다. 분명 상위의 마신이었죠."

역사서에 이름을 남긴 무시무시한 아크 데몬과 견주어도 전혀 모자람이 없는 강력한 적.

마계— 혹은 그렇게 불리는 이계의 주민이며, 이 세상의 규격을 벗어난 괴물.

신마를 베어 쓰러뜨림으로써 전설의 영역에 다다른 모험가에게도 위협적인 존재.

"……터크 스님의 판단은 정답이었습니다."

프로스페로의 나직한 말에 선사는 조금이나마 웃음을 띠었다.

마음이 아주 편안해지지는 않을지언정 벗의 배려에 고마움을 느껴서겠다.

반면 이알마스, 저 남자는 팔짱을 끼고 「흐음」이라며 숨을 내쉬었다.

"그런 게 떼로 나타났다고."

"맞다. 제법 **돈벌이**가 된다."

대답한 자는 호크윈드였다.

다른 동료들과 조금 떨어진 벽면에서 팔짱을 끼고 있는 저 남자는 다부진 얼굴 표정에 엷은 웃음마저 띠고 있었다.

"그 녀석들은 주문을 못 쓰더군."

"······뭐라고?"

이알마스가 눈을 커다랗게 떴다.

"맞습니다."

그 반응을 깨닫지 못한 채 프로스페로가 차마 믿기지 않는다는 듯한 말투로 긍정했다.

"그레이터 데몬은 숨 쉬듯 마도를 구사합니다. 그런데 녀석들은 오직 완력으로······."

"덕분에 목숨을 건졌지만 말이지."

"혹시 프로스페로가 잘못 기억한 건 아니고?"

"그럴 리가요."

"나는 놈들이 그레이터 데몬의 아종이었다는 가설에 걸겠어!"

"으음······."

시끌벅적, 주거니 받거니 하는 올스타즈의 떠들썩한 말소리.

아무래도 한 번의 결정적인 패주는 이들의 사기를 미처 꺾지는 못했나 보다.

조만간 장비만 다시 갖추면 또 다 같이 지하 미궁으로 출진할 테지.

다만— 지금의 이알마스와는 관계가 없는 일이었다.

"주문을 못 쓰는 그레이터 데몬 무리인가."

"그래, 맞다네."

판명된 사실, 오직 정보가 이알마스에게 중요한 요소였다.

주문을 못 쓰는 그레이터 데몬의 무리. 이것이 의미하는 바를 설마하니 모르겠는가.

찌릿찌릿, 온몸의 신경이 긴장에 휩싸이는 감각.

잃어버린 기억이, 혹은 자기 자신의 본능이 사냥감의 접근에 경종을 울린다.

아무렴.

이알마스는 《미궁》의 주인을 죽여서 호부를 손에 넣고 싶다는 강한 욕망을 느끼고 있다.

틀림없다는 뚜렷한 직감은 마음속에 남아있었던 미세한 망설임을 단숨에 지워버렸다.

존재 자체가, 모든 신경이, 온 마음이 단지 한 자루의 칼날처럼 예리하게 벼려져 간다.

남은 것은 하나뿐. 어떻게, 어디로 향하여 검을 휘두를까. 다만—.

"이봐, 이알마스! 기가 막히게 큰 망할 괴물 무리가—!"

"그, 그거, 그레이터 데몬…… 상위의 마신…… 이야……!"

우당탕 소란스러운 — 묵직한 — 발소리와 함께 두 명의 젊은이가 주점 안으로 뛰어들었다.

미궁에서 이곳까지 쉬지 않고 달려왔을 테지.

매우 다급한 표정의 라라자와 벨카난은 곧장 이알마스와 올스타즈가 있는 탁자로 바싹 다가붙었고—.

"이미 들었다."

"어으으……."

짧은 한마디와 함께 기력이 다한 듯 허물어졌다.

"이런, 세상에."

모라딘의 눈이 휘둥그레졌다.

"설마 너희도 맞닥뜨리고 온 거냐?!"

"용케 무사했구나."

"할배가⋯⋯."

라라자는 여전히 숨을 헐떡거리면서 간신히 말했다.

"벼룩 할배가 도망치라고 알려준 덕에⋯⋯."

"그래, 그랬구나. 자, 우선 앉거라."

터크 선사가 위로의 말을 건네면서도 젊은이들을 일으킨 뒤 의자에 앉혀준다.

이 사제가 앞에 나서면 부모 자식만큼 신장에 차이가 나는 벨카난도 딸내미와 비슷한 취급이다.

프로스페로가 물병을 가까이 밀어주고, 사라가 물을 따라서 두 사람에게 건넨다.

호크윈드는 딱히 개입하지 않았는데— 벼룩 할배라는 한마디에 더욱 거리를 벌리는 기색까지 있었다.

가만히 동료들의 행동을 지켜보면서 세즈말이 친구에게 웃음 지었다.

"보아하니 저번에 붉은 용처럼 큰 소란이 벌어지겠군?"

"그 전에 죽여야지."

무감정한 한마디. 세즈말은 어깨를 으쓱거릴 뿐 달리 반응하지 않았다.

이 남자가 장담한 이상 분명히 이루어질 것이다. 그러면 더 할 말은 없겠다.

"우리 장비도 잊지 말아주면 좋겠네."

"그래."

둘의 발치로 쫑쫑거리며 가비지가 가까이 다가왔다.

아무래도 사라가 라라자와 벨카난을 돌봐주려고 움직였을 때 빈틈을 찔러 탈출에 성공했나 보다.

그래, 쟤들이나 데리고 놀아라, 난 이제 놔주고. 이렇게 투덜대는 표현이었을까.

소녀는 작게 우짖었다.

그리고 부하 녀석들의 공적을 자랑하는 것처럼 제 손에 쥔 누더기 천을 높이 치켜들었다.

이알마스가 — 굉장히 드문 반응이다 — 놀라서 숨을 죽였다.

"……설마."

"어, 아, 그거?"

벨카난이 고개를 끄덕거렸다. 어느 틈인가 가비지에게 빼앗겼나 보다.

미궁에서 탈출하던 중 줄곧 전력으로 꽉 쥔 채 왔다는 것을 감안하더라도 너덜너덜한 천 조각.

본래의 색도 분간할 수 없을 만큼 더러워진 상태이지만, 아무래도 꾸밈용 천이나 리본 같은 장식품 같았다.

"미궁 안에서 나, 뱅크 할아버지를 만났는데……. 그때 받았던 가? 맞나? 응, 받았어."

"그 할배 뭔가 이상해 보이던데."

물을 받아서 마신 뒤 겨우 한숨을 돌린 라라자가 막 떠올렸다는 듯한 태도로 투덜거렸다.

"왕의 재가도 없이? 또 임무가 어쩌고저쩌고……. 제대로 미쳤어……."

"어쩔 수 없는걸. 그레이터 데몬이니까……."

그런 이유는 아닐 듯싶다만, 받아치려는 말을 라라자는 간신히 되삼켰다.

아무튼 간에, 다시 또 눈을 돌린 방향은 벨카난에게서 천 조각을 낚아챈 뒤 이알마스에게 내밀었던 잔반.

"이 자식……."

내가 그랬을 땐 날뛴 주제에 자기가 하는 건 상관없단 말인가?

가비지는 전혀 개의치 않고 천 조각을 자랑한 뒤 쫑쫑거리며 벨카난에게 다가갔다.

"yap!"

─잘했다는, 뜻일까?

"어어…… 난…… 응."

벨카난의 얼굴에 미소가 떠올랐다.

"고마워……?"

"yelp!"

아무래도 소녀가 만족할 만한 대답이었나 보다. 벨카난에게 천 조각을 쥐여줬다—.

그리고 콧소리를 내며 탁자에 손을 뻗어서 뭐든 배불리 먹을 음식이 있는지 찾기 시작한다.

모라딘이 쓴웃음을 지으며 소녀에게 커다란 접시를 밀어주고— 그 전부를 무시한 채.

"기뻐해라. 찾는 대상의 위치를 알아냈다."

"진짜냐?!"

"그래."

기묘하게 열기를 띤 말투로 이알마스가 말했을 때 라라자는 저절로 몸을 확 내밀었다.

이알마스는 손가락으로 천 조각을 만지작거리며 매서운 태도로 중얼거렸다.

"적은 엘리베이터에 있다."

"엘리베이터……?"

"《몬스터 배치 센터》의 안쪽이지."

라라자는 약간의 쓸쓸한 심정과 함께 과거에 찾아갔었던 그 장소를 떠올렸다.

무진장으로 나타나는 괴물. 수상쩍은 사제……. 송곳니의 사제들이 꾸몄던 음모. 목숨을 건 싸움.

지금 와서는 모험가들에게 《몬스터 배치 센터》라고 불리는 지하 3층의 심연이다.

그곳에 혼자서, 둘이서 거듭 도전해야 한다. 이번에는 수많은 마신 무리가 가득한 와중으로.

어쨌든 가지 않을 이유는 없다.

"……그곳인가."

"준비가 끝나는 대로 출발하지."

"뭐……?"

그것은 과연 어떠한 의미가 있는 의문이었을까?

설마 따라와준다는 거냐……. 애당초 왜 거기에 오를레아가 있다는 거냐.

여러 의문이 뒤죽박죽 섞인 되물음에 이알마스는 엷은 웃음과 함께 대답했다.

"그레이터 데몬 양식을 하는 족속이야 안 봐도 뻔하지."

§

그곳에 있는 것은 살점의 덩어리였다.

나락으로 통하는 구멍의 목전.

저 길을 가로막기 위하여 둔 것처럼 부풀어 오른 살점 덩어리— 살점 기둥이 팽창해서 자리를 잡고 있다.

다만 문지기는 아니었다.

저 살점의 기둥에 파묻혀 있는 여자아이는 심연으로부터 건너온 존재들을 환대하는— 달리 말하면 공물이었으니까.

"으……아……."

더 이상 이렇다 할 의미가 있는 말은 입에서 새어 나오지도 않는다.

사지는 물론, 살점에 파묻힌 하반신의 감각조차 안 느껴진다.

살점에 파묻힌 — 잡아먹힌 — 강탈당한 — 부위로 자기 자신이 어떻게 농락당하고 있는가.

그것을 생각할 기력 따위, 소녀에게는 이미 남지 않았다.

"GRoooowwwwl……."

불현듯 지하 미궁이 뒤흔들렸다.

엘리베이터. 지옥으로 통하는 깊은 구덩이에서 거대한 그림자가 기어 나온다.

신체에 피부는 없고 희푸른 근육이 바깥에 노출되어 벌컥거리고 있는 위대한 이계의 악마.

그레이터 데몬.

저 형형히 불타오르는 눈동자가 산 제물로 바쳐진 가엾은 어린 계집에게 눈길을 준다.

아니, 썩 정확한 표현이라고 말할 순 없겠다.

마신은 결코 소녀의 존재를 인식해서 한 행동이 아니었으니까.

단지 앞으로 나아기려다가 우연히 발밑에 있는 길가의 돌멩이를 발견했을 뿐. 다른 의미는 없다.

따라서 저 짐승 같은 턱이 쫙 벌어지고, 대기가 소용돌이를 친다. 《마달토》의 조짐.

주술의 울림, 진실된 힘을 발휘하는 말. 상위의 마신에게 이를 구사하는 능력은 숨 쉬는 것과 마찬가지였다.

"《MA》《DAL》—."
밈아리프 다루아리프라

소리는 흑철과 같이 끊어지고, 말의 가락은 그대의 내면에서 머물지어다
"《밈잔메 눈 타이 눈잔메》."

따라서— 호흡을 봉한다. 차단한다.

소녀의 입도, 혀도, 목도, 오로지 말을 지저귀기 위한 기관으로 전락했다.

소리는 흑철과 같이 끊어지고, 말의 가락은 그대의 내면에서 머물지어다
"《밈잔메 눈 타이 눈잔메》."

이제 싫어. 진언을 읊을 때마다 뇌가 타오르고 신경이 눌어붙는다. 혼이 마모되어 간다.

소리는 흑철과 같이 끊어지고, 말의 가락은 그대의 내면에서 머물지어다
"《밈잔메 눈 타이 눈잔메》."

그러나 육체는 이미 소녀 본인의 의사와 제어에서 벗어난 상태였다.

소녀는 제 몸이 파묻힌 살점 덩어리의 「입」에 지나지 않는다. 의사를 가진 주체는 소녀가 아니었다.

따라서 울부짖고, 구토하고, 온 얼굴을 모든 갖가지 체액으로 더럽히면서도 끝내 거부할 수 없었다.

소리는 흑철과 같이 끊어지고, 말의 가락은 그대의 내면에서 머물지어다
"《밈잔메 눈 타이 눈잔메》."

침묵하라. 침묵하라. 침묵하라.

소녀의 입에서 노래되는 진언이 《몬티노》를 불러들인다.
정적

마신의 부류에게 주문은 통하지 않는다? 옳게 정정하자면 잘 통하지 않는 것이라고 고쳐야 한다.

통하게 만들 방법은— 얼마든지 있다.

"아."

불현듯 목이 옥죄였다. 싫어. 그만해. 그런 주문은 외치고 싶지 않아. 살려줘.

마구 아우성치고 싶어도 뜻을 이루지 못한다. 입, 목, 혀를 움직일 권리가 어디에도 없었으니까.

"《헤아 밈아리프눈》."
<small>세계여, 나의 생명을 들어라</small>

신께 바치는 기도. 세계를 변모시킬 수 있는 언령은 소녀의 모든 존재의 전부를 갉아서 빼앗아 간다.

혼백을 줄칼로 문질러 떼어내는 것 같은 격통에 소녀는 소리 없는 비명을 지르며 몸부림쳤다.
<small>모든 것</small>

《하만》은 일말의 과장도 없이 기적을 일으킬 수 있는 주문이다.
<small>변이</small>

마신에게서 주문의 수호를 빼앗는 것도 마신의 말을 빼앗는 것도 거뜬하다.

그 위업의 대가로— 소녀의 존재 전부가 소리를 내며 소모되고 있을 뿐이고.

"—."

말을 잃은 그레이터 데몬은 잠시 제자리에서 가만히 서 있다가 천천히 이동을 개시했다.

무엇인가에 이끌리는 것처럼 발소리를 울려 퍼뜨리며 묘실을 뒤로한다.

목적지는 분명히 지상— 지하 1층이리라.

다만 이후의 광경을 지켜볼 만한 여유가 소녀에게는 주어지지 않았다.

"아…… 꺽, 아…… 흡……?!"

불현듯 살점 덩어리가 맥동했다.

감각은 전부 사라져버렸을 텐데 소녀는 자신의 안에 무엇인가가 주입되고 있음을 느꼈다.

이제 싫어. 제발 그만해. 싫어. 싫어. 싫단 말이야……!

간절한 마음은 목소리로 맺히지 못했고, 설령 소리가 울렸더라도 들어주는 인물은 없다.

주입당한다— 물리적인 것이 아니다. 더욱 근원적인 무엇인가다.

주문을 읊을 때마다 마모되는 자기 자신을 이 살점이 매개로 보충하고 떨어져 나간 부분을 채워 넣는다.

그것은 존재 자체가 대체되는 듯한 끔찍한 감각이었다.

무엇보다 두려운 것은 이상하게도 전혀 불쾌하지는 않다는 사실.

새로운 위계에 올라서는 혼의 각성. 즉, 자신이 새로운 힘을 얻었다는 증거이지 않은가.

수없이 혼이 깎여 나가고, 계단에서 차여 떨어지고, 다시 보전하고, 또 계단을 올라간다.

이 같은 되풀이가 소녀의 존엄을 부정한다. 모독을 퍼부으며 기계적인 무엇인가로 추락시킨다.

커다랗게 입을 벌려서 헐떡이며 의미가 없는 소리를 흘리고, 침을 뚝뚝 떨어뜨리고…….

단 하나만 남은 눈동자에서도 빛은 점점 사라지고 있다.

"마신은 이계의 문을 열어서 잇따라 동포를 이 세상으로 불러들인다……."

그런 애처로운 소녀의 몰골을 앞에 두고도 송곳니의 사제는 끝내 희희낙락하며 웃음을 짓고 있었다.

남자가 손에 쥔 물건은 무엇인가의 파편을 연상케 하는 호부.^{사드}

그 물건에 타오르는 마력의 불꽃을 담아 밝히면서 송곳니의 사제는 열기에 들뜬 사람처럼 말을 계속했다.

"하지만 주문을 봉인당한 마신이 불러낸 것은 똑같이—."

"주문을 잃은 놈들이지. 원리가 어떻게 되어먹은 거냐?"

"글쎄요. 저희는 차마 상상도 못 하는 이계의 법칙이 작용했겠지요."

한껏 도취되던 순간을 무뢰한 게르츠의 난데없는 불평에 방해당한 뒤, 사제는 언짢은 심기를 숨기려고도 않고 코웃음 쳤다.

게르츠는 처참한— 혹은 웃기는 살점 덩어리로 전락한 오를레아를 뚫어져라 쳐다본다.

다만 동정이나 안타까움에 속한 감정은 없었다.

드러내는 것은 앙상한 몸뚱이를 다 자란 여인인 양 상기시키며 몸부림치는 어린 계집에 대한 다소의 호색함뿐.

아울러 짓밟아 죽인 벌레의 시체를 구경하는 어린아이가 즐거워하는 유열이다.

—뭐, 본전은 뽑았나.

글쎄, 어떻게 만났었더라.

앞뒤 분간도 못 하는 시골뜨기 애새끼를 냅다 잡아들이는 것은 일상다반사.

평소와 달랐던 점은 칼받이로 대충 쓰다가 죽인 뒤 뜻밖에도 사원에서 시체를 발견했다는 것이다.

그냥 내버렸던 저 녀석을 누군가가 옮겨다 주었나 보다.

보통은 개의치 않고 내버렸을 텐데 무엇을 착각했는지 사원의 성직자가 이러한 말을 꺼냈다.

『이 나이에 사제의 재능을 지닌 희귀한 여아입니다. 신께서도 분명 소생을 인정해주실 테지요.』

게르츠는 결코 학식이 있는 남자는 아니었다만, 가치가 있는 물건을 놓아줄 만큼 어리석지는 않았다.

대가 없이 빼앗는 게 가장 손해를 덜 본다만, 필요하다면 다소의 푼돈 정도는 써도 무방하다.

소생에는 마땅히 큰 금액이 소모됐지만, 재가 되는 불상사 없이 이 계집은 살아서 돌아왔다.

그때 낯짝은 참 우스웠더랬지!

어리둥절함, 기쁨, 그리고 기부금을 낸 인물의 얼굴을 보았을 때 드러냈던 절망, 공포.

이후에는, 뭐, 울부짖는 저 녀석을 길들인 뒤에 저주받든 말든 감정꾼으로 독하게 굴려 먹었고—.

최후는 이런 꼴이다. 뜻밖의 횡재로 제법 괜찮은 돈벌이가 되었다고 말할 수 있겠다.

"선생한테 도움이 되었다니 나도 좋군."

"그럼요. 아무튼 마술사와 신관을 둘 준비하는 것이 무척이나 번거로우니 말입니다."

송곳니의 사제도 역시 오를레아의 내력에는 전혀 흥미가 없는 듯했다.

저자는 구역질이 나올 만큼 사람됨이 좋아 보이는 웃음을 얼굴에 머금은 채 무척 진지하게 중얼거렸다.

"죽을 때까지 착취해도 상관없는 사제가 있다는 것은 아주 감사한 축복이었습니다."

"그래, 고생했다."

발언과 달리 아무런 진심도 담아내지 않으며 게르츠는 먼지를 불어 날리는 것처럼 동업자에게 맞장구를 쳤다.

"이제부터는 그레이터 데몬을 모아 지상으로 올려보내는 건가?"

"부끄럽게도 한 마리로는 모자랐으니까 말이죠……."

"하핫."

게르츠는 비웃었다.

보아하니 얼마 전 드래곤 소동의 흑막은 이 녀석들이었군.

드래곤으로 실패했으니 그레이터 데몬 떼. 발상이 어린아이와 다를 바 없다.

궁지에 몰린 것인가, 생각이 부족한 것인가, 달리 수단이 없는 것인가.

─뭐, 아무래도 좋은 일이지.

그렇다, 아무래도 좋다.

라라자와 이알마스에게 심술을 부리기 위해.

게르츠가 손을 보탰던 목적은 기껏해야 이게 전부다.

다른 건 오를레아를 팔아치우는 대가로 한몫 잡으면 그만이고.

"그래, 보수는 어떻게 지불해드릴까요. 입신출세, 명예와 영달……."

"관심 없는데."

게르츠는 송곳니의 사제가 꺼낸 제안을 한마디로 일축했다.

"이제 마신 놈들이 위에서 날뛰는 동안 아래쪽은 우리가 다 독점할 수 있지. 외지에서 감투를 쓰는 것보다 훨씬 잘 벌린다고."

게다가 이 녀석들의 덕을 보아서 한 출세는 결국 이 녀석들의 밑으로 들어감과 같은 뜻이다.

자신에게 한 번이라도 머리를 숙이게 했던 인물은 모두 죽어야 한다. 게르츠로서는 용납할 수 없는 선택이었다.

애초에 그레이터 데몬을 소환하는 것밖에 수단을 강구하지 못하는 녀석들에게 과연 앞날이 있을까?

"뭐, 안심해라."

다만 게르츠는 이 같은 내심을 눈치채이지 않고자 등에 멘 명검을 가볍게 두드렸다.

"선생이 자랑하는 그레이터 데몬 떼거리가 돌파당하면 내가 놈들을 처죽여주지."

"……예, 그럼요. 아무쪼록 잘 부탁드리겠습니다."

따라서 거래는 이제 끝이다.

게르츠는 오를레아를 내줬고, 송곳니의 사제는 마신을 불러들였고, 게르츠는 보물을 갖는다.

아무도 손해를 보지 않았다. 게르츠는 깊은 만족감을 느끼며 송곳니를 드러내고 웃었다.

"그나저나 진짜 굉장하군. 선생이 쓰는 호부라는 물건은."

"예. 이것이 바로 마도의 신비한 오의. 사라진 대마술사가 휘둘렀던 전권의 상징—."

"흐음……."

송곳니의 사제는 마치 자신의 위엄을 자랑하는 것처럼 호부의 강력한 힘에 대하여 열변한다.

게르츠의 눈이 호부에 못 박혔다는 것을 전혀 알아차리지 못하고—.

제 5 장
앨러케이션
센터

"자, 출발할까요!"

생글생글 미소 띤 시스터 아이닛키와 미궁 앞에서 마주 보고도 라라자는 이제 놀라지 않았다.

"용병이냐?"

"사라가 뛰어왔을 때 사원에 있었다."

"그레이터 데몬의 소식을 듣고 가만히 앉아있을 순 없지요!"

라라자와 이알마스의 대화가 저 기다란 귀에 분명히 잘 들렸을 텐데도 마냥 즐거워 보인다.

……뭐, 이런 사람이니까.

기뻐 신바람 내며 화룡과 싸우려 하는 사람이었다. 당연한 귀결이다.

믿음직한 데다가 강한 사람이기도 하고, 지금 파티에는 성직자가 없다.

같이 가준다면 최고의 조력자니까 라라자는 반쯤 포기하는 형태로 받아들였다.

"모쪼록 잘 부탁드려요, 가비지 님, 벨카난 님."

"으, 응. 부디 잘…… 부탁, 드려요."

"alf."

주뼛거리며 대답하는 벨카난. 한 차례 우짖는 가비지.

장비를 확인하고 있는 이알마스는 내버려 두고 여성진의 대면은 막힘없이 진행되었다.

벨카난 또한 예전에 신세를 졌던 데다가 가비지는 말할 필요도

219

없다.

문제는 없을 테니까 라라자도 장비의 점검에 착수했다만…….

"yap! yelp!"

불현듯 가비지가 평소와 다른 목소리로 외치는 터라 라라자는 무의식중에 고개 돌려서 쳐다봤다.

빨간 머리 여자애, 잔반이 시끄럽게 짖는 이유는 아이닛키가 등에 멘 오래된 검에 있었다.

손을 뻗어서 가볍게 뛰는데 잠깐 만져보고 싶다는 의사 표시일까.

가비지는 결국 두 동강이 검도 마음에 들지 않았나 보다.

지금 저 녀석이 짊어지고 있는 무기도 카사나트의 검이건마는 역시 불만이 가득하다.

너도 검을 갖고 있구나. 잠깐 줘봐라. 떼쓰는 건 알겠는데…….

"후후. 안 돼요, 가비지 님. 이건 제 검이니까요."

시스터 아이닛키는 이렇듯 단아하게 미소 짓고는 에둘러 소녀의 요구를 거절했다.

수녀가 등에 멘 검은 칼날도 다 녹슨 오래된 검 같다는 것이 라라자의 추측이다.

저게 용 퇴치 때 가지고 와야 했다고 말을 꺼냈었던 검일까.

그럼에도 지금 저 수녀는 변함없이 가시가 달린 철구를 손에 들고 있었지만.

"그러니까 가비지 님이 휘두르기에는 편하지 않을 테고요…….
조만간에 자기 자신의 검과 만날 수 있을 거예요."

"woof……."

딱히 의미를 이해한 것은 아니겠지만 가비지는 불평이 가득 담긴 으르렁 소리와 함께 물러났다.

마냥 고집불통은 아니어서인가, 부하의 무기를 억지로 빼앗을 뜻은 없어서인가, 아이닛키에게 반항하지 못해서인가.

라라자는 좀처럼 분간이 되지 않았다만…….

"뽑아 들 텐가?"

자신의 장비와 챙겨야 하는 소지품의 확인을 마친 이알마스가 담담하게 물었다.

이알마스는 저 검이 무엇인지를 이미 아는 것일까.

시스터 아이네는 망설이는 듯한, 주저하는 듯한 동작으로 뺨에 손을 가져다 댔다.

"상황에 따라…… 결정해야겠죠?"

"그럼 괜찮다."

이알마스는 고개를 끄덕였다.

"전위에 서줄 수 있겠나."

"네. 모쪼록 잘 부탁드려요."

대답의 말은 간결하면서도 엄숙한 음색이었다. 또 머리를 숙여주자 가비지가 한 차례 우짖고.

"벨카난은 물러서라. 나와 가비지, 아이닛키가 전위다."

"엥."

벨카난은 저도 모르게 커다랗게 뜨인 눈으로 깜빡거리며 반응했다.

오른쪽, 왼쪽. 본인은 살짝, 옆에서 보기에는 한껏 고개를 흔들어 머리카락을 튕기면서 좌우를 확인.

소녀는 믿기지 않는다, 반신반의라는 분위기로 자기 자신을 가리켰다.

"나…… 뒤쪽에 서도, 괜찮아?"

"그래."

라라자에게는 벨카난의 얼굴이 일순간 활짝 펴지며 안도의 빛으로 반짝이는 듯 보였다.

"전위에 세웠다간 죽을 확률이 높으니까."

라라자는 벨카난의 얼굴에 피어났던 꽃이 또 순식간에 시듦을 알 수 있었다.

"자."

이알마스는 전혀 개의치 않고 말했다.

"먼저 상황을 확인하지."

일행은 미궁 입구의 한쪽 구석에서 어깨가 닿을 정도로 가까이 모여 앉았다.

가비지는 지금 당장이라도 달려서 안에 뛰어들고자 하는 기색이었으나 라라자가 목덜미를 붙잡아놨다.

아무튼 간에 이알마스가 굳이 할 이야기가 있다잖은가. 안 들었다가는 죽을 가능성이 높아진다.

듣기만 해도 살아남을 가능성, 성공할 가능성에 보탬이 되니 반드시 듣는다.

이번에는— 절대 실패할 수 없으니까.

"상대는 그레이터 데몬이다."

이알마스의 말에 라라자는 주먹을 꽉 부르쥐었다.

"다만 현 상황에서는 그레이터 데몬 본연의 위력을 발휘하지 못한다."

"진짜……?"

살짝 울먹거리는 목소리로 중얼거린 사람은 벨카난이었다.

지당한 반응이다. 라라자도 이해할 수 있다.

—드래곤보단 좀 나을지도 모르겠다만…….

비교 대상이 되는 시점에서 거의 비슷비슷한 강적이다.

"놈들은 주문을 못 쓴다. 《하만》인지 《몬티노》인지 몰라도 봉인을 당한 상태지."

"《마하만》일 수도 있고요."

"뭐, 수단이 무엇이든 간에."

이알마스는 아이닛키의 보충 설명을 아무래도 상관없다는 듯이 흘려 넘긴다.

알지 못하는 주문이 쑥쑥 튀어나오는지라 라라자는 슬쩍 벨카난에게 귓속말을 했다.

물론 쪼그려 앉아있는 소녀에게 최대한 몸을 뻗어서 다가붙었다는 의미이다만.

"또 뭐냐, 하마…… 어쩌고 하는 주문은."

"으음, 기적을 일으키는 주문인데……. 마술사가 쓰는……. 거의 전설에서나 나와……."

소곤소곤, 가능한 한 음량을 낮춰서 속삭거리는 목소리.

이 도시에서 전설이란 요컨대 미궁 안에서 쭉 살아남기면 하면 의외로 손에 잡을 수 있다는 의미이기도 하다.

기적의 경지에 오른 대마술사가 있어도 아주 놀라운 일은 아니다— 아니려나?

그런 실력자가 다수 있다면 소문도 퍼질 법한데. 라라자는 의아해했다.

"뭐, 따라서 놈들이 얽힌 사건임은 틀림없는 셈이지."

그것은 먹잇감을 발견한 사냥개의 웃음이었고, 과거에도 이알마스가 지어 보였던 표정이었다.

《호부》^{애뮬릿}— 예전에 만났던 수상쩍은 자객, 사제들이 들고 다녔던 무엇인가의 파편.

라라자는 무심코 가비지를 돌아봤다. 빨리 놓으라며 이쪽의 타는 마음도 모른 채 눈을 부라린다.

"아무튼 간에."

이알마스는 다시 본론을 꺼냈다.

"그놈들은 동료를 부르는 습성이 있으나 주문을 봉인당한 마신이 불러내는 마신 역시 주문을 못 쓴다."

즉, 요컨대 주문을 못 쓰는 마신 무리가 있다는 것은—.

"……누군가가 숫자를 불려 놓았다?"

라라자인가, 벨카난인가. 작은 혼잣말에 이알마스는 「맞다」라며 살짝 고개를 끄덕거렸다.

소름 끼치는 이야기였다.

상위 마신급의 강적은 옛날 옛적의 동화 속에나 나오는 무시무시한 괴물이다.

그런 괴물을 불린다? 말도 안 되는 소리라는 생각부터 들었다. 대체 무엇을 위해?

의문이 표정에 드러났기 때문일 테지.

"사냥하기 위해서다."

이알마스가 별것도 아니라는 듯이 말했다.

"돈이 잘 벌리거든. ……다만 이번에는 피해야겠군. 목적은 달리 있으니까."

"유감이에요……."

막 꺼낸 말처럼 정말 못 견디게 유감스러워하는 시스터 아이닛키.

라라자는 이것저것 생각한 끝에 의문을 전부 내던졌다.

옆에서 벨카난은 정신을 못 차리는 모습이고, 가비지는 별 관심도 없이 하품을 한 번.

이런 때 본받아야 할 사람은 오히려 가비지임을 라라자는 학습해왔다.

해야 할 일을 떠올린다. 철저히 실행한다. 이에 필요한 능력만 있으면 된다.

"그래서, 어쩌면 되는 거냐……."

"데몬 무리를 돌파해서 몬스터 배치 센터로 돌입한다. 우두머리 사냥이군."

이알마스는 자기가 한 말의 무엇이 재미있었는지 입꼬리를 쭉 끌어 올렸다.

"드래곤 슬레이어를 찾았을 때랑 똑같네……."

벨카난이 허리에 찬 용살의 검을 살며시 쓰다듬었다.

마신이 상대여서일까, 지금 시점에서 이 검으로부터 별로 대단한 마력은 느껴지지 않는다. 의욕이 없다.

다만 붉은 용의 옆을 지나쳐서 이 마검을 탐색했을 때의 기억은 아직 새록새록했다.

비결은 단 한마디, 『기원해라』였던가.

"그레이터 데몬은 주문을 봉인당하면 단순히 무식하게 크고 힘이 센 괴물에 불과하지."

"그것도 충분히 끔찍한데 말이지……."

"주의할 점은 놈들에게 주문이 거의 안 통한다는 사실과 손에 묻어 있는 마비의 힘, 독이다."

"죽음을 멀리 밀어내는 습성도 잊어서는 안 되지요."

씩씩대며 시스터 아이닛키가 무척 짜증스럽다는 듯이 끼어들었다.

"그것들은 괘씸하게도 이계의 존재니까 상관없다며 신의 곁으로 떠나야할 혼을 붙잡아 놓아요!"

"……그렇다는군."

마지막을 대강 매듭지은 뒤 이알마스는 설명을 마쳤다.

"물약을 준비해놨다. 아이네가 바삐 행동할 때나 위태로울 때는 너희가 치료를 맡아줘야 한다."

"그래."

"……아, 알았어."

내밀어준 도구 가방은 제법 묵직했고, 안쪽에서 철커덕철커덕 병 부딪치는 소리가 났다.

라라자가 후열인 것은 평소와 마찬가지이나 벨카난은 오랜만이다.

긴장한 표정으로 가방을 받아 들었다만— 역시 은근하게 안도의 빛이 드러나는 것 같았다.

……뭐, 당연한 반응인가.

단지 뒤쪽에 물러나 있으라는 말과 여차할 때를 대비하는 약 담당은 의미가 많이 다르다.

자기 역할이 있다는 것이 기뻤을 테지.

—특히 이번에는 보물상자도 열지 않을 테니까.

그런 의미에서 자신 또한 벨카난과 비슷한 처지였다.

주어진 역할을 정말 제대로 수행해야겠다.

"앨러케이션 센터에 무엇이 있을지는 모른다. 뭐, 평소 묘실에 뛰어들 때와 마찬가지군."

요컨대— 하던 대로다.

대열을 갖춰 미궁을 전진하다가 괴물을 따돌리고 묘실로 뛰어든다.

단순하게 생각하니까 마음도 편해지는군. 애써 단순하게 생각해야 몸이 제대로 움직여줄 것 같기도 했고.

그리고 마음가짐과 별개로 일단 경계는 하는 게 좋겠다.

라라자는 옆쪽에 벨카난의 등을 가볍게 두드려주고 일어섰다.

이알마스와 아이닛키도 철컥철컥 무구 부딪치는 소리를 울리며 몸을 일으킨다.

남은 건 실행뿐. 라라자는 미궁의 심연을 노려보면서 가비지를 잡고 있던 손을 떼었다.

"그건 그렇고."

한 차례 우짖고 기운차게 미궁 안으로 뛰어드는 자그만 등을 쫓아서 다리를 움직이다가 소년은 중얼거렸다.

"보고 온 사람처럼 말을 하는군."

"보고 오기는 했지."

이알마스는 그렇게 말한 뒤 살짝 어깨를 으쓱거렸다.

"아마도."

§

배회하는 괴물을 피하는 비결은 오직 기원이라고 이알마스는 말한다.

다만 기원이 과연 하늘에 닿을지는 일개 인간으로서 알 도리가 없었다.

확인하는 방법은 하나. 시체가 재가 되거나 소실되거나 다시 살아가거나. 즉, 결과뿐.

"와, 와앗······?! 자, 잔뜩····· 잔뜩 나타났다······?!"

다시 말해서 지하 미궁 3층을 목표로 하는 일행은 다행스럽게도 일찌감치 상위 마신의 무리와 맞닥뜨릴 수 있었다.

"몇 마리나 되죠?!"

"일단은 여섯 마리쯤 보이는군."

"멋져요!!"

"yap! alf!!"

기뻐하며 방패를 들고 앞에 나서는 시스터 아이닛키와 한 차례 우짖고 몸을 던지는 가비지.

이알마스는 푹 자세를 낮춘 채 상황을 주시하다가 재빨리 지시를 날렸다.

"세즈말을 본받아 정정당당하게 상대를 해줄 필요는 없다. 돌파한 뒤 뿌리친다."

"뒤에 있어도 안전한 게 아니었어······!"

"자, 가자고······!"

라라자는 아우성치는 벨카난을 재촉하며 뒤를 보호해주고자 최후미로 붙었다.

손에는 단검. 얼마나 도움 될지는 알 수 없으나 애용하는 무기를 손에 쥔 것만으로도 마음이 제법 안정된다.

─그런 의미에서는.

"woof······!!"

변함없이 자꾸 말을 안 듣는 카시나트를 고생하며 휘두르는 가비지.

저 녀석이 어떻게든 손에 잘 맞는 검을 찾고자 애쓰는 이유도 이해되는 심정이었다.

"howwwl!!"

그레이터 데몬의 커다란 팔뚝과 명검 카시나트의 칼날이 팽팽하게 맞부딪친다.

외피가 없는 근육 섬유 덩어리는 굵직한 두께 탓에 어지간한 괴물의 비늘보다 훨씬 강인했다.

고작 일격에 절단하여 둘로 갈라주고 싶다면 어림도 없다.

"snarrrrl……!"

가비지는 짜증스럽게 으르렁거리다가 박아 넣은 칼날을 받침점으로 공중에서 몸을 비틀어 팔뚝을 뛰어넘고 검을 빼냈다.

"에잇…… 얏!!"

그때, 자비롭기까지 한 결연함으로 단숨에 거리를 좁힌 아이닛키가 가시 구체를 작렬시켰다.

세게 때렸다는 생각은 안 드는 타격음이 울려 퍼지고, 그 충격에 커다란 몸이 한껏 기울어진다.

아무리 별 피해를 받지 않더라도 강력한 물리적 위력은 적의 자세를 무너뜨리기에 충분했다.

그 순간, 이알마스가 지체없이 달렸다.

곧장 그레이터 데몬의 발밑으로 간격을 좁힌 뒤 손에 든 흑색 지팡이로 적의 다리를 세차게 가격했다.

숨도 내쉬지 않는 3연격.

그것이 거대한 악마에게 얼마나 큰 타격이 되었는가 묻는다면 별로 대단하지는 않다.

현 상황에서 다섯 명의 파티가 올스타즈처럼 마신과 호각으로 맞붙는 것은 도저히 불가능하다.

다만 거대한 적을 타격하고 자세를 무너뜨림으로써 돌파의 기회를 만드는 데는 충분한 전력이었다.

"—?!"

소리 없는 말과 함께 그레이터 데몬이 나자빠지고, 같이 휘말린 마신들까지 비틀거린다.

그 틈을 누비는 모양새로 가비지가 앞에 뛰쳐나가고, 이알마스와 아이닛키가 뒤를 따랐다.

"Groowl!!"

"나중에 해라."

"yap?!"

의기양양하게 그레이터 데몬의 숨통에 검을 들이대는 가비지를 이알마스가 홱 낚아챘다.

항의의 목소리는 모조리 무시한 채 달려가는 뒷모습을 보고 「못 살아」라며 아이네가 어이없어하는 목소리가 들린다.

다만 이 여성이 이알마스와 다른 부분은 잠깐이나마 뒤로 고개 돌리는 배려를 하는 데 있다.

"자, 두 분께서도 서둘러 이동하시죠!"

물론 돌아봐주는 이상의 여유는 없다. 수녀복과 은발을 펄럭이며 휙 달려 나간다.

"와앗, 와, 와아앗······?!"

늦으면 안 된다. 우스꽝스러울 만큼 비장한 목소리로 외치며 벨카난도 같이 뒤를 쫓았다.

용살의 검을 붕붕 휘둘러 대고 있는데, 자기 나름대로 위협을 가하려는 걸까.

라라자는 소녀의 등에 딱 달라붙는 모양새로 다리를 움직이며 사방에 주의를 기울였다.

"—!!"

—아, 젠장.

끔찍한 광경을 봤다. 봐버렸다.

허공에 두 팔을 치켜든 그레이터 데몬이 소리 없는 소리를 지르며 문을 열고 있었던 것이다.

그리고 그곳에서 나타나는— 검푸른 거체.

같은 현상이 이어진다. 더 많이 나타나겠다고?

"—어떻게 다 상대하겠냐!!"

"어, 아, 엥······ 엑?!"

"뒤돌아보지 마라, 달려라, 달려······!"

허둥지둥하며 이쪽을 신경 쓰는 벨카난이 앞만 쳐다보고 달려갈 수 있도록 소리지른다.

엉덩이 위에서 튕기는 까만 머리카락을 쫓아 라라자도 죽기살기로 다리를 움직였다.

아무렴, 이딴 녀석들을 상대해줄 시간은 없다.

목적은, 하나—.

§

"오."

"무슨 일이십니까?"

게르츠는 갑자기 소란스러워진 위쪽 방향으로 눈길을 주다가 사제의 물음에 아무것도 아니라며 고개를 옆으로 흔들거렸다.

이런 정도의 사소한 위화감조차 못 알아채는 녀석에게 굳이 가르쳐주는 수고를 들일 생각도 없다.

애초에 게르츠에게는 타인을 위해 행동한다는 이상한 개념이 없고.

이 남자에게 있는 것은 언제나 지금과 자기 자신뿐이니까.

—이알마스의 파티인가.

세즈말과 다른 멍청이들이 아마도 실패한 것 같다는 소식은 이미 이 사제에게 들어서 알고 있었다.

라라자와…… 벨카난인가 하는 커다란 여자가 소란 부리며 도망쳤다는 것도.

가끔은 그런 여자도 나쁘지 않다. 게다가 요즘 들어서 작은 녀석을 상대하는 때가 많기도 했고.

아무튼 세즈말의 파티는 재정비에 시간이 걸리는 이상 다음으로 올 녀석은 이알마스다.

추가로 그 녀석들과 친하게 지내고 있는 은발의 엘프도 같이 와 준다면 더욱 나쁘지 않다. 나쁘지는 않은데—.

—아주 귀찮아진단 말이지.

게르츠는 야수와 같은 남자이며, 아주 당연하게도 피아의 기량을 철저하게 저울질한다.

짐승은 생각없이 행동하는 것이 아니라 본능에 충실한 사고방식을 갖고 있기에 더욱 무시무시하다.

게르츠는 자신의 **무리**에 속한 동료, 내지는 써먹기 좋은 모험가 녀석들을 찬찬히 살펴봤다.

도합 여덟 명. 전사와 도적에 더하여 파계승과 주술사 출신 등 괜찮은 전력도 있기는 하다.

그레이터 데몬을 돌파하는 사이에 이알마스는 과연 얼마나 소모될까.

그 후에 이 녀석들을 투입한다. 과연 충분할까. 글쎄.

놈들이 얼마나 숫자가 줄든 상관이야 없다만—.

"아무래도 가증스러운 들개 패거리가 들어온 것 같군요, 게르츠 님."

송곳니의 사제가 뒤늦게 자신이 가장 먼저 알아차린 양 우월감 섞인 부드러운 목소리로 입을 놀렸다.

게르츠는 한쪽 눈썹을 끌어 올렸다.

"어엉?"

"요격에 나서는 것이 좋지 않을까 여쭙고자……."

"그레이터 데몬 떼로 갉아먹는 게 먼저잖냐, 멍청아."

전력의 축차 투입이라는 개념을 게르츠는 알지 못했다만, 어쨌든 분산 배치의 어리석음은 알고 있다.

또한 동시에 단순히 전군을 한꺼번에 투입하면 좋은 것이 아님을 이해하고 있었다.

전위와 후위. 1군과 2군. 모험가의 두목 노릇을 하면 자연스럽게 익히는 전술이다.

—얼간이 녀석.

모욕을, 혹은 놀림을 당한 데 불쾌감을 숨기려고도 하지 않는 송곳니의 사제.

슬쩍 시선을 준 게르츠는 문득 머릿속으로 번뜩이는 발상을 떠올렸다.

"뭐, 결국에 가비지만 잘 처리하면 불만은 없는 게 아닌가?"

"……예."

떨떠름하게 승려가 고개를 끄덕였다.

"뭐……."

"그럼 상관없겠군."

다음 순간이었다.

게르츠의 등에서 명장 카시나트의 손으로 제작된 검이 쏘아지더니 송곳니의 사제의 몸통을 갈랐다.

날카로운 소리를 울리며 살점을 찢은 칼날은 가볍게 사제복과 함께 대상의 몸을 양단한다.

피가 용솟음쳤다.

"무슨, ……아, 아……?!"

그것은 어째서, 이럴 수가, 많은 감정이 한데 뒤섞인 단말마의 목소리였다.

털썩 허물어져서 피바다에 잠긴 송곳니의 사제를 걷어차 묘실 한구석까지 굴려뜨리며 게르츠는 어깨를 으쓱였다.

"으응? 뻔히 아는 게 아니었나?"

피에 젖은 카시나트의 칼끝으로 호부를 걸어서 들어 올린다.

직접 접촉이 아니었는데도 느껴지는 것은 이 파편이 발하는 압도적인 주술의 광채. 마력의 힘.

—이거 굉장한데.

온몸에 가득 차오르는 활력을 생각하니 송곳니의 사제가 거들먹거렸던 것도 공감이 된다.

《호부》를 손에 넣고서 얼굴에 떠올리는 것은 상어와 같은 웃음.
[애뮬릿]

송곳니의 사제에게 오산이 있었다면 단 하나.

그는 게르츠라는 인물을 잘못 판단했다. 게르츠는—.

"보물을 갖고 있다면 **우호적인 괴물**이어도 당연히 처죽여야지."

게르츠는 **악한 모험가**라는 사실이다.

§

"woof……!!"

"상대할 여유는 없다."

항의의 뜻으로 으르렁거리는 가비지에게 하는 말인가, 아니면 그레이터 데몬에게 하는 말인가.

어느 쪽인지 분간할 수 없는 말을 늘어놓으며 미궁을 쭉쭉 달리는 이알마스의 입가에는 엷은 비웃음이 맴돌았다.

목표로 하는 사냥감이 근처에 있음을 직감 비슷하게 알아챈 짐승의 웃음이다.

상위 마신들은 전진하면 할수록 숫자와 압박감이 더욱 불어난다는 느낌마저 받는다.

처음 여섯 마리부터 무리가 잇따라 나타나는지라 전투는 끊임없이 이어졌다.

즉, 집중력^(히트 포인트)이 대폭 타격을 받는 상황이다.

"헉…… 허억…… 허어억……!"

"제기랄…… 아직 멀었냐……!"

벨카난이 지쳐서 검을 휘두르고, 라라자가 욕설을 내뱉는다.

두 사람 모두 상처를 입진 않았을지만 이토록 긴 장기전은 경험하지 못한 영역이었다.

땀투성이가 되어 심하게 지쳤음은 명백하겠다.

그렇게 주위의 모든 요소를 지각하며— 시스터 아이닛키는 숨을 토했다.

"조금 어려울지도 모르겠는데요."

이렇듯 심각해진 아이닛키의 말은 목적지에 도착하는 것을 의미하지 않는다. 목적지까지 도착한 뒤에 만전의 상태에서 수괴와 싸우기는 어렵겠다는 의미다.

후열의 두 사람을 바라보는 아름다운 얼굴에는 땀방울 하나, 피로의 빛은 하나도 떠올라 있지 않았다.

철구로 가차없이 그레이터 데몬을 때려눕히는 아이네 역시 평범한 성직자는 아닐 것이다.

그럼에도 불구하고 이는 어디까지나 마신의 무리를 돌파하는데 전념했기에 이룬 결과였다.

—《바마츠》를 쓸 수 있다면…….

신의 힘에 의지하여 동료 전부를 지키는 주문. 마비 및 실신을 치유하는 디알코와 같은 위계이다.

그리고 사람이 연속으로 영창 가능한 동위계의 주문은 제한되어 있다.

《바마츠》의 수호도 물론 완벽하지는 않다. 마비와 독에 당할 가능성을 감안하면…… 온존할 수밖에 없다.

그리고 신의 수호도 없이 수많은 마신을 고작 다섯 명이서 맞서 싸운다면 이후에 기다리는 것은 영예로운 죽음뿐.

죽음을 기피할 뜻은 없으나 삶의 가치를 높일 기회를 내버릴 뜻도 없었다.

하지만— 젊은이부터 기회를 버리게 만듦으로써 자기 자신을 지키는 것은 어불성설이다.

자연히 은발 수녀의 손이 등에 멘 검의 자루로 뻗어 다가간다.

시스터 아이닛키의 늠름한 목소리는 죽음을 앞에 두고도 더없이 긍지로 가득 차 있었다.

"제가 후미를 막겠습니다. 그 사이에 이알마스 님과 여러분은 앞으로—."

"곤란한 말을 하는군."

아이닛키의 기다란 귀가 움찔거리며 튀어 올랐다.

"네가 죽으면 귀찮아진다."

"yap?!"

이알마스는 시스터 아이닛키에게 가비지를 집어 던지고 훌쩍 뛰어서 최후미로 이동했다.

"이알마스 님……?!"

"시간을 끈 뒤에 쫓도록 하지. 인솔을 부탁한다."

일순간의 당혹감. 이 남자답지 않은 행동— 동시에 무엇을 생각하는지 알 수 없다는 것은 이 남자답다.

머릿수건 안쪽의 푸른 눈과 외투 안쪽의 까만 눈이 잠시나마 마주쳤다.

"실패하거든 돌아가는 길에 주워가라."

"……못살아."

살짝만 뺨을 볼록거리고 당혹감과 망설임을 뿌리친 뒤 아이네는 시원스럽게 목소리를 높여 외쳤다.

"여러분, 출발합시다!"

"alf! yelp!"

"어, 아, 으, 응……!"

가비지는 이알마스의 손에서 벗어나자마자 곧장 의기양양하게 돌진하더니 다음 마신에게 칼날을 때려 박는다.

아이네가 즉각 뒤를 쫓아서 틈을 메우는 형태로 철구를 휘둘러 길을 열어줬다.

발소리를 울리며 달리던 벨카가 당혹감에 찬 눈으로 이알마스를 봤다가 서둘러 앞을 향한다.

자신이 무엇을 하든 시도하든 지금은 단지 달려가는 데 집중해야 이알마스에게 보탬이 된다는 것을 이해할 수 있었기 때문이었다.

흑의의 남자는 살짝 머리를 까딱거리며 긍정한다. 잘했다고.

그리고 마지막으로―.

"이알마스!"

라라자가 옆을 지나쳐 가며 큰 목소리와 함께 약병을 몇 개 집어 던졌다.

이알마스는 그것을 한 손으로 잡아 챙긴다. 외투의 안쪽, 조금은 눈이 커다래져서.

"마비에 걸려도 약은 마실 수 있잖냐! 가져가라!"

그렇게 소리 지르는 라라자의 목소리가 들려왔을 때, 소년의 뒷모습은 이미 저 멀리 미궁의 어둠 너머에 있었다.

이알마스는 웃었다.

거참— 언제까지 신입 취급을 할 수 있으려나.

기쁜 성장이었다. 정말로.

"—!"

"그리 안달내지 마라. 나 또한 시간을 허비하고 싶진 않으니."

바짝 들이닥치는 마신들. 소리 없는 위협의 소리. 과거에 여러 차례 느끼며 친숙해졌던 죽음의 압력.

이알마스는 흑색 지팡이의— 애검의 칼집을 빼냈다. 빼어든 예리한 칼날을 어깨에 올려놓는다.

그리고 왼쪽의 빈손으로 주인(呪印)을 맺으며 중얼거렸다.

만질 수 없는 갑옷이여, 나를 일으켜주소서
"《신잔메 페이체》."

불현듯 이알마스의 몸이 흐릿하게 부예지면서 번졌다.

《소픽》의 술법— 단순히 제 몸을 지키기 위한 의도라면 《바마츠》
에 필적하는 주문.
투과   기원

덧붙이자면 제2위계에 위치한다. 문제가 있다면 딱 하나.

"이 주문은 술사 본인에게만 효과가 있어서 말이지……."

이알마스의 엷은 웃음만이 미궁의 어둠 속 애매모호한 윤곽 안에서 떠오른다.

다행히 마술사의 제2위계에는 《모리스》밖에 유효한 술법이 딱
히 없으니만큼…….
공포

"잠시만 상대해주도록 하지."

§

"alf!!"

"게르츠!"

묘실의 문을 걷어차 부순 가비지에 이어서 뛰어든 라라자가 소리 높인다.

전혀 변함이 없는 미궁의 엷은 어두움 속에 떠오른 윤곽의 숫자는 여덟— 아홉— 열?

라라자는 애매모호한 윤곽을 헤아리면서 자세를 한껏 낮추고 경계했다.

자신의 기억이 분명하다면 놈의 클랜에는 얼치기 마술사도 분명 있었는데—.

"뭐지, 이알마스는 안 보이는군."

여유롭게, 천천히. 대답을 한 게르츠는 포진의 가장 안쪽에서 느긋하게 서 있었다.

미세한 피 냄새.

저놈에게는 이미 옛날에 배어들었으나 지금 묘실에 떠다니는 것은 막 흘러나온 냄새다.

이미 누군가 한 명이나 두 명쯤 베어서 죽인 다음인 건가.

아무튼 그런 것보다 라라자가 더욱 신경을 써야 할 문제가 있었다.

"오를레아는 어디에 있냐……!"

"엉?"

게르츠는 한쪽 눈썹을 끌어 올렸다. 말뜻을 알 수 없다는 듯한 표정이었다.

누구를 말하는 거냐— 고민하는 듯한 몸짓. 도발하려는 의도가 아니라 아마 진심일 것이다.

그러다가 또 태연스럽게, 라라자의 인내심이 결국 바닥나기보다 전에 게르츠는 말했다.

"같이 있잖냐, 저기에."

턱짓으로 가리킨 곳은 열 번째 그림자가 있는 곳.

그렇다, 그것은 도저히 인간이라고 표현해도 될 만한 형태를 가지고 있지 못했다.

까맣게 덮인 불확정의 무엇인가로 보고 넘겼던 저것이 엷은 어둠에 익숙해진 눈앞에서 마침내 정체를 드러내준다.

저것은 살점 덩어리, 살점의 기둥이었다.

허공에서 생겨났냐는 생각이 들 만큼 기묘하게도 끝부분이 부옇게 번진 살점의 기둥.

내장인지 근육 섬유인지 가늠할 수 없는 살점이 서로 뒤얽힌 가운데 위치한 중추에서 몹시 선명한 백색이 번져 나온다.

그 백색은 살점에 씹히는 듯한 모양새로 버티고 있는 몰골의 한 소녀였다.

온몸이 저주에 침식당한 데다가 한쪽만 남은 눈동자는 침침하게 탁해진 레아 소녀.

"……끔찍한 짓을……."

살아있다고도 죽었다고도 생각되지 않는 몰골인지라 아이닛키는 눈살을 찌푸렸다.

이것은 모독이다. 삶을 빼앗았을 뿐 아니라 죽음조차 저 아이에게서 거두어들였다.

다만 이렇듯 수심으로 가득 찬 은발 엘프를 쳐다보는 게르츠의 시선은 호색함을 숨기려고도 하지 않는다.

짐승 같은 눈은 자신의 사냥감을 관찰하는 것처럼 아이닛키, 벨카난에게로 옮겨 간다.

벨카난이 꿈틀 떨면서 제 커다란 몸을 움츠러뜨리고 딱딱하게 굳었다.

다만 그 반응마저도 게르츠의 욕망을 더욱 자극하는 요소에 불과했다만.

"뭐, 이알마스는 없지만 마음에 든다. 먼저 때려눕힌 놈한테 두 번째는 양보해주마."

첫 번째가 누구인지는 말할 필요도 없다. 아무튼 명령이 떨어지자 수하 모험가들이 추잡하게 미소를 띠어 보였다.

역시 두목의 말만 잘 들으면 재미를 볼 수 있단 말이지. 이제까지도. 이제부터도.

—뒈져라, 개자식들아.

그렇지 않았던 남자, 도적 라라자는 단검을 한 손에 들고 자세를 확 낮췄다.

하고 싶은 말, 해야 할 말, 고민은 분명 많았었는데 말이 안 나온다.

이딴 자식에게 시간과 기운을 써야 하는 것 자체가 짜증스럽고 화가 치밀었다.

방해하지 마라.

"처죽여주마……!"

"오, 좋군."

게르츠는 웃었다.

"처죽여주지."

§

"Wou! Ouuuuh!!"

가장 먼저 앞장서서 덤벼든 것은 가비지였다.

저 자식의 냄새는 기억하고 있다. 훨씬 전부터. 지금까지도. 저 눈빛도. 시선도.

딱히 가비지에게 원한 따위의 응어리는 없었다. 단지, 뭐랄까—.

저놈은 자신을 우습게 보고 있다.

단 하나의 거슬림이어도 이 빨간 머리 여자아이는 차마 용납할 수 없었다.

여덟 명으로 구성된 적 대열을 사나운 늑대처럼 뛰어넘으며 등에 멘 검에 손을 뻗는다.

단숨에 뽑혀 나오는 검은 카시나트. 그것을 보고 게르츠가 웃었다.

"나도 가지고 있단 말이다……!!"

게르츠가 이형의 대검을 손에 들어서 정면충돌했다.

가비지가 때려 박은 일격을 날카롭게 칼날이 물어뜯는다. 불꽃이 흩날린다.

"yelp?!"

"하하핫!!"

소녀가 혐오감으로 얼굴을 찌푸린 순간, 게르츠는 오직 완력으로 상대의 가녀린 몸을 밀쳐서 날려버렸다.

자그맣고 가녀린 **빨간 머리** 여자아이는 빙글빙글 허공을 날아가다가 몸을 비틀고 사지를 휘저어서 사뿐히 착지한다.

"인사가 요란하군. 주인님한테 건방지게."

"woof……!!"

마음에 안 든다. 으르렁거리는 가비지. 무엇이 마음에 안 드냐면 손에 든 검이다.

전사로서 지닌 기량^{레벨}이라는 의미에서는 호각.

천품의 유무^{보너스 포인트}에서는 가비지가 우위일 테지.

괴물 상대가 아닌 인간을 상대로 하는 경험에서는 게르츠의 악랄함이 우위다.

다만 한 가지 더, 게르츠는 손에 든 카시나트의 검을 완전히 수족처럼 다룰 수 있었다.

이 같은 부분에서는 명확하게 가비지보다 앞선 상태였다.

일대일 대결이라면—. 다만 어쨌거나 소녀도 남자도 이 자리에 혼자 있는 입장은 아니었다.

"벨카난 님, 주문을 써주세요!"

"으, 응……!"

9대4. 숫자의 차이로 말하자면 압도적으로 불리하다. 이 전황을 뒤집을 수 있는 수단은 주문뿐이다.

그러나 주문술사의 숫자 차이도 명백하다는 것을— 게르츠와 휘하 클랜은 잘 이해하고 있었다.

메이지가 두 명. 프리스트가 두 명. 도합 네 명.

아무렇게나 상대할 수 있는 데다가— 또한 죽여도 상관없다. 사원에 던져 넣어서 소생시키면 그만이니.

애당초 저 아이닛키라는 이름의 수녀에게는 이제껏 정말 많이도 뜯어먹히지 않았던가.

이번에는 자신들이 노예로 잡아들여서 저 아름다운 몸뚱이를 망가지기 직전까지 혹사시키는 것도 괜찮을 테지—.

"으, 으음…… 카프아레프……."

벨카난이 더듬더듬하며 지팡이 대신에 검을 치켜들고 주문을 읊조리기 시작한다.

물론 느긋하게 주문이나 읊을 겨를을 적이 허락할 리 없다.

"때려눕혀!"

"태우려면 제대로 태워라, 설익은 채 살려 놓으면 침대에 눕힐 생각도 안 든단 말이다!"

"저 커다란 몸뚱이를 봐라, 뭘 어쩌든 간에 설익는다."

"시끄러워. 일단 《몬티노》부터 쓰랬잖냐, 항상."

"나는 저 탐욕스러운 시스터를 울려주고 싶다고."

"잔반 말고는 뭐든지 좋다~."

제각기 갖은 음담패설을 늘어놓으며 무기를 들고 주문을 읊으며 먼저 노리는 목표물은 벨카난.

"이얏……!"

소녀를 지키기 위해 시스터 아이네가 앞에 나서서 철퇴를 휘두르자 한 전사가 막아섰다.

검이 비명 질러도 부러질 정도는 아니다. 은발의 엘프와 무기가 부딪치고 눈을 마주한다.

"씨야앗!!"

"……크윽?!"

곧바로 측면에서 날아들어 찌르는 단검. 몰래 다가든 도적의 칼날이다. 아이네는 뒤로 뛰어서 회피했다.

베여 날리는 은발 몇 가닥이 미궁에서 나풀거렸다.

전사 두 명에 도적 두 명. 한 명의 수녀를 포위한 채 신나게 농락하려니까 무척 마음이 들뜬다.

제아무리 전투에 익숙한 모험가라도 집중력이 무한히 유지되는 것은 아니었다.

오히려 엘프는 가녀린 체형이다. 잠깐의 순발력은 몰라도 체력이 부족한 이상 한계는 오히려 인간보다 빨리 온다.

또한 그것은 마술사인 벨카난도 마찬가지임을 경험 많은 여덟 인물은 이미 간파했다.

따라서 우선은 여자 두 명부터. 만만한 상대부터 가지고 놀다가 가뿐하게 제압하는 것이 전략이다.

게르츠 정도의 강자는 아닐지언정 짐승 무리에 속한 이상 마땅한 경험을 쌓아왔다.

따라서— 그들의 시야에는 당연하게도 라라자가 비치지 않는다.

진지하게 대처해야 할 상대는 아이닛키와 벨카난. 두 명의 주문술사일 뿐, 도적은 아니었다.

이알마스의 심부름꾼. 잔반이 죽인 전리품을 받아먹는 별 볼 일 없는 애송이.

오히려 라라자라는 이름조차 인식은 하고 있는지 의문스럽다.

보물상자의 개봉이나 시키는 소모품이고 칼받이였다. 뭔 대단한 놈이라고 신경을 쓰겠는가—.

—사람을 우습게 보니까 당하는 거다……!

서로의 진영에서 주문을 읊고, 방해하고자 접근하고, 술사를 지키고자 하는 일 합.

그중에서 가장 빠르게 누구보다도 먼저 움직였던 인물이 바로 라라자였다.

한 손에 단검을 쥐고 한껏 자세를 낮춘 소년이 나머지 빈손으로 짐을 뒤적이고 있었다는 것을 누가 알아봤을까.

벨카난은 알고 있었다. 언제나 소녀는 저 소년의 등을 바라보고 있으니까.

아이닛키는 알지 못했다. 다만 흑의의 남자가 고른 파티원이다. 마냥 가만히 있을 리 없다.

가비지는 아예 알려고도 하지 않았다. 무엇을 하든 실패하면 걸어차 혼내줄 뿐.

그 움직임을 적진 메이지 중 하나가 알아차렸다. 다만 경고의 말을 외치지는 않는다. 영창이 중단되어버리는 까닭에.

따라서 라라자를 막으려 드는 인물은 없었다.

"에, 라앗······!!"

도구 가방에서 쑥 뽑아 펼치는 것은 하나의 양피지. 두루마리.^스크롤

뒤이어 해방되는 것은 정성껏 공을 들여서 써넣은 진실된 힘을 발휘하는 말.^트루 워드

"《헤아 라이 타잔메》."

곧장 미궁의 어둠을 불꽃이 살랐다.

두루마리에 봉인되어 있었던 것은 제1위계, 이곳에서는 초보 중 초보로 알려진 《할리토》.^작은 불꽃

그러나, 그럼에도 엄연한 마술. 이 세상의 섭리를 개변하는 마땅히 두려워해야 할 위업에 속한 행위다.

소녀가 할머니에게 전수받았고, 소년에게 맡긴 마술의 오의는 어김없이 제 위력을 발휘했다.

"크아아앗?!"

기습을 당한 마술사가 눈 깜짝할 새에 불꽃에 휩싸여서 숯덩이가 된다.

전사의 집중력이라면 또 모를까, 마술사라면 버틸 수 없다.

용의 불꽃조차 견뎌내었던 벨카난이 오히려— 예외에 속할 것이다.

갑자기 아군 중 하나가 불기둥으로 돌변한 터라 동요가 퍼지지 않을 리 없었고—.

"《카프아레프 타이 눈잔메》!!"
<small>혼아, 멈춰라, 그대의 이름은 미몽이로다</small>

그때, 벨카난이 사력을 다하여 힘껏 소리 높여서 영창을 마친 《카티노》가 추가로 작렬했다.
<small>수면</small>

"흡."

"어엇……?!"

하얀색 엷은 아지랑이가 묘실을 가득 채워 나간다.

물론 소녀가 모자란 역량으로 쓴 조잡한 주문이다. 저항 자체는 수월했다.
<small>레벨</small>

다소 현기증을 느끼기는 해도 기절해서 정신을 잃는 피해를 받지는 않을 것이다.

문제는—.

"이이……야앗!!"

가차 없이 휘둘러지는 시스터 아이닛키의 철구를 과연 피할 수 있느냐는 부분이다.

자비로운 일격이 철 투구와 함께 두개골을 분쇄, 상대의 혼백을 신의 곁으로 보내버렸다.

"아악!!"

"커흑?!"

이어서 피와 뇌수를 늘어뜨리며 휘둘러진 철구가 도적의 늑골과 함께 심장까지 박살낸다.

가죽 갑옷 따위 아무런 쓸모도 없다. 마지막 순간에 언뜻 보였던 엘프의 얼굴에는— 피에 젖은 미소.

죽음에 임박하여 저 아름다운 용모를 목격했을 때— 두렵다고 느꼈다.

"안심하세요! 삶을 완수한 이상 죽음을 두려워할 이유는 없답니다!"

신의 도시에서는 모두가 안녕을 누릴 수 있고, 안락하게 지낼 수 있기 때문이다.

타격음이 거듭 다섯 번.

매몰차게— 이 같은 표현은 적합하지 않다.

수녀는 악으로 물들었던 삶에 용서를 허락했으며 자비를 베풀어서 카도르토 신께 여덟 명의 혼을 보내드렸다.

게르츠의 칼질에 튕겨 날아갔었던 가비지가 자세를 바로잡고 다시 뛰어들 무렵에는 숫자의 차이도 이미 뒤집혔다.

"—alf!!"

어떠냐, 자랑하는 듯한 소녀의 포효. 물론 상황을 잘 파악하고 있기에 하는 행동은 딱히 아니었더라도.

심히 불쾌감을 느꼈을 저 목소리, 표정을 마주하고도 게르츠는—.

"하핫……!"

게르츠는 비웃음을 짓고 있었다.

§

"게르츠……!"

"역시 이 녀석들은 한꺼번에 돌격시켜도 아무 의미가 없었어. 웃기지 않나?"

벨카난의 주문 한 번, 두루마리 한 개, 그리고 아이닛키가 약간 소모됐을 뿐.

거참, 비싸게 값을 치렀군. 오래 써먹은 부하 여덟을 바쳤는데 과연 수지가 맞는가.

게르츠는 라라자의 말도 무시한 채 허공에 동의를 구하는 듯이 중얼거린다.

이 같은 상황에 처했는데도 불구하고 게르츠는 라라자를 인식할 생각이 딱히 없는 듯했다.

"상당히 여유가 있는 듯 행세하십니다만……."

시스터 아이닛키가 라라자와 벨카난을 지킬 수 있는 위치로 나섰다.

피에 젖었는데도 여전히 아름다운 용모에 날카로운 시선을 얹은 채 철구를 게르츠에게 들이민다.

"본인의 현재 입장을 이해하고 계십니까?"

"오, 캔트의 귀쟁이 창녀 아닌가. 못 참겠으면 혼자 쑤시면서 기다려라. 금방 상대해줄 테니까."

"굉장히 참신한 목숨 구걸이군요……."

시스터 아이닛키는 일단 큰소리를 쳤을 뿐, 당연히 상황은 잘 파악하고 있었다.

근거지의 깊숙한 곳까지 몰린 상황에서 다수에게 포위당했는데 이런 불손한 태도라니.

그렇다면 상황을 인식할 만한 지능이 없거나, 혹은—.

—무엇인가가 있다.

상황을 뒤집는 데 충분한 무엇인가가 있다는 뜻이다.

—뭔가, 이상한데…….

네 명의 모험가 중에 낌새를 알아차린 사람도 자신감의 정체를 알고 있는 사람도 오직 라라자뿐이었다.

게르츠의 웃음. 자신이 패할 가능성을 티끌만큼도 생각하지 않는 태도. 그건 괜찮다.

그런데 진절머리가 나도록 잘 아는 저 모습에서…… 무엇인가 위화감을 느낀다.

번뜩이는 눈동자. 그곳에서 타오르는 불길. 유독 더 사납고, 무엇인가가 다르다.

저 불꽃의 색은, 라라자는 떠올릴 수 있었다. 이알마스의 눈에 서렸던 빛. 아니—.

—목에 매달아 놓은 《파편》^{샤드}!

"이 자식, 그걸…… 어디서!"

"당연히 《미궁》 아니겠냐— 어이쿠!!"

"Groooowl!!"

불꽃이 흩날렸다.

피아의 대화 따위 조금도 신경 쓰지 않고 오히려 빈틈이라 판단한 가비지가 몸을 날렸던 것이다.

게르츠가 그 기습을 카시나트의 검으로 가볍게 쳐낸 뒤 한쪽 손으로 상대한다.

나머지 다른 손은 무엇을 하고 있냐면 목에 걸려서 흔들거리고 있는 《호부》를 만졌다.

"……피해!"

"벨카난 님!"

"어? 아, 으, 응!"

라라자의 경고. 제때 반응한 아이닛키가 전선으로 뛰쳐나가고, 벨카난이 허둥지둥 검을 쥔다.

앞에 나가야 할까, 주문을 쓸까, 일순간의 망설임. 부족한 경험이 소녀의 행동을 어지럽힌다.

"alf!!"

"이이얏!!"

그 사이에 가비지와 합을 맞춰서 아이닛키도 철구를 게르츠에게 때려 박았다.

"쳇, 시스터 주제에 천박한 여자로군……!"

게르츠는 얼굴에 번들번들한 웃음을 붙여놓은 채 수월하게 상대의 일격을 버텨낸다.

코등이싸움조차 벌어지지 않고 한쪽 손으로 때려 철구를 튕겨낸 것이다. 저 완력은 명백하게 비정상이었다.

"크, 으읏……?!"

"woof……!!"

손에 찌릿찌릿 치달리는 마비의 감각에 신음하면서 아이닛키가 한 발짝 물러났을 때 거듭 뛰어드는 가비지.

숙달된 전사라면 한 호흡 동안에 몇 합이나 검격을 교환할 수 있다.

더구나 비록 손에 익지는 않을지라도 카시나트의 검이다. 저 속도를 라라자의 눈으로는 도저히 좇아갈 수 없었다.

하지만—.

"시끄러운 똥강아지군……!"

"Eek?!"

비명과 함께 가비지의 몸이 훌쩍 하늘을 날았다.

한창 칼부림 중에 게르츠의 발부리가 소녀의 배에 깊숙이 박혀서 걷어찬 것이다.

바닥에 세게 나동그라진 가비지가 본능에 따라서 제 몸을 지키고자 여윈 신체를 둥글린 채 몸부림쳤다.

경련을 되풀이하며 구토를 반복한다.

그럼에도 일어서고자 악쓰는 소녀에게 카시나트의 검이 바짝 다가들었다.

"힉."

지금 울리는 비명은 벨카난이 질렀을 것이다.

가비지는 바닥을 기다가 적을 노려보고 나지막이 으르렁거리고 있을 뿐이니까.

"가비지……!"

"잔반을 처리하면 만족할 수 있다는 거래였던가. 누군가 덜컥 캔트로 데려가면 무슨 소용이겠냐."

달려가고자 했던 라라자의 몸이 본인의 뜻에 반하여 퍼뜩 멈춰 버렸다.

게르츠가 날카롭게 이쪽을 노려봤다— 아니, 틀렸다. 게르츠는 라라자에게 눈길을 주지 않는다.

저 녀석이 보는 대상은 라라자의 등 뒤, 묘실의 저편, 돌벽, 그 너머에—.

"대체, 무엇을……?"

아이닛키가 스쳐 걷기로 간격을 좁히며 중얼거린다.

섣불리 덤벼들 수는 없었다. 거리가 가깝다. 게르츠는 손쉽게 가비지의 목을 베어버릴 것이다.

미궁에서도 소생이 불가능하지는 않다. 소녀만큼 고결한 인물이라면 신은 분명히 소생을 인정해주시리라.

—하지만, 절대적이지는 않다.

재가 되는 경우도 있다. 그 잿더미마저 차서 흩트리면? 아니면 혼이 소실^{로스트}되는 경우도 있다.

신의 기적은 기적이기에 마냥 간편한 수단이 아니었다.

소생을 진행할 수 없는 경우는 달리 또 있었다. 그렇다, 예를 들자면—.

"아차차."

"yelp?!"

게르츠가 짐승과 같은 턱으로 중얼거리는 순간, 가비지의 몸이 엷은 빛무리에 감싸였다.

고통인가, 경악인가. 눈을 부릅뜬 소녀가 무슨 짓이냐고 우짖은 순간—

"돌 안에 있다. 알지?"

곧이어 사라졌다.

"가비지……?!"

라라자는 역시 떠올릴 수 있는 광경이었다. 《악마의 돌》을 부쉈을 때와 마찬가지의, 전이의 빛.

—이 자식, 무슨 개짓거리를……!

아무리 간절하게 소생을 바라더라도 주검을 못 찾아내면 시도부터 불가능하다. 당연한 이야기다.

상실감. 절망. 차마 믿기지 않는 안타까움.

"거짓말이야……."

망연자실해서 벨카난이 중얼거린다.

"하, 아아아아아앗—!!"

그럼에도 시스터 아이닛키만은 달랐다.

수많은 모험가의 소실을 쭉 지켜봐왔던 여성은 그 순간 장해가 완전히 사라졌다고 판단했다.

혼신의 일격. 묘실의 돌바닥에 발자국을 새겨 넣으며 펼친 신위의 철퇴는…….

"하하앗! 좋다, 시스터……. 놀아주마아!!"

"으, 앗……?!"

역시 가볍게, 게르츠가 휘두른 카시나트에 튕겨 나가버렸다.

명백하게 비정상적인 위력— 그렇다, 비정상적이다. 모든 것은 《호부》가 주입해주는 힘의 작용인가.

위력을 못 이겨 밀려난 아이닛키가 무너진 자세에서 헛발을 디디면서도 어떻게든 간격을 벌린다.

그곳을 노려 망설임 없이 카시나트로 후려갈긴 뒤 게르츠는 칼끝으로 아이네의 가슴 보호구를 찍어서 들어 올렸다.

"아, 아앗?!"

"역시 괜찮아. 기대했던 대로다! 카도르토에게 넘겨주기에는 많이 아까운데……!"

"헛소리를……!"

즉각 앞가슴을 가리면서도 의젓하게 마주 노려봐주는 아이닛키.

그럼에도 게르츠는 호색한 욕구를 숨기려고도 않은 채 할짝이는 듯한 시선으로 이리저리 훑어본다.

그것은— 틀림없이 빈틈이었다.

"벨카앗!"

"—어, 아, 으, 응!"

아직껏 혼란에서 벗어나지 못했다. 다만 라라자에게 질타를 들은 벨카난은 기어이 검을 휘둘렀다.

"《헤아 라이 타잔메》!!"

거의 울음소리 비슷한 영창과 함께 구사한 것은 소녀가 할머니에게 전수받아 가장 신뢰하고 있는 《할리토》이다.

화염구는 꼬리를 늘어뜨리며 묘실을 관통하여 게르츠에게 직격, 작렬하여 사방으로 터져 나갔고—.

"퍼엉—!"

"힉?!"

그 남자는 태연하게 비웃음마저 띤 모습으로 연기 속에서 나타났고, 벨카난의 목에서는 기겁하며 놀라는 소리가 새어 나왔다.

"내가, 내, 《할리토》는……! 여, 역시, 안 통하는…… 거야?!"

"흥, 기합이다, 기합. 그딴 주문에 죽을까 보냐…….."

"—아예 통하지 않은 게 아니야……!"

라라자는 이제껏 일련의 공방을 주의 깊게 쭉 관찰한 끝에 과감하게 판단을 내렸다.

가비지의 안부는 나중 문제다. 어쩔 도리가 없다. 비록 충격은 클지라도…… 나중에 생각하자.

게르츠의 무력. 오를레아의 상태. 벨카난의 마음. 아이닛키의 부상. 이알마스의 위치.

앞선 가비지의 일격, 아이닛키와의 공방, 벨카난의 마술.

전부 다 착실하게 게르츠의 빈틈을 찔렀고, 착실하게 놈의 체력과 집중력에 타격을 가할 수 있었다.

실제로 벨카난의 《할리토》도 안면에 제대로 직격하지 않았던가.

한데 녀석은 쓰러지지 않았다. 아직 기운이 쇠한 낌새조차 안 보인다.

게르츠의 뺨에 생겨난 화상이 눈 깜짝할 새에 치유되어 간다. 잃어버렸던 활력도 마찬가지일 테지.

어째서일까…… 답은 저 녀석의 목에서 흔들거리고 있다.

마력의 빛을 머금은 《파편》—《호부》.

"헤헷, 진짜, 굉장하군……. 하룻밤에 몇 명이든 놀아줄 수 있겠어……."

힘에 도취된 게르츠는 마치 주정뱅이처럼 들떠서 망발을 늘어놓다가 《호부》를 어루만졌다.

"……그럼 저 물건만 낚아채면 해결…… 할 수 있겠군."

라라자는 자기 자신에게 독려하는 것처럼 중얼거린 뒤 태세를 갖췄다.

어떻게 해야 좋을지는 알지 못했다. 그러나 해야 할 일은 알았다. 그렇다면…… 그렇다면, 다음은.

하지만—.

"웃기는 소리 집어치워라. 어디서 감히."

그때 처음으로 게르츠가 라라자를 쳐다봤다.

번뜩거리는 눈동자에 적의를 불태우면서, 증오를 내비치면서.

"이건 내 물건이다. 내 물건이란 말이다. 아무한테도 안 준다. 내 물건이다⋯⋯!"

그렇다. 라라자가 느낀 위화감의 이유는 저 태도였다.

게르츠는 짐승과 마찬가지인 남자다.

그런 게르츠가 압도적인 힘을 손에 넣었다면 망설임 없이 힘을 쏟아서 적을 박살내리라.

놈에게 있는 것은 지금과 자기 자신뿐. 결단코— 그래, 결단코 《호부》 따위에 집착하지 않는다.

지금과 자기 자신. 게다가 《호부》. 세 가지 요소가 게르츠를 사로잡아서 움직이고 있다⋯⋯!

"삼켜진 겁니까⋯⋯."

"좋다, 놀아주마. 처죽여주지, 라라자. 반드시⋯⋯ 다만⋯⋯."

아이닛키의 말조차 들리지 않는 모습으로 혼잣말을 하다가 게르츠가 손을 뻗는다.

"⋯⋯라라자, 네놈은 마지막 순간까지 살려놓고 낯짝이 어떻게 바뀌는지 꼭 구경해주마."

손이 가리키는 방향은⋯⋯ 묘실에 흩어져 있는 시체 여덟 구.

무슨 짓인가⋯⋯ 의문을 느끼기보다 먼저 불가시의 바람이 묘실에서 살며시 휘몰아쳤다.

벨카난은 커다란 몸을 파르르 떨고 모자의 챙을 손으로 붙들었다.

"이, 이건⋯⋯ 마력⋯⋯?! 어어, 분명히⋯⋯ 분명히⋯⋯!"

분명히, 그래, 할머님이 이야기를 들려주었던 고대의 많은 대마술들.

개중에 이 같은 마력의 움직임이 있었다. 직접 목격하기는 처음이다. 어쨌든 기억하고 있다.

바람에 휘말린 시체가, 혈육이, 공간에 만들어지는 비기하학적 문양, 마법진.

저것들이 나타내는 의미는, 문. 이계로 통하는 입구. 구덩이. 달리 말하자면—

"《소코르디^{소환}》……?!"

폭발과 비슷한 무색 마력의 용솟음과 함께 **그것**이 현계를 마쳤다.

미궁의 천장에까지 닿는 거대한 몸. 외피는 없이 근육 섬유가 훤히 드러난 신체. 짐승의 머리뼈를 연상케 하는 턱.

그 부위에서 비등되는 마력의 울림과 함께 포효가 울려 퍼졌다.

"GGRRRRRROOOOOOOWWWL……!!"

"그레이터…… 데몬……!"

떨리는 목소리로 막 등장한 적의 이름을 중얼거린 인물은 과연 누구였을까.

마신의 포효는 진실된 힘을 발휘하는 말이 되어서 이 세상의 섭리를 왜곡시키고 묘실을 극한의 지옥으로 바꿔 나간다.

어떤 방해의 수단에도 당하지 않았다. 완전무결, 저지 불가능한—이계의 악마. 마신. 그레이터 데몬.

앨러케이션 센터, 절대영도의 눈보라가 마구 불어닥치는 한복판에서.

"한꺼번에 여자 둘을 갖고 놀아줄 수는 없으니까 말이지. 상대가 없으면 심심하지 않겠냐?"

가엾은 장난감들을 앞에 둔 게르츠는 역시 비웃음을 짓고 있었다.

"놀아보자고, 라라자 선생. 신나게……!"

라라자는 입술을 깊이 꽉 깨물고 자세를 낮췄다.

제 6 장
매직 소드

"uh……."

가비지는 토사물을 잔뜩 묻힌 채 땅을 기어다니며 돌바닥 위에서 몸부림치고 팔다리를 버둥거렸다.

그렇다, 돌바닥이다.

눈부신 빛에 감싸였다가, 소녀의 왜소한 몸은 돌바닥 위에 내동댕이쳐졌다.

몹시 취했을 때의 지독한 어지러움— 물론 심하게 취한 경험이 소녀에게는 없었다만.

다만 사람이 잔뜩 떠들던 큼지막한 방에서 묘한 물 냄새를 맡은 이후와 비슷한 감각이었다.

한마디 더 보태자면 그 시끄러운 녀석이 돌을 깨부쉈을 때에도 이런 기분을 느꼈었다.

"Eeak……."

세차게 걷어차여서 아픈 복부에 손을 가져다 대고 의복을 젖힌다. 검붉게 부어올랐다.

손가락으로 건드려보니 몹시 뜨겁게 열기를 띤 데다가 통증이 몸을 덮쳤기에 떨었다.

나중에 그 자식을 꼭 걷어차줘야겠다.

가비지는 마음속으로 다짐한 뒤 느릿느릿 몸을 일으켰다.

그곳은— 비좁아서 숨쉬기가 답답한 작은 묘실과 비슷한 장소였다.

소녀가 기억을 쭉 거슬러 올라가서 떠올리는 시작의 순간은 언제나 이렇듯 자그만 돌방이었다.

싫은 냄새를 풍기는 녀석들이 히쭉히쭉하며 이쪽을 멸시하는 웃음을 띠고 찾아왔던 방.

돌이켜보면 게르츠 또한 — 이름까지는 알지 못했지만 — 마찬가지였다.

단지 쇠사슬을 쥐고 있다고 자신보다 윗사람인 것을 확신한 얼굴. 눈동자.

마음에 들지 않는다.

가비지가 검을 휘둘러야 했던 이유는 요컨대 단지 그것뿐이었다.

"Hoooooowwwwl!!"

자신이 있는 위치가 폐쇄된 묘실임을 안 직후, 소녀는 한 차례 멀리 울리는 포효를 내질렀다.

대답은 없다.

석조 벽면에 소녀의 우짖음이 반사되어 메아리치다가 사라져 간다.

"woof……."

가비지는 작게 코웃음 쳤다. 정말로 안쓰러운 녀석들이다.

자신이 같이 있어주지 않으면 아무것도 못 하잖은가.

그나마 까맣고 커다란 녀석은 조금 싹수가 있었는데도 파랗고 커다란 적을 못 죽이나 보다.

시끄러운 녀석은 요즘 들어서 딴짓을 하러 다녔던 것 같고, 큼직하며 겁 많은 녀석은 말할 나위도 없다.

은발의 귀가 길쭉한 녀석은…… 뭐, 가끔씩 상대해주는 것도 좋다고 쳐도 말이지.

가비지는 어떤 상황에서도 자신이 가장 강하다는 확신을 갖고 있었다.

혼자 따로 떨어진 것은 상관없으나 자신 없이는 다른 녀석들이 곤경에 처할 것이다.

이 같은 심경은 과거와 달리 명확하게 소녀의 내면에서 생겨난 변화였다.

그러나 가비지는 이를 변화라고 인식하는 마음이 전혀 없었고, 깨닫지도 못할 것이다.

소녀는 언제나 뜻하는 대로 따라서 살아가니까.

이게 누군가의 영향을 받은 까닭이라며 멋대로 결론짓는 작자가 있다면 망설이지 않고 물어뜯어줄 테다.

아무튼 간에―.

소녀는 과거와 같은 상황에서, 다만 판이한 행동을 취하기로 했다.

돌아가려고 한 것이다.

"snuff…… snuff."

가비지는 코를 실룩거렸다.

냄새는 달라진 게 없다. 지하 3층― 물론 소녀는 지하와 계층을 이해하고 있지는 않았다만.

천장이 높고 큼지막한 방에서 좁은 방으로 들어간 다음 몇 번인가 내려갔다.

그런 정도의 인식이었으나, 문제는 없다.

"......"

그렇게 차분하게 주위를 보면— 묘실은 소녀가 생각했던 것보다 꽤 넓은 듯했다.

처음에 좁다는 인상을 받은 이유는 이곳 석실을 네 구역으로 나누어 놓았을 벽의 잔해가 있기 때문이었을까.

어쩌면 여기저기에 산더미처럼 포개서 누여 놓은 썩어 문드러진 시체 더미들 때문일까.

일찍이— 이곳에서 큰 전투가 벌어졌던 것이다.

물론 소녀는 딱히 옛 시대의 강자들에게 경의를 표시하지는 않는다.

뼈와 방치된 낡고 망가진 무구의 잔해를 밟으며 나아간다.

이따금 잔해 속에서 검을 발견하면 소녀는 기뻐 신나서 냉큼 주워 들었다만—.

"......alf."

역시나 잔뜩 녹슬었고 칼날은 이가 다 빠진 터라 하나같이 쇳조각이나 마찬가지인 상태다.

순식간에 흥미를 잃은 가비지는 쇳조각을 홱 던져 버렸다.

돌바닥에 나동그라진 검이 산산이 부서지고 녹슨 철 파편이 이리저리 흩어지는 와중에 소녀는 쫑쫑거리며 나아간다.

이윽고 새카만 암흑이 가득한 묘실 안에서— 은은하게 번지는 광채가 눈에 들어왔다.

그것은 검이었다.

지면에 박힌 백은빛 검. 돌 안의 검.

엷은 광채는 마치 인광처럼 칼날에 휘감긴 채 나는 빛이었고, 고동을 치듯 명멸하고 있다.

흡사 누군가가 생명을 불어넣어준 것처럼 살아있는— 검.

"……yap."

뭐냐, 조금은 제대로 된 물건도 있지 않은가.

가비지는 방금 막 주워 들었던 검을 적당히 집어 던지고 어슬렁 어슬렁 새로운 검에 다가갔다.

다만 칼자루에 손을 가져가려고 한 그때, 빨간 머리 여자아이는 온몸의 털이 곤두서는 기척을 느끼고 뛰어 물러났다.

검에 겁먹었다? 설마, 말도 안 된다. 웃기지도 않는 소리다.

소녀가 감지한 것은 누군가의 기척, 이곳에서 또 하나 기척을 감지했기 때문이었다.

—무엇인가가 있다.

그것은 묘실에 누워있었던 수많은 시체 중 하나였다.

갑옷을 입은 남자. 그것이 온몸의 녹을 떨구며 일어선다.

가비지는 겁에 질려서 덜덜 떨었다.

§

커다란 녀석도 영문을 알 수 없는 녀석도 이곳에서는 수없이 마주해왔다.

다만 틀림없이 죽었는데도 움직이는 녀석은 처음이었다.

(소녀에게 좀비나 코볼트의 뼈 따위는 처음부터 움직일 줄 아는 개체라고 인식되었으니까!)

다만 본능적으로 뛰어서 물러난 것은 잠시뿐, 시간이 흐른 뒤 가비지의 푸른 눈동자에는 분노의 불꽃이 타오르고 있다.

자신에게 이 같은 심정을 품게 만드는 존재를 소녀가 절대 용서할 리 없었다.

등에 멘 짜증스러울 만큼 가벼운 검을 뽑아 들고서 소녀는 갑옷 차림의— 소드맨에게 덤벼들었다.

특별히 뭔가 잘못을 저지른 것도 아니었다.

소녀가 이리 험하게 쓸 줄은 카시나트의 일문도 미처 상정하지 못한 영역이었거나.

아니면 같은 카시나트의 검이어도 게르츠의 손에 있었던 것이 더 뛰어났거나.

혹은— 처음부터 카시나트의 검 또한 이런 주인에게 제법 불만이 있었거나.

"Gling?!"

고대의 전사가 쥔 낡아빠진 검과의 일 합에서 카시나트의 검은 중간부터 허망하게 부러져 날아갔다.

얼굴을 찌푸린 가비지의 움직임은 빨랐다.

소녀는 망설임 없이 칼자루를 갑옷남의 투구에 내리찍었고, 그럼에도 태연하게 움직이는 꼴을 보면서 더욱 불쾌한 표정을 짓는다.

어째서 제대로 된 검은 없단 말인가.

따라서, 무심코 손을 내밀었을 뿐— 정말로 별반 기대는 하지 않았다.

일단 휘두를 물건을 붙들어야 하니까. 바닥에서 안 뽑히면 꽂힌 부분을 뚝 부러뜨려서 휘둘러줄 테다.

그런 정도의 인식으로 가비지는 백금빛 검의 자루로 손을 뻗었다.

"yelp?!"

한데— 검은 마치 스스로 날아드는 양 소녀의 자그마한 손에 잡혀주는 것이 아닌가.

가비지는 검을 뚫어져라 쳐다봤다.

돌바닥에 파묻혀 있던 부분이 예상외로 길었는지 칼날은 거의 소녀의 신장만큼 길었다.

게다가 다른 녹슨 검들과 칼날의 상태가 전혀 다르다. 이 미궁의 어둠 속에서 빛나고 있다.

손가락을 살짝 가져다 대면 가늘고 얇게 붉은색 줄이 남는다. 조금 닿았을 뿐인데 이렇게나 날카롭다.

갑옷남은 몸을 움직이는 데 상당히 애먹고 있는 모습이다.

아직 간격은 제법 벌어져 있다. 시험 삼아 제자리에서 가볍게 검을 한 번 휘두른다.

휘잉, 바람 가르는 소리가 울려 퍼졌다.

"whah······!"

가비지는 눈이 휘둥그레졌다.

생긴 모양새보다 더 무거운 건지, 검은 가비지의 신체를 쭉 잡아당기는 것처럼 움직여주지 않는가.

이런 녀석이 있었다니. 가비지는 송곳니를 드러냈다.

"Groaar!!"

―시키는 대로 말을 들어라.

한 차례 우짖고 억지로 칼날을 회수한다― 과거에 쇳덩이를 다룬 방식대로 똑같이.

소녀의 몸이 기세를 더하며 소용돌이치고 칼날은 으르렁거리는 외침과 함께 허공을 후렸다.

짜릿짜릿하게 온몸이 마비되는 듯한 흥분감. 그렇다. 그러면 된다.

소녀는 짐승처럼 웃고는, 쏘아진 화살처럼 몸을 던졌다.

"Wou! Ouuuuuh!!"

가늘고 탄력적인 수족을 용수철처럼 조였다가 온 기세를 실어 때려 박는다.

그 움직임은 소녀가 혼자 살아남기 위하여 습득했던 거친 전법이다. 도저히 검술이라는 명칭을 붙여 불러줄 만한 괜찮은 재주가 아니다.

다만 빠르고, 예리하고, 아울러 치명적이다.

소드맨의 목덜미에 박힌 검날은 아주 수월하게 녹슨 사슬 갑옷을 부수고 척수까지 절단했다.

소녀의 움직임은 색깔이 물든 바람이었고, 흡사 검과 더불어 춤추는 것 같았다.

"Hoooooowwwwwwwwlll—!!!!"

썩은 주검이 사방으로 흩어지는 소리를 뒤로하며 승리의 함성이 터져 나왔다.

§

"yap……. yap!"

가비지는 매우 만족스러웠다.

손에 든 빛나는 검을 붕붕 휘둘러 댄다.

검은 이쪽저쪽으로 쏙 빠져 날아갈 기세였지만, 그것은 쇳덩이를 쓸 때도 마찬가지였다.

상당히 싹수가 좋은 녀석이다. 가비지는 빛나는 검을 등에 매달아 놓은 검대에 걸었다.

검을 손에 넣었으니 더 이상 무서울 게 없다.

가비지의 머릿속에는 방금 전 당한 통렬한 일격도, 갑옷남의 최후도 남아있지 않았다.

빨리 돌아가서 그 자식을 때려눕혀줄 테다.

소녀는 언제나 자기가 원하는 바에 충실하게 살아왔다. 앞으로도 마찬가지다.

이제 소녀는 아무런 걱정거리도 없이 힘차게 묘실을 걸어 다니며 문을 발견한 뒤 걷어찼다.

그리고 미궁의 어둠 속으로 뛰어들었다.

제 7 장
언신 빙

이계로부터 현신한 상위 마신, 그레이터 데몬.

주문을 봉인당하지 않은 데다가 어느 누구에게도 속박당하지 않은 진정한 위세를 앞에 두고서—.

"으, 아…… 아앗……."

"크윽……?!"

벨카난과 라라자, 젊은 모험가 두 사람의 간담이 얼어붙게 된 요인은 딱히 공포가 전부는 아니었다.

"《MA》《DAL》《TO》—!!"
밈아리프 다루아리프라 타잔메

울려 퍼지는 포효는 단지 소리만으로도 극한의 《마달토》를 발생
동결
시켜 일행의 온몸을 세차게 타격한다.

라라자는 즉각 몸을 둥글게 말고 이를 악물며 어떻게든 호흡을 유지한 채 생존을 도모한다. 하지만—.

"으, 흐으……. 아, 아, 아앗……?!"

사막의 몸을 사르는 낮과 얼어붙게 만드는 밤을 지내며 자라난 벨카난은 눈보라라는 현상을 알지 못했다.

건강한 피부는 눈 깜짝할 새에 서리가 내려앉았고, 핏기가 싹 가시며 파리해지다가 아예 하얀빛을 띠기 시작한다.

가만히 서 있는 까닭은 망연자실했기 때문이 아닌 근골이 얼어 붙고 있기 때문이다.

이제는 떨면서 이빨끼리 부딪쳐 소리조차 내지 못하는지라 소녀의 몸속 생명의 불꽃이 명백하게 사라지려 함을 알 수 있었다.

"안, 돼……!"

따라서 이 상황에 움직일 수 있는 인물은 단 한 명, 시스터 아이닛키뿐이었다.

아이네는 곧장 뛰쳐나간 뒤 그레이터 데몬의 앞을 가로막아서 등 뒤로 젊은이 두 사람을 보호한다.

수녀복이 마구 불어닥치는 우박에 맞아 찢어지고, 상처에서 쏟아지는 피마저 얼어붙는 와중에 끝내 아이네는 흔들리지 않았다.

재빨리 기도를 올려 영창하는 것은 카도르토 신에게 바치는 진심이 담긴 탄원.

《밈아리프 페잔메 레 페이체》!!"
거대한 방패여, 저편에서 세차게 불어오거라

《마포픽》을 간청하는 수녀의 목소리는 다행히 천상의 신이 계신 곳까지 올바르게 가닿았나 보다.
큰 방패

불가시의 역장이 하늘에서 땅속 깊숙이 미궁까지 베풀어져서 눈보라의 기세를 약간이나마 감쇠시킨다.

"뭐, 상관없나. 이 녀석들에게 효과가 막히더라도 네년에게 부담을 주면 이득이잖냐……."

게르츠는 그런 시스터 아이닛키의 헌신을 마법구의 관객이 선수에게 으레 그러하듯이 비웃었다.
위즈 볼

"그래서, 이제 어쩔 셈이지? 너 혼자서 우리 물건을 둘 같이 상대해줘도 좋긴 좋겠군."

아이네는 뻔한 도발에 넘어가지 않았다.

단지 목으로 가느다랗게 숨소리를 내뱉으며 목숨을 부지한 벨카난의 뺨을 살며시 쓰다듬고는 미소 짓는다.

그다음 천천히 일어서는 저 모습을…… 라라자는 간신히 올려다 볼 수 있었다.

"……시스, 터어…… 아이, 닛키……!"

"라라자 님, 벨카난 님께 물약을. ……예, 안심해주세요."

—이래 보여도, 저는 강하답니다.

라라자는 그렇게 말하며 상위 마신에게 고작 혼자서 맞서려 하는 수녀의 등을 바라봤다.

그곳에는 한 자루의 낡은 검이 있었고, 또한 아이네의 손은 칼의 자루로 다가간다.

시스터 아이닛키. 카도르토 신의 경건한 신도인 이 여성은 북방의 극지 출신이다. 얼어붙는 추위, 빙설의 날카로움, 그 전부를 몸소 감내하며 북풍 속에서 자라났다.

극한의 가혹함도 결코 밝아지지 않는 끝없는 백야도 결코 두렵다는 생각은 하지 않았다. 백색과 흑색의 세계 틈에서 숨어있는 존재의 무시무시함을 알고 있었으니까.

아이닛키의 일족은 그 존재에 대항하기 위하여 끊임없이 대대로 피를 이어왔다. 그리고 일족의 일원이 모두 그러했듯이 아이닛키 또한 혼자서 고향을 떠나 여로에 올랐던 것이다.

신을 위하여, 마를 멸하기 위하여, 세계의 땅끝으로부터— 남쪽의 저편으로.

《미궁》.
덛전

죽음은 만인 전부에게, 삶을 살아가는 모든 생명에게 반드시 주어지는 것이다.

그렇다면 어째서 죽음을 꺼리고 멀리해야 하는가. 오히려 신께서 내려주시는 축복 아니겠는가.

모든 생명이 마지막 순간에 다다르는 곳인데 설마 두려운 장소일 리 없다.

죽음이 있기에 삶 또한 있는 법.

삶에 가치가 있기에 죽음 또한 가치가 있다.

두 개념은 천칭의 양 끝에 아울러 올라가는 것이고, 동등하게 고귀한 것임이 분명하다.

죽음에 이르는 폭력을 가볍게 휘둘러서는 안 되며 만약 휘두른다면 강한 의지를 갖고 망설임 없이.

따라서 시스터 아이닛키의 가슴에는 공포도 후회도, 무엇 하나도 없었다.

아쉬운 것을 굳이 꼽아보자면 자신이 인간이 아닌 뒤바뀐 아이, 엘프로서 태어났다는 사실일까. ^{체인질링}

—하지만, 그것마저도……

아이네는 엷게 미소를 띠고 기쁨마저 품으며 등에 장비한 **처형검**의 자루를 꽉 붙들었다.

"《베아리프 이에 카프이 눈 가인우크 라잔메레》—!!" ^{희생을 치를 용기를 갖고 있다면 녹슨 칼날도 되살아날지어다}

검이, 불타올랐다.

붉게, 그리고 하얗게— 눈보라의 하얀 어둠조차 싹 지워버릴 만큼 선명하고 강렬한 백광.

신체 곳곳에 엉겨붙었던 서리도, 눈도, 녹도, 모든 것을 불태워 소각시키며 휘황찬란하게 타오르는 칼날을 손에 들고서 앞으로.

시스터 아이닛키는 색깔이 물든 바람으로 변화하여 똑바로 그레이터 데몬을 향해 힘차게 나아갔다.

"이이잇…… 야아아— 앗!!"

날카로운 기합 소리와 함께 세차게 휘둘러지는 불사르는 칼날.^(베이킹 블레이드)

저 광채를 앞에 두고는 무시무시한 그레이터 데몬조차도 저항할 방법이 없는 듯 보였다.

힘을 해방시킨 칼날은 빨려 들어가듯이 표적의 두개골부터 가슴뼈, 신체 전부를 일격에 베어버렸다.

"—."

포효가 쥐 죽은 듯이 사라지고, 눈보라가 그쳤다. 무슨 상황이 벌어졌는지를 증명해주는 명백한 결과.

분수처럼 새파란 피가 용솟음치는 다음 순간에는 마신의 거체가 좌우로 갈라져서 고꾸라진다.

그리고 핏방울이 안개처럼 희미해지는 현상에 뒤따라서 혈육도 서로 뒤얽히는 모양새로 점차 자취를 감춘다.

아마도 마계로 귀환했을 테지. 어차피 마신 녀석들에게는 가짜 육체, 가짜 죽음에 불과하다.

이 세상에 속하지 않은 존재에게 진정한 죽음을 선사하는 것은 절대로 수월하지 않다.

"읍, 아악……!"

불현듯 아이닛키의 손에서 검이 힘없이 떨어졌다.

"시스터 아이닛키……!"

숨도 제대로 못 쉬는 벨카난의 목이 물약을 받아 마시며 꿀꺽 소리를 낸다.

잘 복용하는 모습을 확인한 뒤 라라자는 곧장 무릎을 꿇은 아이닛키에게 달려갔다.

무슨 수단을 썼는지는 알지 못했다. 다만 저 수녀가 무시무시한 일격을 구사했다는 사실 하나는 알겠다.

도구 가방 안에는 아직도 미리 준비한 가져온 《디오스》 상처약^{약석}이 충분히 남아있다.

"저는, 괜, 찮답…… 니, 다. ……괜찮아요. ……라라자 님, 괜찮, 아요……."

다만 아이닛키는 약병을 받아 들지 않았다. 아니―.

아이닛키의 하얗고 아름다웠던 두 손이 눌어붙어서 탄화― 아니, 재가 되어서 허물어지고 있었다.

당연히 재가 되어서 부스러진 손으로는 검을 쥘 방법이 없다. 더구나 물약이 담긴 병 또한.

수녀의 가느다란 팔이었던 재에 뒤덮인 검은 방금 전 광경이 환상이었던 것처럼 또 녹슬어서 못쓰게 되었다.

라라자는 아연실색하며 물약이 담긴 병을 쥔 채로 이 장엄한 광경을 바라볼 수밖에 없었다.

이토록 큰 대가를 지불해서 겨우 마신에게 가짜 죽음을 주었다는 것을 두려워해야 하는가.

아니면— 대가를 지불하면 마신을 물리칠 수 있는 아이닛키와 저 검을 칭송해야 하는가…….

"얼씨구……. 훌륭하군, 훌륭해."

무엇이든 간에 게르츠의 저 발언은 아이네의 헌신을 더없이 모욕하는 괘씸한 짓이었다.

저 남자는 변함없이 추잡한 웃음을 얼굴에 덕지덕지 붙이고 한쪽 손은 가슴께의 《호부》에 갖다 댄 자세로 거리를 좁힌다.

라라자는 몸을 일으켰다. 일어나 앞을 가로막았다.

아직껏 빈사 상태인 벨카난, 그리고 이미 싸우기 위한 수단을 잃은 아이닛키를 보호하며 게르츠의 앞으로.

카시나트를 어깨에 짊어진 악한 전사가 무척 가소롭다는 듯이 휘파람을 불었다.

"뭐 하냐? 나랑 붙어볼 테냐? 라라자 선생?"

"물론이지."

라라자는 침음했다.

"이제 끝까지 왔다, 게르츠……!"

"궁지에 몰린 건 네놈이잖냐."

게르츠는 비웃었다.

"정신차려라, 나랑 상대가 되겠냐고."

"아니지."

그 목소리는 굉장히 유쾌하게 울려 퍼졌다.

"2대1이다."

§

그 남자는 피에 젖은 부츠로 발소리를 울리며 묘실 안으로 걸음을 들여놓았다.

손에는 흑색 지팡이— 아니, 검푸른 피를 뚝뚝 흘리는 이향의 기병도. 반대쪽 손에는 약병.

내용물이 바닥난 병을 아무렇게나 집어 던지자 돌바닥 위에서 깨져 부서졌다.

라라자는 저 남자의 이름을 불렀다. 기쁨인지 악담인지 분간할 수 없는 목소리였다.

"이알마스……!"

"전멸은 안 당했군."

그게 어째서 「잘했다」라는 뜻으로 들린 것일까?

라라자는 눈앞의 적으로부터 눈길을 떼지 못한 채 뒤쪽의 남자에게 주의를 기울인다.

"이알마스……님……."

"그래."

이알마스는 무릎을 꿇은 아이닛키를 힐끔 쳐다봤다가 곧이어 바닥에 엎어져 있는 벨카난에게 시선을 줬다.

그리고 가비지의 소실을 알아차렸는지 조그맣게, 짧게 한숨을 내쉬었다.

"혼이라도 흡수당했나?"

"……날려버린 거다!"

라라자는 침음했다.

"저 자식이……《호부》를 써서!"

"뭐냐, 그랬나."

―뭐냐, 그랬나?!

라라자는 눈을 세차게 부릅떴다.

"아이닛키, 《칸디》는 쓸 수 있나? 위치를 알지 못하면 꺼내줄
수가 없잖나."

질문을 받은 수녀가 난처해하는 듯 안도하는 듯 애매한 표정으
로「네」라며 고개를 끄덕였다.

그 말은― 위치를 알면 가비지도 구해줄 수 있다는 소리인가.

라라자는 깊이 숨을 들이마셨다가 ― 아직 대기는 따끔거릴 만
큼 차가웠다 ― 내뱉었다.

덕분에 조금 머리가 차분해졌다.

이알마스는 평소와 같다. 다시 말해서―.

―아주 위험한 상황은 아니라는 건가…….

미궁 안쪽은 언제나 위험하다. 따라서 평소와 같다.

그렇게 생각한 라라자는 억지로 웃는 표정을 만들었다.

단검을 고쳐 쥐고 자세를 낮춘 뒤 묘실 곳곳을 둘러보면서 해야
할 일을 고민하고 피아의 위치를 확인한다.

게르츠와— 오를레아.

"이알마아스……."

그중 한쪽인 게르츠는 기이하게 열기를 띤 눈동자를 번뜩거리면서 흑의의 남자를 노려봤다.

"뭐지, 굉장히 차분하시군? 잘 써먹던 똥강아지가 없어져버렸는데 말이다."

"돌 안에 집어넣었다는 자신이 있나 본데, 그렇다고 완전히 소실되는 건 아니다."[로스트]

이알마스는 그런 게르츠와 마찬가지로 번뜩이는 빛을 눈동자에 밝히며 어깨를 으쓱거림으로써 대꾸했다.

"방법은 있다. 몇 가지나."

"저 사람은…… 삼켜져서……."

문득 희미한 목소리가 들려왔기에 라라자는 게르츠에게서 시선을 떼지 않은 채 슬며시 뒤로 물러났다.

아이닛키가 두 팔이 결손된 상태에서 어떻게든 몸을 일으킨 참이었다.

라라자는 그 곁에서 무릎 꿇고 몸을 굽혀서 아이네의 부드러운 몸을 힘껏 부축해줬다.

그리고 도구 가방에서 물약이 담긴 병을 뽑아 들다가 입가로 가져다준다.

방금 전에는 불가능했다. 게르츠 앞에서 치명적인 빈틈을 노출시키는 셈이니까. 다만 지금은 아니었다.

—이알마스가 있다.

그래서겠지. 아이닛키는 몹시 쇠약한 얼굴로 미소 지으며 작게 감사의 뜻을 표한 뒤 물약을 받아 마셨다.

하이얀 목이 위아래로 움직여서 물약을 삼킨다. 이어서 가느다란 숨소리가 들렸다.

"마법의 도구…… 영향을 받아…… 마음이……."

"저 물건에 꺾이지 않는 건 레아뿐이지."

이알마스는 이 세상에서 가장 배짱이 좋은 종족의 이름으로 능청 부리고 손에 든 카타나를 천천히 겨누었다.

모두가 호부를 왕에게 넘기려 하지 않는다. 고작 근위병의 계급장 따위와 맞바꾸는 게 말이나 되냐면서.

"—그러니까 **저렇게** 되지."

왕에게 빼앗은 호부를 신줏단지 모시듯 끌어안고서 지하 미궁으로 도망친 무시무시한 괴물.

제2, 제3의 워드나가.

"막말은 좀 삼가주겠나, 엉? 이알마스 선생."

게르츠는 한쪽 손으로 움켜쥔 카시나트를 축 늘어뜨리고 마치 친구에게 허물없이 말을 건네는 듯한 태도였다.

다만 어디까지나 겉치레다.

두 사람 사이에 떠다니는 분위기는 험한 기운이 부쩍부쩍 강해지고 있다.

서로가 서로의 행동을 살피며 간격을 가늠하고 기회를 노린다.

지금 대화는 단지 견제를 대신했던 것에 불과하다.

"네놈도 **이 녀석**을 갖고 싶어서 갖고 싶어서 아주 안달이 났잖냐?"

"그렇군."

이알마스는 고개를 끄덕였다.

"맞는 말이다."

……어떻게 하지?

라라자는 대화 나누는 두 사람을 주시하면서 이를 깨물었다.

자신의 역량으로 저 위치에 뛰어들어 봤자 무엇이든 보탬이 될 자신은 전혀 없었다.

붉은 용과 싸울 때처럼 혹시나 주의를 끌어 이바지할 수 있다면, 좋겠지만…….

아니면…… 지금 이때야말로 기회를 맞이한 것이 아닐까.

게르츠가 이알마스에게서 감히 시선을 못 떼는 지금이야말로 저 안쪽으로 우회하여 접근할 수 있지 않을까.

—오를레아…….

한데, 괜찮은 건가?

시스터 아이닛키, 그리고 벨카난. 두 사람은 아직 일어설 수 있는 상태가 아니다.

그리고 지금 이 자리에 있는 적이 게르츠일 뿐, 배후의 미궁에는 수많은 마신이 우글거리고 있다.

그쪽을 경계하는 것이 타당하지는 않은가?

이곳에서 가만히 선 채 방어에 전념하며 사태를 조용히 지켜보는 것이 옳지는 않은가?

이알마스는 아무런 말도 안 한다. 여유가 없기 때문은 아니었다. 말할 필요가 없어서일 테지.

어떻게 하면 되는가?

온갖 수많은 선택지가 물거품처럼 라라자의 두뇌 안쪽에 떠올랐다가 툭 터져서 사라진다.

아니, 아니야, 아니…….

"가."

그런 사고의 소용돌이를 살며시 멈춰준 것은 라라자의 소매를 잡아당기는 크고 부드러운 하얀색 손.

벨카난이었다.

물약 덕택에 기운을 차렸다지만 상처까지 바로 회복될 리 없다.

핏기가 싹 가신 데다가 동상의 상처 때문에 몹시 애처로운 얼굴로, 그럼에도 끝끝내 소녀는 말했다.

"라라자…… 군, 어서 가."

속삭이는 듯한, 기도하는 듯한 목소리였다.

"이런 상황에……."

"이쪽은…… 괜찮습니다. 저도, 보조할 테니까요…….."

그럼에도 망설이는 라라자의 등을 아이닛키의 말이 부드럽게 밀어주었다.

"……뒷일은, 아무쪼록 염려 마시길."

라라자는 고개를 끄덕거렸다.

"……여긴 맡긴다!"

한 마디를 토한 뒤 소년은 곧장 똑바로 달음박질쳤다.

그 소년의 뒷모습을 바라보면서 벨카난은 검을 지팡이 삼아 어떻게든 몸을 지탱했다.

미궁, 마신, 자신이 할 수 있는 것. 해야 할 것. 할머님은 칭찬해주시려나.

"……너무 무리하지는 마세요."

아이닛키의 포근한 목소리.

"위로 복귀할 때까지가 모험이랍니다."

"……응."

잘 아는 사실이다. 벨카난은 작게 — 커다랗게 — 고개를 끄덕거렸다.

지금 이곳에서 해야 할 일은 조금이라도 체력을 회복하고, 술법을 온존하고, 배후의 습격에 대비하는 것.

그것이 가장 중요함을 잘 알고 있다. 알고 있기는, 한데…….

"뒤쪽 자리에 있어도……."

벨카난은 이를 꽉 깨물며 신음했다.

"……아픈 게, 잔뜩이야……!"

§

이알마스와 게르츠의 대결은 미궁에서 벌어지는 많은 싸움을 답습하여 조용히 개시되었다.

여유롭게 상대와 간격을 가늠하면서 서로의 행동을, 빈틈을 살핀다.

그리고 서로의 칼날이 틀림없이 날아서 닿을 거리에 다다른 그때—

"⋯⋯시잇!!"

먼저 움직인 자는 이알마스였다.

그는 미끄러지는 듯한 움직임으로 간격을 좁혀서 손에 쥔 기병도를 세 번 휘둘렀다.

"아차차아!!"

이에 맞서서 게르츠는 카시나트의 칼날로 마치 어린아이를 상대하듯 때려 쳐낸다.

회전하는 이형의 칼날이 이알마스의 검을 물고 늘어져서 휘감아 얽어매고자 소리를 내며 윙윙거렸다.

그러나 이알마스 또한 쉽게 적의 의도에 넘어가주지는 않았다.

오히려 반대로 상대의 검을 낚아서 쳐올리려는 듯 힘을 주입하며 칼날을 떼어낸다.

불꽃이 흩날렸다.

피아의 칼날이 튕겨 나가며 자세가 무너진다.

정면으로 맞붙는 제2합. 단숨에 베고 지나간 인물은 이알마스였다.

"어, 으엇?!"

아주 미세하게 어긋난 검의 궤적, 공격선은 게르츠의 위팔로 달려 올라가서 양단한다.

피가 솟구치고 검을 쥔 팔이 날아올랐다. 칼날이 반전하여 몸통을 후렸다.

두 동강이로 몸이 절단된 게르츠는 눈을 까뒤집어서―.

"……어이쿠야앗?!"

혀를 내밀고 비웃는다.

잔뜩 쏟아졌던 선혈은 곧장 부글부글 부풀어 올라 살점이 되고 잘렸던 신체를 이어 붙인다.

아울러 힘을 주입하자 즉각 본래대로 상체가 허리에 되돌아와서 복구되는 것이 아닌가.

"하하앗!!"

게르츠는 아직껏 피로 연결되어 있는 팔뚝을 채찍처럼 휘둘렀다.

불쑥 날아드는 인외의 일격을 이알마스는 종이 한 장 차이로 피해버린다.

카시나트의 회전하는 칼날 끝부분이 후드의 가장자리를 베어 날렸고, 머리카락까지 몇 가닥이 날아갔다.

한껏 몸을 젖혔던 이알마스는 재주 좋게도 게르츠의 팔뚝을 차고 뛰어서 후방으로 선회. 재빨리 몸을 일으켰다.

그 얼굴에는― 어떤 감정도 떠올라 있지 않았다.

게르츠는 회수한 팔을 절단면에 가져다 대서 본래의 모양새로 꾹 눌러 복구하더니 어깨를 으쓱거렸다.

"이봐, 이봐? 더 눈깔 부릅뜨고 놀라달라고……. 나도 막 겁이 나는 지경이라니까?"

"《호부》가 있지 않은가, 당연히 예상했지."

이알마스는 뒤로 맴돌아 뛰는 한순간에 확인한 주위 상황을 보고 살짝만 고개를 끄덕거렸다.

등 뒤에는 다시 자세를 가다듬고 있는 아이닛키, 벨카난. 라라자는 안 보인다.

잘하고 있군. 입가에 웃음이 떠오른다. 이제 자신도 《호부》에 온전히 집중할 수 있다.

"뭐 하냐, 써봐라, 술법. 잘 남겨 놨잖냐. 네놈, 메이지이니 말이다……!"

"딱히 행세를 하진 않았다만……."

이알마스는 재빨리 앞으로 거리를 좁힌 뒤 기병도를 잇따라 게르츠에게 선사했다.

그러나 이미 권능을 자각한 게르츠는 아예 방어라는 개념을 내던지고자 한다.

참격이 어지러이 날아다닐 때마다 치솟아 흩날리는 피.

다만 게르츠는, 본인이 저지 불가능의 존재로 변화했다는 것을 이해하여 멈추지 않는다.

온몸을 베이면서 상처가 알아서 회복되도록 놔둔 채 내던지다시피 카시나트를 휘두른다.

"하핫, 난 **불사신**이다, 이알마스으!!"

이알마스 또한 완전무결하게 집중력을 유지하고 있는 처지는 못 된다.

일 합, 이 합, 칼날을 맞부딪칠 때마다 신체 곳곳에 자잘한 상처가 늘어났다.

상처의 통증, 실혈은 집중이 끊어지게 만듦으로써 착실하게 한 인간을 죽음의 늪으로 몰아넣는다.

따라서 게르츠는 이알마스가 도구 가방에 손을 뻗어도 전혀 놀라지 않았다.

오히려 녀석이 물약을 꺼내는 꼴을 보았을 때는 신나게 웃음을 터뜨리고 싶은 심정이었다.

"가만히 구경만 할 리가 없잖냐!!"

거의 다 찢어져 가는 팔을 혈류로 이어 붙여서 휘두르는 소리의 속도마저 초월한 일격.

그런 공격을 마주하고도 이알마스는─.

"그런가."

아무 망설임 없이 손안에 든 자그만 병을 게르츠에게 던지고 있었다.

카시나트의 칼날이 공중에서 저 병을─ 자그마한 수정제 병을 깨부순다.

반짝반짝 빛나는 파편에 섞여 안쪽의 액체가 빗방울처럼 게르츠에게 내리쏟아졌다.

게르츠는 아랑곳 않고 몸으로 받아냈다. 기껏해야 《디오스》의 물약인데 이게 뭐라고—.

"끄, 아아아아악?!"

그러나 다음 순간, 게르츠는 이상하게도 온몸에 느껴지는 타오르는 듯한 열기에 비명을 지르게 된다.

급히 살펴봤더니 비말을 뒤집어쓴 각 부위의 살이 지글지글 불타서 문드러지고 녹아내리는 것이 아닌가.

물론 이 정도로 불사신의 육체가 완전히 붕괴하지는 않는다.

아니— 아무리 저급한 괴물이어도 이렇게 죽지는 않는다.

단지 고통이 솟구치는 터라 접근을 꺼리게 하는 거부감을 주는 정도.

"시스터 아이닛키가 손수 만들어준 아주 영험한 성수다."

그것은 이알마스가 항상 소지하고 다니며 휴식 때마다 결계를 치는 데 사용하는 물건이었다.

그런데, 그래서 어쩌자는 거냐. 이런 정도로 설마 게르츠를 막을 수 있다고 생각하는 건가.

《호부》에 힘을 주입하면 즉각 살점이 차오르고, 피는 가득 솟아나고, 상처는 저절로 치유된다.

게르츠는 눈에 형형하게 번쩍이는 기이한 빛을 밝히며 이알마스에게 덤벼들었다.

"그딴 수작에 덜컥 죽어줄 리 없잖냐아……!"

만약 이 남자가 《호부》에 의존하지 않고 여전히 짐승으로 남아 있었다면, 어쩌면.

—부질없는 생각이다.

미궁에서는 결과가 전부. 만약을 떠올린들 의미가 없다. 승리를 거둔 인물이 승리한다.

따라서.

"내가 **불사왕**을 죽이는 방법을 설마 모른다고 생각한 건가."

이알마스는 무척 **익숙하게** 비어있던 손으로 주술의 인을 맺었다.

소리를 드높여서 영창하는 것은 불사를 멸하기 위한 단 하나의 진언.
^{트루 워드}

^{오만 망자들아, 광휘 앞에서 붕괴를 맞이하여라}
"《제이라 워우아리프 눈》!!"

빛줄기가 용솟음쳤다.

그 백광은 붓으로 덮어 칠하는 것처럼 게르츠의 몸을 불살라서 지우고 끊어버린다.

피는, 쏟아지지 않았다.

다만 본래는 제 위치에 달려 있어야 했을 육체 곳곳이 완전히 사라졌을 뿐이다.

"아, 니……?!"

게르츠는 알지 못했다. 자신의 육체를 빼앗아 가는 저 술법의 정체를 알아차릴 만한 견식이 없다.

다만 《호부》는. 《호부》에 축적된 고대의 지식이 불현듯 답을 속삭여줬다.

"망할, 놈—《질완^{퇴마}》을 썼다고오?!"

"잘 아는군."

이알마스는 마도의 빛으로 게르츠의 몸을 후리며 능청 부렸다.

"효과가 좋지."

그것은 유한한 생명을 갖고 살아가는 존재에게는 전혀 아무런 영향도 끼치지 않는 단순한 빛에 불과하다.

그러나 죽음을 거부하는 자, 불사의 존재에게는 파멸을 의미하는 **치사**의 빛이 된다.

독실한 신의 종복은 단지 기도하는 행위만으로도 저 몸뚱이의 저주를 풀고 멸할 수 있건마는—.

"만만치 않아. 이것은 제6위계의 주문이다."

마술사가 같은 결과를 만들자면 이렇게나 수행을 쌓아야 하는지라 조금 복잡한 마음이다.

이알마스는 씁쓸하게 중얼거렸으나 다만 썩 나쁜 기분이 들지는 않았다.

등 뒤에 있는 시스터 아이닛키는 분명 굉장히 만족스럽게 미소를 짓고 있을 테니까.

다만 그 미소는 이번에야말로 몸을 절단당하고 바닥에 떨어진 게르츠에게는 저주와 같이 느껴질 터이나.

"뭐가…… 다르냐!"

세르츠는 남은 두 팔로 돌바닥을 긁으며 카시나트를 움켜쥔 채 개처럼 아우성쳤다.

"나와, 네놈이…… 뭐가, 다르냐!!"

이알마스는 감정을 내비치지 않고 싸늘한 시선으로 발밑을 내려다본다. 그가 보는 대상은 《호부》뿐이었다.

"주문이겠지."

"네놈, 어차피 똑같지 않나……!"

도저히 이해할 수 없었다.

애새끼들을 내키는 대로 써먹으며 미궁 탐색에 임했다.

들개를 데리고 다니던 은발의 엘프와 시시덕거리든 본질은 동일하다.

이 자식도 다른 녀석들 따위 어떻게 되든 개의치 않는다.

전부 네놈의 도구이지 않나. 모든 인간이, 모든 재화가.

목적을 위해 겹겹이 쌓아 짓밟고 올라가는 발판에 불과하다.

무기도 자신은 카시나트를 썼다. 저놈의 것과는 격이 다르다.

자신이 분명 더 강했는데. 질 이유가 무엇 하나도 없었는데.

놈의 눈은 형형히 《호부》를 보고 있었다.

결국 똑같잖은가.

자신과 저놈은 뭐가 다른가.

무엇이……!

"네놈도 《호부》 이외에는…… 아무 관심도 없는 놈이지 않나?!"

"쓸데없는 것이 오히려 쓸데없지는 않음을 막 얼마 전 배운 참이라서 말이지."

시스터 아이닛키는 과연 듣고 있을까? 수녀의 기다린 귀에는 아마 잘 들리려나.

뭐, 상관할 바는 아니겠다. 배운 가르침은 사실이었다. 게다가―.

―너무 살리면 맑아지고, 반면에 너무 죽이면 탁해진다.

"죽이는 기술은 적당히 탁한 정도가 딱 좋은 법이지."

중립, 중용의 비결이었다.

§

―눈부시구나. 문득 생각했다.

몹시 지쳐서 이대로 푹 잠겨서 끝없이 잠들고 싶었는데.

소란스러워서, 눈이 부셔서 짜증이 난다.

가만히 내버려두길 바랐다. 모든 인간이 자기 멋대로 떠들기만
한다.

굳이 얽히지 않을 테니까 자꾸 얽히려 하지 마.

그럼에도 불구하고 시끄러워서, 눈부셔서, 게다가…….

"오를레아……!!"

오를레아는 멍하니 하나뿐인 눈동자를 들어 올렸다.

라라자다. 라라자가 자신의 이름을 부르며 이쪽에 바짝 달라붙
어 있다.

무척 간절한 모습이다. 어째서인지 조금 화가 치밀었다.

"……됐어, 내버려둬."

"그게, 말이 되냐……!"

라라자는 버럭 외치며 손에 든 단검을 휘두르고 있었다.

살점 기둥에 박아서 째고 가르고 어떻게든 오를레아를 떼어내

려는 듯하다.

피부 위에서 휘두르는 칼날의 싸늘함도 예리함도 오를레아에게
어떠한 감흥조차 주지 못했지만.

그래서 역시 묘하게 짜증이 난다. 물어뜯는 듯한 목소리가 나왔다.

"어째서……!"

"아직, 아무것도 얘기를 못했기 때문이다……!!"

제대로 된 이유가 아니었다.

라라자는 마신의 혈육을 밀어 헤치며 어떻게든 오를레아의 가
느다란 몸에 손을 뻗으려 한다.

거칠게 힘을 아끼지 않고 콱 쥐는지라 살과 뼈가 삐걱였다. 아
픔을 느끼지도 않는다.

몹시도 속이 메슥거리고…… 분이 치밀었다.

"내 마음도…… 모르는 주제에……!"

"말을 안 했잖냐, 네가……!"

"나는!"

오를레아는 피를 토하듯 악써서 소리쳤다.

아무것도 모르는 주제에. 기다려도 오지 않았던 주제에.

이제 머릿속은 엉망진창이고 마음이 어디에 있는지도 알지 못
한다.

그러나 오를레아는 자신이 무엇을 말하고 있는지도 알지 못한
채 외쳤다.

"네가…… 구해주기를 바란 게, 아니야……!!"

그렇다.

그런 건 너무나 비참하지 않나.

구함을 받고, 생글생글 웃고, 고맙다며 뻔한 말이나 하고, 모두 행복하게 잘 살았다?

싫다. 그런 건 싫다.

동화 속 공주님처럼 누군가의 훈장이 되는 처지는 절대로 싫다.

하고 싶은 게 잔뜩 있다. 잔뜩, 있었다.

돈을 벌고 싶었다. 부모님에게 보내드리고 싶었다. 안심하실 수 있도록.

스스로 미궁을 탐색하고 싶었다. 이것저것 궁리하고 동료를 찾고. 그리고.

그리고 언젠가— 다이아몬드의 기사의 무구를 찾아내는 것이다.

라라자는 끝내 혼자서 해냈다. 겨우, 혼자서.

잔반을 데리고, 다른 여자아이를 데리고, 시체 수거자 이알마스와 함께.

어엿한 모험가입니다, 라는 얼굴로 눈앞에 나타났다.

그렇게 도움을 받아 풀려나는 게 자신이다. 다른 어떠한 가치도 없이 라라자의 훈장이다.

지금 처지와 뭐가 다르지? 「감정꾼」과 아무것도 다를 게 없지 않은가.

주점이나 지하 1층 따위에 방치당한 채 알랑거리는 웃음을 짓고, 머리를 숙이고, 인사치레를 하고.

그렇게 살아가고 싶은 게 아니었다. 이런 처지가 되고 싶지는 않았다.

아니야. 이딴 게 아니야. 모든 게 원하는 대로 이루어질 리 없다는 것은 물론 잘 안다.

그래도, 너무하잖아. 삶에 아무런 의미도 없어.

눈물이 번졌다. 분해서, 비참해서, 가슴이 터질 것 같아서, 이대로 사라져버리고 싶다.

이런 건…… 이런, 건.

"이런 건, 싫어어……!"

"그럼……!"

라라자가 소리 질렀다. 울부짖다시피 외치는 오를레아의 목소리를 지워 없애며.

"같이 모험을 하자! 모험을 하면 되잖냐……!!"

오를레아의 하얀 몸이 소리를 내며 마신의 살점으로부터 떨어져 나왔다.

손발에 휘감겼던 근육 섬유가 풀어지고, 몸에서 살점이 스르르 벗겨진다.

저주에 침식된 작고 가느다란 몸에는 이미 일어설 힘조차 없다.

힘을 주입당했고, 착취당했고, 기력도 인내도 한계를 맞이했다.

따라서 오를레아는 라라자의 가슴에 매달리는 모양새로 흐느껴 울 수밖에 없다.

라라자는 그 가녀린 어깨에, 등에 손을 두르려다가— 뒤늦게 소녀가 알몸이라는 사실을 깨달았나 보다.

검붉은 저주의 흔적이 남은 몸체에 소년은 귀중한 보물을 대하듯이 살며시 손을 가져갔다.

"……먼저 말을 꺼냈던 건 너였잖아."

같이 모험을 다니자고 말했던 사람은.

대답은 없었다. 단지 훌쩍이며 우는 목소리만이 라라자의 가슴에 직접 울려 퍼지고 있었다.

§

그렇게— 모든 것이 끝나는 아늑한 결말이 과연 찾아와주는 것일까.

§

"……개소리, 집어치워라……!"

저주는 이미 붕괴만 기다리는 처지가 된 게르츠의 목에서 가느다랗게 새어 나왔다.

이알마스가 마침 목에 걸린 《호부》에 검의 칼끝을 거는 참이었다.

"인정할 수, 없다……! 나는…… 나, 느은!!"

그 원한 가득한 절규에는 이알마스조차 잠시나마 움직임을 멈췄을 만큼 소름 끼치는 기세가 있었다.

아니—.

더 정확하게는 게르츠의 절규에 호응한 《호부》에서 쏟아지는 압력이 물리적으로 칼날을 저지했다.

게르츠의 입에서 도저히 본인의 목소리 같지 않은 기이한 소리가 쏟아졌다.

"《SO》《CO》《R》《DI》."
신잔메 튜잔메 레 다루이

그것은, 처음에는 그림자처럼 보였다. 그림자 같은 바람이었다.

날카롭고 기괴한 울림을 지닌 이계의 바람이 게르츠의 육체를 통해 소용돌이치며 분출되고 있다.

이미 저곳에 있는 존재는 게르츠라는 이름의 모험가가 아니었다.

이계 너머로 뚫린 문에 지나지 않았다.

"서둘러라!"

이알마스가 소리 질렀다.

"이리로 와라!"

"어, 어어……?!"

라라자의 몸은 당혹감에 휩싸이고도 오히려 주인의 의사보다 더 정확하게 상황을 인식한 뒤 움직인다.

오를레아의 애처로울 만큼 자그만 몸을 안아 들고서 구르다시피 달려 나갔다.

방금 전까지 몸이 있었던 위치를 그림자가 발톱으로 세차게 후리고 지나간다.

특별히 타격에 당한 것도 아니었다.

단지 여파에 휩쓸렸을 뿐, 라라자의 몸은 적중되지도 않았는데 온몸이 얼어붙는 듯한 오한에 사로잡혔다.

방금 전 겪은 《마달토》(동결)와는 격이 다르다. 혼마저 얼어붙는 듯한 이 감각은—.

"저, 저게 뭐냐……?!"

"멍청한 녀석. 언신 빙(정체불명의 괴물)을 불러들인 건가……!"

이알마스는 라라자의 외침에 대답 같지도 않은 대답을 돌려주고는 신음했다.

"함부로 건드리지 마라. 혼을 갉아먹힐(드레인을 당할) 것이다."

"으엑……?!"

라라자는 오를레아를 등에 업지 않아서 다행이라고 생각했다. 안아 들었던 것이 정답이었다.

이알마스와 라라자는 오를레아를 데리고 곧장 나머지 두 동료가 있는 곳까지 후퇴했다.

그동안에도 분출된 어둠, 그림자, 마력의 바람은 기세를 더욱 드높였고— 허공에 형태가 차차 떠오르고 있었다.

언뜻 보기에 새 같은 모양이었다. 벌레의 왕 같기도 했다. 등에 두 쌍의 날개를 지닌 악마 같기도 하고.

다만 무엇보다 무시무시하게 여겨지는 것은 세계가 소리를 내며 뒤틀리는 듯한 중압감이다.

몸이 제대로 움직여지지 않는다. 저 존재가 나타나면 모두 엎드려 죽음을 기다릴 수밖에 없다.

"저거…… 뭐, 야……!"

벨카난이 덜덜 떨면서— 겨우 쥐어짠 목소리로 중얼거렸다.

"엄청, 무서워……!"

"이계의, 마신……."

아이닛키가 눈을 찡그리며 신음한다. 고향에서 쌓은 지식 중 저러한 악마도 있었다.

아니, 도저히 악마라고 부를 수 없다. 저 위압감, 무시무시함, 강대함.

"마왕, 이군요. 저것은…… 불사의, 마왕……."

이알마스는 살짝 고개를 끄덕이고 손에 카타나를 든 채로 천천히 마물의 앞을 가로막고 나섰다.

그 모습을 보고 라라자는 오를레아를 살며시 돌바닥 위에 누인 뒤 이알마스의 곁에 나란히 섰다.

손은 떨린다. 무릎은 부들부들 휘청거리고, 허리가 무너져버릴 것 같다. 고작 나이프로 무엇인가 할 수 있다는 생각도 들지 않는다.

이알마스가 힐끔 이쪽에— 옆에 나란히 선 도적에게 잠깐 시선을 줬다.

"드디어 전위에 섰군."

"시끄러워……."

애써 내뱉은 말이 떨리지 않았기를 라라자는 기원했다.

"승산, 있겠냐?"

"모르겠군. 여기 올 때까지 나도 상당히 소모되었지."

"불사…… 아까 시스터가 말을 했었지. 방금 전 빛나는 술법은 안 되는 거냐?"

이알마스는 평소와 다를 바 없이 차분한 말투로 조곤조곤 중얼 거렸다.

"저것도 마신이다. 주문은 통하지 않아. 관건은 힘 싸움이군."

"……그러냐."

"확고한 실체를 갖고 있지는 않다. 칼날을 박아 넣으면 죽일 순 있다고 생각된다만."

라라자는 단검을 바라봤다. 이알마스의 카타나를 바라봤다. 양쪽 다 단순한 철이다.

아이닛키가 휘둘렀던 작열의 검을 다시 떠올린다. 그 무기를 쓰고도 마신은 끝내 죽일 수 없었다.

라라자는 어떻게 해야 좋을지 전혀 알 수 없었다.

다만 어쨌든 간에 전력을 쏟아붓자.

역량^{레벨}도, 장비도, 모든 측면에서 부족하다는 것은 당연히 잘 알고 있었으니까.

"뭐, 마음 편하게 싸워봐라. 패배해도 죽을 뿐…… 음, 아니군."

격려하려는 듯 말을 건네던 이알마스가 불현듯 진지한 얼굴로 바뀌었다.

저 끔찍한 마물의 팔에 깃든 힘을 아무래도 깜빡 잊어버렸었나 보다.

"이번에는 소실^{로스트}도 가능성이 있나."

"나는, 안 죽는다······!"

"좋은 각오다."

칭찬받았다— 문득 라라자가 느낀 생각은 무엇이 이유였을까.

이알마스는 웃고 있었다.

라라자도, 웃었다. 비록 억지로 지은 웃음이었지만.

뒤쪽에서 천천히 아이닛키가······ 벨카난이 일어섰음을 알 수 있었다.

두 사람 모두 만신창이. 다만 라라자도 이알마스도 비슷비슷한 상태다.

벨카난이 울음을 꾹 참는 어린아이 같은 목소리로 칭얼칭얼 신음했다.

최대한 힘껏 기력을 쥐어짜서 힘을 모으려 하는 것이겠지.

따라서 라라자는 「잘 부탁한다」라고 말했다.

"뭐든 좋은 대책을 떠올려줘라."

"······응."

끄덕, 벨카난이 고갯짓함을 알 수 있었다. 드래곤 슬레이어를 두 손으로 든다.

아이닛키가 비장하고도 차분한 목소리로 이알마스에게 말을 걸었다.

흉갑은 떨어졌고, 수녀복은 찢어졌고, 양손은 로스트, 그러나 늠름한 아름다움은 전혀 망가지지 않았다.

"주문이 안 통하는 것은 상대뿐. 여러분들께 걸어드리는 데는 아무런 문제가 없잖아요?"

"《로크토페이트》를 쓰는 방법도 있다."

"사라뿐만이 아니라 제 나신도 보고 싶으신가요. 유혹의 말은 조금 더 진지하게 고민해주시겠어요?"

토라진 듯한 말. 은발의 엘프는 입술을 삐죽거리다가 이내 무척이나 미안해하며 중얼거렸다.

"민망하게도…… 저는 학습이 느린 편이라서요."

"뭐, 빠를 단계는 아니지."

이제 싸우는 것 이외에 살아남을 길은 없었다.

이곳에 있는 모두가 상황을 이해하고 곧 들이닥칠 죽음에 맞서 각자의 무기를 들어 올리며 대비했다.

그림자가 팽창한다. 악마가 출현한다.

그리고 그 순간— 그것이 나타났다.

§

"Wou! Ouuuuuh!!"

§

그것은 한 줄기의 빛이었다.

그것은 죽음을 초래하는 하얀 바람이었다.

그것은 빨간 머리의 여자아이였다.

날카로운 포효와 함께 묘실을 질주하여 몸을 던졌던 소녀의 손에는, 반짝이는 검이 있었다.

소녀의 신장만 한 길이를 지닌 호쾌한 검. 옛 시대의 날카로운 검.

가느다란 팔에 의하여 휘둘러지는 저 검은 소녀의 여윈 신체를 오히려 휘청이게 떠미는 듯하나 실상은 반대.

소녀는 마치 자신의 검과 춤추는 것처럼 허공에서 몸을 비틀고 힘껏 휘둘러 쳐올리더니 일격을 선사한다.

전혀 세련되지 못하고 거칠 따름이다. 제대로 된 검술에서는 결코 나올 수 없는 철저하게 연마된 아름다운 궤적.

그것이 빨려 들어가듯이 일직선. 그림자의 정점부터 쭉 아래쪽까지 미끄러지듯 달음박질쳤다.

그림자를, 베어버린 것이다.

"GAAAAAAAAAHHHHHHHH?!"

부정형의 그림자가— 이 세상에 육신을 가지지 못한 마왕이 불현듯 내질렀던 소리.

그것은 누가 들어도 명백하게 몸을 뒤흔드는 고통의 절규였다.

톡, 가볍게 묘실로 내려선 소녀.

"alf!"

가비지가 대체 뭐 하고 있냐는 듯이 코웃음을 친다.

라라자는 말을 잃었다. 모두가 한마디도 하지 못했다.

이알마스가— 눈을 커다랗게 뜨고 있었다.

경악으로. 선망으로. 동경으로. 혹은 질투로.

오를레아는 저 광채에 눈이 머는 기분이었다.

저 아이의 손에 쥐여진 검. 소녀가 발견한 소녀만의 검.

오를레아는 알고 있었다.

어릴 적부터 몇 번이나 거듭 꿈을 꾸었다. 갖고 싶어서 상상해 왔다.

절대 이루어지지 못할 덧없는 꿈이라며 포기했던 때까지 있었다.

오를레아는 저 검을 알고 있었다. 그리고 저 검을 휘두르는 전설 속 영웅에게 주어지는 칭호를 알고 있었다.

부를 숭배하는 왕은 다이아몬드를 목도하지 못한다.

힘을 숭배한 왕은 기사도 없이 관에 눕는다.

대관을 마친 왕은 집착을 놓지 못하여 몰락한다.

그것은 그대의 앞에 있고, 그자의 파멸에 답이 있노라.

그래, 그렇고말고.

대답은 분명 눈앞에 있었다.

저 소녀가. 저 소녀야말로.

"아…… 아아……."

떨리는 입술이 그 이름을 중얼거린다.

진공의 칼날을 휘감은 이 세상에서 가장 고귀한 보검.

그 이름은—!

제 8 장
하스니르

"네가…… 정말 너인가."

이알마스가 진심에서 우러나온 경악의 말을 입 밖에 꺼내는 것을 라라자는 처음으로 들었다.

이알마스는 아연실색, 망연자실한 채 소녀를 보고 있었다.

백금빛 광채를 발하는 커다란 칼을 어깨에 짊어지고 의기양양한 표정을 짓는 빨간 머리카락의 여자아이를.

"다이아몬드의 기사……."

"alf."

가비지는 그 이름의 의미도 알지 못한 채 어처구니없다는 듯이 한 차례 우짖었다. 쫑쫑거리며 전열로 돌아오는 모습을 보면 소녀가 대체 어떻게 생환했는지 짐작할 수 없다.

날려간 뒤에 어떠한 경위가 있었던 건가. 어떻게 저 검을 손에 넣었다는 말인가. 묻고 싶은 게 산처럼 많았으나 물어본들 소녀는 대답해주지 않는다.

가비지는 이미 원형도 판별할 수 없는 고깃덩어리가 된 게르츠에게 힐끔 시선을 줬다.

그리고 이알마스, 라라자에게 눈을 돌렸다가 벨카난과 아이닛키에게 시선을 준다. 마지막으로 오를레아를 쳐다보더니 다시 라라자에게로 시선이 돌아왔다.

바닥을 알 수 없는 깊은 호수와 같이 푸르른 눈동자가 소년의 얼굴을 뚫어져라 들여다본다.

"뭐, 뭔데……."

"yap!"

"아야얏?!"

걷어차일 것 같았는데, 충격은 정강이가 아니라 등에 치솟았다.

가비지가 자그만 손을 커다랗게 펼쳐서 라라자의 등을 후려친 것이다.

저절로 비명이 터져 나와서 노려봐도 가비지는 송곳니를 드러 내며 웃고 있었다.

잘 싸웠다는 말이라도 하려는 걸까. 도무지 영문을 알 수가 없 다. 아무튼—.

"넌 제발 상황을 좀 생각해줘라……!"

이쪽은 기진맥진 지쳤다는 푸념. 어쨌든 소리 높여서 항의해봤 자 별 의미는 없었다.

가비지는 시끄럽다는 듯이 얼굴을 찌푸리더니 대놓고 무시하고 있기 때문이었다.

"후, 후…….."

무심코 웃은 인물은, 벨카난인가, 아이닛키인가— 두 사람 모두 인가.

비장감은 이미 사라졌다. 단지 편안한 긴장감이 느껴질 뿐.

평소의 분위기다— 라라자는 문득 생각했다. 어떻게든 해결할 수 있을 것 같다는 자신감이 솟아오른다.

다만 은근히 겸연쩍었던 터라 코끝을 손가락으로 쓱 문질러서 얼버무렸다만.

"―."

정체불명의 마물은 아직 움직이지 않는다.

이계의 괴물, 마왕의 심리를 기껏해야 인간 따위가 어떻게 감히 헤아릴 수 있겠는가…….

다만 자신에게 아픔을 준 존재를 앞에 두고서 상대의 행동을 관찰할 만한 신중함은 갖췄나 보다.

이알마스는 잠시 가비지와 대검을 뚫어져라 본 뒤에 상당히 지친 모습으로 숨을 내뱉었다.

"가비지를 중심으로 친다. 나머지는 지원을 맡아라. 어떻게든 저 녀석이 검을 처박을 수 있게 돕도록 하지."

"저, 저기……!"

주뼛거리며 벨카난이 말을 꺼냈다.

소녀는 가비지에게 가까이 다가가고 싶은 듯했는데 검을 손에 든 채로 허둥지둥하다가 모자를 꾹 내리눌렀다.

"나, 나 말야……. 아마도, 딱 한 대라면, 공격…… 막을 수…… 있을 거야……. 어쩌면……."

응, 맞아. 이렇듯 소녀의 제안은 언제나 자신감이 푹 꺼져서 사라진다.

이때 이알마스가 들려주는 답 또한 언제나 간단명료하다.

"그러면 앞에 나서라."

"따, 딱 한 번만, 이야. 한 번…… 아마도……."

"충분하다."

벨카난은 끄덕거리며 매우 절절하게 ― 커다랗게 ― 위아래로 머리를 흔들거리고 용살의 검을 꽉 쥐었다.

그렇다면 자신은 어떻게 행동해야 할까. 라라자는 머리를 굴렸다.

미궁 안에서 전위, 후위는 각각 세 명으로 제한하는 것이 정석이다.

적이 아무리 거대하든 신기하게도 미궁의 넓이가 셋과 셋에 적당하게 느껴지기 때문이다.

이런 상황이라면 자신은 후위인가. 뒤로 물러나서 무엇을―.

"라라, 자……."

그때 불현듯 소년을 부르는 목소리가 희미하게 속삭임처럼 들려왔다.

"……이리 ……와. ……빨리……."

오를레아였다.

소모― 지친 정도를 비교하자면 다른 누구보다도 위중한 소녀가 눈동자 하나로 소년을 바라보고 있다.

똑바로 화살을 쏘아 꿰뚫는 것처럼.

라라자는 망설였다. 이알마스는 망설이지 않는다.

"가라."

"……괜찮은 거냐."

그것은 여러 의미를 담은 『괜찮은 거냐』였다.

"네 동료다."

이알마스는 말을 이었다.

"네게 맡긴다."

"……오냐."

딱히 전력 외 통보를 받은 게 아니다. 따라서 라라자는 고개를 끄덕인 뒤 오를레아가 있는 곳으로 향했다.

자신이 무엇을 해야 할지는 알 수 없다만— 무엇인가를, 오를레아를 맡겨준 것이다.

그럼 어떻게든 자기 역할을 발견해야 한다. 그렇게 생각하자니 더 이상 망설일 여지는 없다.

계속해서 이알마스는 끔찍이 지친 상태임에도 여전히 서 있는 아이닛키의 이름을 불렀다.

"아이닛키, 보조를 부탁한다."

"……맡겨주세요."

두 팔을 잃고도 여전히 아름다움이 손상되지 않은 은발의 수녀는 기다란 귀를 살짝이나마 흔들며 미소 지었다.

"……정말 멋지게 활약했답니다. 나중에 섭섭하지 않게 감사의 뜻을 보여주세요."

"금화로 말인가."

"기부금인데요."

두 모험가는 실없이 웃음을 터뜨렸다. 더 이상의 의사소통은 필요하지 않았다.

그리고 마지막으로 이알마스는 가비지를 바라봤다. 또한 말했다.

"쳐라."

"woof!!"

대답은 한 번의 우짖음. 몸을 날리는 가비지를 신호로 전투가 시작되었다.

§

"GROOOOOOORRRLL……!!"

다음으로 움직인 것은 구태여 말할 나위도 없이 마신의 그림자였다.

검은 바람이 불어 지나가더니 무수히 많은 가지로 갈라져 뻗은 손, 발톱이 한꺼번에 가비지에게 몰려든다.

"Groaar!!"

허공에 날아오른 소녀의 몸이 빙글 돈다.

힘껏 휘둘러진 보검이 선풍처럼 소리를 내며 새카만 바람을 흩뜨린다.

다만 그것은 정체불명의 악마를 베어 내고자 하는 기세를 대폭 깎아먹는 행위나 마찬가지였다.

"Crorf……!"

다가갈 수 없다. 간격의 중간에서 땅에 내려선 가비지는 불평을 숨기려고도 않고 나지막이 으르렁댔다.

"가비지…… 나와!"

그 소녀를 감싸려는 것처럼 앞에 뛰쳐나간 커다란 몸— 벨카난.

323

파티원 중 가장 신장이 큰 소녀의 모습은 이계의 마왕이 봐도 눈길을 끌었나 보다.

가비지를 노린 공격이 갑자기 벨카난으로 목표를 바꿨고, 그림자 손이 구름처럼 들이닥쳤다.

벨카난은 무섭다고 생각했다.

몸이 자꾸만 굳어져서 도망치고 싶었다. 손이 부들부들 떨렸다.

게다가 손안에 쥔 용살의 마검은 변함없이 의욕이 없다.

—하지만.

난 용을 해치운 모험가야.

단 하나의 변변찮은— 무작정 깎아내리기에는 소녀의 몸과 마찬가지로 커다란 업적.

그것이 소녀의 마음 깊숙한 곳에서 화로 속 불씨처럼 딱딱 불꽃을 터뜨리며 타오르고 있었다.

나의 신체는 마음이 없는 강철의 조각이로다
"《밈잔메 가인레에인포》!"

순간, 소녀의 육체는 강철이 됐다.

비유가 아니다. 《모그레프》의 진언은 술사에게 육체의 강철화 효과를 준다.
철몸

세계를 개변하는 것도 아니고 타인에게 영향을 끼치는 것도 아니다.

미궁 안에서는 최하급— 다만 《할리토》와 나란히 서는 신비한
작은 불꽃
오의 중 하나.

강철의 조각으로 변화한 벨카난의 몸을 그림자 발톱이 세차게

타격하여 날려 보낸다.

보통은 즉사를 모면할 수 없고, 간신히 목숨이나마 부지했더라도 혼을 빼앗겼을 일격.

그러나— 강철의 조각은 죽음을 맞이하지도, 하물며 혼 따위 가지고 있을 리 없었다.

물론 소녀의 정신은 이루 말할 수 없이 피폐했으리라.

그러한 대가로 획득한 것은— 한 수의 완전한 낭비.

족히 천금에 해당하는 이 기적 같은 시간을 **누군가**는 헛되이 흘려보내지 않았다.

"라라, 자……!"

죽기살기로 몸을 일으킨 오를레아의 믿기지 않을 만큼 가벼운 몸을 라라자가 부축했다.

거의 맨몸뚱이. 직접 맞닿는 행위에 상황이 이러한데도 불구하고 몹시 망설여진다. 긴장한다.

하지만 오를레아는 이 같은 라라자의 갈등을 코웃음 치며 날려 버리는 것처럼 소리치고 소리질렀다.

"받쳐, 줘……! 더 세게, 꽉 잡아서……!"

"뭘 하려는 거냐……!"

"눈, 이제는, 거의…… 보이질 않아……!"

저주에 침식당한 탓인가, 체력의 소모 때문인가, 아니면 마신에게 공물로 바쳐졌던 영향인가.

단 하나 남은 눈동자는 몹시 부옇고 흐릿한지라 이미 소년의 얼굴도 흐리게 보인다.

그럼에도— 무엇이든 해야 한다는 초조감이, 사명감이 오를레아를 등 떠밀었다.

단지 구함을 받고, 감사의 말을 건네고, 허망하게 끝을 맞이하는 신세는…… 죽어도 사절이었다.

"대신…… 겨냥해줘……!"

"……."

라라자는 한 번만 숨을 들이마셨다가 내뱉었다.

"그래, 알겠다……!"

오를레아의 마른 나뭇가지처럼 가는 팔을 붙잡아 등 뒤에서 부축한 채 적이 있는 방향으로 이끈다.

옛적 고향에서 지내던 때 사냥 보조로 활을 건네받아 당겼던 기억을 라라자는 떠올렸다.

오를레아가 활이다. 쏘는 사람은 자신인가? 설마. 당치도 않다.

결행의 의지를 굳힌 당사자는 오를레아이며, 실행도 오를레아가 한다. 보조 역할을 맡은 게 자신이다.

"무슨 짓을 저지를 생각인지 모르겠는데……!"

라라자는 웃었다.

"저질러라!"

"응……!!"

—신이시여.

그런 존재가 정말 있는가. 혹시 있더라도 의지할 만한 존재라는 생각은 한 번도 하지 않았다.

무엇을 시도하고 이루든 자신의 힘이다. 자신 이외에 의지할 대상은 이 세상에 없으니까.

그러나 지금 이때, 이 순간만큼은 소녀는 신께 기원했다.

힘을 보태달라는 말은 안 한다. 방해만 안 하기를 바란다. 자신에게 남은 전부를 바쳐도 괜찮으니까.

《헤아 밈아리프눈》.
　　세계여, 나의 생명을 들어라

혼을 깎아내는 숫처녀의 기원이 올바르게 기적을 일으켜서 세계를 《하만》시켰다.
　　　　　변이

라라자에게 부축을 받은 오를레아가 쏘아낸 주문은 희푸른 빛이 되어서 마왕의 그림자를 꿰뚫는다.

모든 물리 법칙은 개변되고, 삼라만상 전부가 지금 이 순간 오를레아의 뜻대로 변화해준다.

"아, 아아아아아앗!!"

그 의지는 이미 목소리도 되지 못했다.

자신이, 자신 따위가 저 마신을 쓰러뜨릴 수 있단 생각은 안 한다.

하지만— 거의 영원 같았던 시간 속에서 쭉 되풀이했던 **연습**이 있다.

주문을 봉인하는 것은 불가능하리라. 이미 그러한 힘은 남지 않았다. 하지만…….

"싹…… 날아, 가버려어!!"

외침과 함께 마왕의 불가시 갑옷— 주문의 수호가 소리를 내며

산산이 부서졌다.

이알마스는 그 의미를 간파할 수 있었다.

즉각 참격을 날려주고자 도약한 뒤 묘하게도 오른쪽의 카타나가 아닌 왼쪽의 빈손을 든다.

맺어지는 것은 주술의 인.

"아이닛키!"

"─넷!!"

그리고 카도르토 신을 섬기는 성스러운 숫처녀가 설마 이 기회를 놓칠 리 없다.

"신이시여! 삶과 죽음을 주관하시는 카도르토 신이시여! 가엾은 자의 저주받은 멍에를 거두어 혼이나마 구원해주소서!"

오만 망자들아, 광휘 앞에서 붕괴를 맞이하여라
"《제이라 워우아리프 눈》!!"

주문이 아닌 오로지 신실한 기원으로 이알마스의 《질완》을 상회하는 《디스펠》의 힘을 발휘하는 신의 벼락을 불러 내린다.
            해주

두 발의 성스러운 공격이 망자의 신, 불사의 마신, 정체불명의 괴물을 세차게 타격해서 피해를 준다.

"BAAAAAAZZZZZZZZZZ?!"

듣기도 버거운 절규. 단말마의 외침. 그럼에도 아직 마왕은 고꾸라지지 않았다.

하얀 그림자와 검은빛. 그림자가 꿈틀거린다, 부들거린다, 떨린다, 팽창한다.

오를레아의 눈에는 이제 아무것도 비치지 않았다. 다만, 다만─.

―아아, 역시나.

마지막에 오를레아가 본 광경은―.

―아름답, 구나…….

"Woooouuaaaah―!!"

백광을 찢어발기며 이계의 마왕을 베어 가르는 보검 하스니르의 눈부신 광채였다.

§

"으, 아…….."

그렇게 얼마 뒤.

소리부터 모든 감각이 다 두절된 정적 속에서 벨카난은 끔뻑끔뻑 눈을 감았다 떴다.

온몸이 뻐근하게 굳은 데다가 머리는 욱신욱신 아프다. 철은 움직이지 않고 생각도 하지 않는다.

그런 상태에서 자신은 생물이라고 인식을 본래대로 되돌린 뒤 몸을 일으킬 때까지는 꽤나 고생이었다.

이어서 주위 상황을 확인하고…….

"끝난, 거야……?"

"그래, 아마도……."

그곳은 단순한 묘실이며, 주저앉은 자신의 바로 옆쪽에 라라자도 같이 있었다.

소년은 지쳐서 축 늘어진 오를레아를 무릎 위쪽에 올린 자세였던지라 조금 가슴이 아팠다.

하지만 벨카난은 가슴의 아픔보다도 소녀의 안위를 먼저 염려해주기로 이미 결정했었다.

"그 아이는, 으음……."

이름을 떠올린다.

"오를레아는…… 괜찮아……?"

"……그냥 잠들었을 뿐이야. 괜찮을 거다."

"다행이네……."

"넌?"

"응?"

"벨카난."

"아……."

스스로도 속물 같다는 생각이 든다. 하지만 체면이나 차릴 여유는 이미 없었다.

벨카난은 얼굴이 흐물흐물 풀어져서 살짝 미소 지었다.

"……응, 나는…… 괜찮아. 근데……."

근데— 안 되겠다. 역시 더 이상은 허세를 부릴 기력도 없다.

"……엄청, 지쳐버렸어."

"나도."

라라자는 가만히 말한 뒤 웃었다.

잘 보면 저쪽에서는 가비지가 소리 높이며 게르츠의 주검에 발차기를 날리고 있었다.

얼마 전 맞았던 빚을 갚아주려는 생각일 테지.

아이닛키가 「못써요」라며 나무랐기에 멈춘 것이 아니라 한 방으로 만족했나 보다.

쫑쫑 뛰어서 묘실 내부를 탐색하기 시작한 것은 평소의 잔반이 늘 보이던 모습인지라 정말 감탄스럽기도 하고, 기막히기도 하고.

시스터 아이닛키의 세계에서 죽은 인간은 모두 카도르토의 곁으로 불려 올라가니 결국은 다 같은 취급이다.

게르츠의 사후 안녕을 기원하며 간소하게 애도를 표하고 있다.

라라자는 이해하기 어려운 사고였으나 어쨌든 가치관이 다르다는 이유로 굳이 방해를 할 생각은 들지 않았다.

그것은 이알마스도 마찬가지였을 테지.

아이닛키가 충분히 시간을 들일 수 있게 기다렸다가 게르츠의 주검에 다가갔다.

무릎을 꿇어 앉았던 아이닛키가 살짝 얼굴을 들어 올리고 일어선다.

"귀로에 있을 그레이터 데몬은 어찌하지요?"

"본디 이계의 존재다. 힘의 근원이 차단되었으니 이 세상에 오래 머무를 순 없다."

이알마스는 그렇게 말한 뒤 고깃덩어리로 전락한 게르츠의 목에 카타나의 칼끝을 가져갔다.

사슬을 걸쳐서 낚시하듯 《호부》를 들어 올린다.

이제 빛은 사라졌고, 어떠한 반짝임도 없다.

방금 전까지 가득했던 불길한 기운과 압박감이 거짓말처럼 깨끗이 사라지고 침묵한지라 그냥 단순한 《파편》에 불과하다.

이알마스는 그것을 빤히 살펴본 뒤에 시시하다는 듯한 얼굴로 자신의 짐에 밀어 넣었다.

아이닛키가 숨을 내뱉는다. 매료되는 것이 아닐까 싶어 염려했을 테지.

그런 마음을 알아차려서였을까, 이알마스는 별다른 감흥은 없이 웃었다.

"자, 아직 할 일이 하나 남았다."

"……뭔데."

라라자가 일행 모두를 대표해서 신음했다.

"이제 다 끝났잖냐?"

"바보가 있군."

이알마스는 말했다.

"세즈말 파티의 장비를 회수하기 전에는 복귀 못 한다."

"으엑……."

라라자는 탄식하며 느릿느릿 일어섰다.

조심조심 오를레아의 몸을 지면에 내려놓으려 했을 때 벨카난이 쓴웃음 짓고 대신해서 안아든다.

가비지에게 탐색은 기대할 수 없다.

아이닛키는 두 팔을 잃었다.

벨카난과 오를레아는 보다시피 휴식이 먼저.

이알마스와 자신이 나설 수밖에 없다.

"……마무리가 왜 이러냐."

"다 이런 식이다."

이알마스는 말했다.

"모험이라는 것은."

§

―아울러 누구의 기억에도 남지 못했던 인물이 한 사람.

"어떻게, 이럴…… 수가. 이러한 추태가……!"

사제복을 거무칙칙한 붉은색으로 물들인 채 미궁 돌바닥을 기어서 나아가는 남자.

송곳니의 사제라고 불리는 릴가민 왕국 소속의 비밀 조직원 중 하나.

분명 게르츠의 기습에 양단되었을 남자는 기묘하게도 간신히 목숨이나마 부지하고 있는 상태였다.

짐작건대―《호부》의 힘이 작용한 결과이리라.

비록 결국에 게르츠에게 강탈당했을지언정 직전까지 소유자는 저 남자였다.

본래는 치명상의 타격이었으나 분명 《호부》가 생명을 이어 놓았을 것이다.

그렇다 해도 지금 와서는 아무래도 좋은 일이다.

결과를 어찌 맞이하든 간에 《호부》를 빼앗긴 이상 귀환한 자신을 기다리는 것은 죽음뿐.

그러나, 그럼에도 보고를 마쳐야 한다. 오직 하나의 마음으로 남자는 바닥을 기어 나아갔다.

"저주받아라, 저주받아라……. 괘씸한 년, 잡종, 암캐 따위가……!"^{바스타드}

피를 토하듯 원한을 쏟아붓는 외침. 생명을 갉아먹는 행위임을 알아도 저주를 거듭하게 된다.

그럼으로써 조금이라도 울분을 가라앉히지 않는다면 죽어서도 눈을 감을 수 없다― 하지만.

"그나저나, 한 가지 묻고 싶다만."

"……읍?!"

처음에는 목소리의 주인이 사신이 아닐까 생각했다.

눈에 들어온 것은 그림자 같은 남자였다.

까만…… 옷차림의 남자.

무기도 들지 않았고 마력의 기운도 없다. 어디에도 경계할 만한 이유는 없었다.

다만 작은 날붙이 하나 소지하지 않은 남자가 어째서 이렇게까지 두려움을 불러일으키는가…….

"어째서 여아 하나를 이리 지독하게 노리나? 단지 왕가의 수치, 상제의 혈통이라는 이유는 아닐 터이고."^{버로드}

"지당한, 처분이다……. 그것은 재앙을 부른다. 저주받은 사생

335

아다!"

송곳니의 사제는 더 세차게 부르짖었다. 눈앞의 남자가 가져다주는 공포를 덧칠하여 없애기 위해, 마음을 무장하기 위해.

"마르그다 왕녀, 여왕 베이키! 왕의 언니 속스는 마녀가 되었고, 달리아 공주는 심지어……!"

그것은 릴가민 왕국 흥망의 역사이기도 했다.

수많은 재앙과 직면했던 왕국의 과거를 살펴보면 언제나 중심에는 한 여성이 위치하고 있었다.

마인 다팔푸스 때는 마르그다 왕녀. 천변지이 때는 여왕 베이키.

여왕 아이라스의 수난 때는 왕의 언니 속스. 그리고 달리아 공주.

《미궁》 출현과 같은 시기에 태어난 공주는 저주를 초래하는 저주받은 사생아와 마찬가지다.

죽이지 않은 자비로운 조처를 짓밟고 결국 《미궁》에 몸을 던진 이상은—.

"그 계집을 살려놓으면 머지않아 돌이킬 수 없는 재앙이 들이닥칠 것이다……!"

"반가운 소식이군."

남자는 유쾌하게 웃으며 말했다.

"즐거운 모험이 되겠어."

"뭣이……?!"

송곳니의 사제는 다음 발언을 잇지 못했다.

말을 멈춘 까닭은 아주 단순한 이유 때문이다.

목이 몸통에서 떨어지면 더 이상 떠벌릴 수 없다.

죽음을 가져다주는 매의 바람, 호크윈드가 손을 한 번 휘둘러 송곳니의 사제의 목을 날려버린 것이다.

핏방울 하나 남기지 않은 채 숨통을 끊는다. 예법을 따른 결과에 만족한 남자는 미궁의 어둠을 바라봤다.

"확실히 흐름은 바뀌었나 보군."

끝났다. 모든 것은 암흑의 속에 가라앉아서 사라졌다.

제 9 장
칸트

"이봐, 들었나?"

"게르츠 녀석이 사라졌다는 얘기라면 안다."

"그게 아니라, 지하 3층 이야기다."

"듣자 하니까 《몬스터 배치 센터》 안쪽에 승강기가 있었다더군."

"스웅가앙기이? 뭔데?"

"미공략 영역으로 갈 수 있다고? 진짜냐."

"다만 그레이터 데몬을 봤다는 이야기도 있군. 신중하게 접근해야 될 거다."

"설마, 헛소문이겠지. 드래곤 다음은 마신이야? 기가 막히군."

"게다가 상위 마신이잖냐. 마주치고 어떻게 살아 돌아왔다는 거야."

"근데 말이다, 올스타즈도 꼬리를 말고 도망쳤다는 소리가……."

"그 녀석들은 신바람 나서 가장 먼저 승강기에 쳐들어갔다던데? 웃기는군."

《투신의 주점》은 오늘도 변함없이 많은 모험가로 북적거리고 있었다. 그들은 바로 며칠 전까지 《미궁》에서 발생했었던 사건을 알 도리가 없다.

다만 갖가지 단편은 소문이 되고, 거품처럼 부풀어 올라서 터져나가는 법이다. 그런 흐름의 한복판에서 오도카니 몸을 움츠린 자세로 벨카난이 있었다. 소녀는 커다랗고 풍만한 몸을 있는 힘껏 작게 오므린 채 눈에 띄지 않고자 구석 쪽 자리에 앉아있다.

그러나 본인의 노력 대부분은 의미가 없었다.

남성이 아니어도 시선을 끄는 신체와 용살자의 칭호.

벨카난은 모자의 챙을 쭉 끌어 내렸다.

시선이 쏠리고 있는 사실은 달라지지 않더라도 외면해버리면 마음은 편안해지기 때문이다.

그때—.

"저기……."

"흐엥……?"

갑자기 아래 방향에서 말이 들려온 터라 당황하며 벨카난은 자기가 기묘한 소리를 냈다는 것을 부끄러워했다.

잘 보니 앞쪽에는 기억에 없는 젊은 남자가 한 명 있었다.

몸에 착용한 장비로 짐작하건대 전사일까. 화상 자국도 애처롭다.

……으음.

애써 기억을 더듬던 벨카난은 이윽고 답을 찾아내고 작은 소리로 반응했다.

"용을 해치우러 갔을 때 만났던…… 사람, 이구나……. 맞지?"

"그래. ……슈마허다."

구두 장인의 아들인 남자는 짤막하게 소개한 뒤 손에 든 꾸러미를 떠안기다시피 건네줬다.

깜빡깜빡 눈을 감았다 뜨며 벨카난이 살펴봤더니 그것은 커다란 가죽 신발 한 켤레였다.

"그때는 고맙다는 말도 못 했잖아. 소모품이다. 편하게 써줘."

"으, 응, 나는, 발…… 커서."

벨카난은 우물쭈물하며 고개 숙이고 가죽 신발 틈으로 보이는 발가락을 살짝 움직였다.

어디를 봐도 또래의 여자아이는 물론이거니와 남자아이보다 훨씬 큰 몸은 언제나 부끄럽다.

따라서 옷도 신발도 장만하려면 제법 고생을 한다.

"고, 고마워……!"

"아니, 내가 오히려……."

슈마허도 떠듬떠듬 말했다.

"……잘 지내라."

그렇게 슈마허는 나타났을 때와 마찬가지로 인파에 섞여 곧 떠들썩한 주점 안에서 사라져 갔다.

벨카난은 딱히 상대에 대해 아는 게 없었으나 모험가가 된 이상 주점에 익숙해지는 것은 당연한가 보다.

―나도.

어서 익숙해지면 좋겠어. 가만히 생각하던 때.

"인기 좋은데."

어느 틈인가 옆쪽까지 와 있었던 라라자가 벨카난의 마음도 몰라주고 얄미운 말을 꺼냈다.

"……흥."

벨카난은 뺨을 볼록거렸다. 소녀는 달리 마음을 바깥에 드러내는 방법을 알지 못했다.

"난…… 아니야. 싫어."

"그러냐?"

"응."

그렇게 대화가 끊어진다.

벨카난은 말이 멎으면 언제나 안절부절못하게 된다.

뭔가 대화를 이끌어야 하지 않을까. 어쩌지, 괜히 이상한 소릴 떠드는 게 아닐까. 항상 생각이 많아진다.

따라서 잠시간 혼자 조용히 고민한 끝에 소녀는 무난한 이야기를 꺼내기로 했다.

"어…… 어땠어? 상태."

"나도 시스터 아이닛키한테 들은 말이긴 한데."

라라자는 먼저 전제를 두고 설명했다. 주점 의자에 기댄 채 떠들썩한 가게 안쪽을 둘러보면서.

"뭐, 역량이랄까, 혼이랄까…… 그게 엄청나게 소모됐다나 봐."

"……응."

"그러니까 다시 처음부터다. 우리랑 똑같지."

"그렇, 구나……."

누구에 대해 주고받는 대화인지는 구태여 말할 필요도 없겠다.

게다가 굳이 이야기할 것 없이 당사자가 곧 나타났다.

주점에 잔뜩 자리한 모험가들 건너편에서 흠칫거리며 작은 그림자가 모습을 드러낸다.

온몸에 새겨진 저주의 흔적을 숨기기 위한 붕대가 무척 애처롭고, 하나만 남은 눈동자도 살짝 흐릿하다.

그럼에도 새로 맞춘 사제복을 걸친 레아 소녀는 지팡이를 의지해서 모험가들의 틈을 누비고 나아간다.

소녀는 라라자와 벨카난을 발견한 뒤 갑자기 분위기가 확 달라져서 성큼성큼 과감하게 가까이 걸어왔다.

"나 왔어."

언짢은 내색을 감추려고도 안 하는 말투로 오를레아는 말했다.

아래에서 위쪽을 향해 매섭게 쏘아보는 듯한 시선은 시력 따위는 문제되지 않을 만큼 다부지다.

"슬슬 가야지? 모험."

"오냐. 먼저 지하 1층이군."

라라자는 입가에 미소를 머금었다.

이알마스가 자신을…… 도적을 동료로 끌어들인 이유를 조금이나마 알 것 같다는 기분이 든다.

"덕분에 사제 주문도 갖춰졌고, 감정도 직접 해결할 수 있고……. 가능한 활동 범위가 꽤 넓어졌군."

"……미리 말해 두겠는데, 편하게 부려 먹혀줄 생각은 없어."

"당연히 알지."

휘휘 손을 흔들고 짐을 챙겨서 든 라라자는 의기양양하게 주점 출구를 향해 걸어간다.

그 뒤를 쫓아가기 전에— 남겨진 소녀 두 사람은 서로의 얼굴을 마주 봤다.

오를레아는 자신에게 없는 온화함과 친절함, 여성스러운 몸을 가진 벨카난을 올려다봤다.

벨카난은 자신에게 없는 단단한 의지와 귀여운 몸을 가진 오를
레아를 내려다봤다.

시선이 오가고— 먼저 입을 연 사람은 오를레아였다.

"난 지지 않아!"

"……어어."

벨카난의 목소리가 갈팡질팡하며 상기됐다.

"뭐, 뭐를?"

"뭐든지! 전부!"

할 말은 다 했다— 혹은 부끄러움을 느꼈는지 오를레아는 빙글
발길을 돌렸다. 그리고 「천천히 가!」라며 거친 목소리로 외치고
라라자의 뒤를 쫓아간다.

홀로 남겨진 벨카난은 몹시 당황하며 검을 꽉 쥐고, 모자를 고
쳐서 쓰고, 큰 목소리로 외쳤다.

"나, 나도……!"

이미 가슴속에는 희미한 아픔도 은근한 응어리도 아무것도 남
지 않았다.

그렇게 달려가는 세 사람의 뒷모습을 가게 주인장 길은 조용히
지켜보면서 유리잔을 살며시 닦았다.

저 모험가들이 복귀했을 때 분명 필요해질 테니까.

§

"그래서요?"

잃어버린 두 손을 붕대로 덮어서 가린 시스터 아이닛키는 부드럽게 미소 지었다.

"이번에는 무슨 고민이 있어 망설이고 계신 건가요? 이알마스 님."

《투신의 주점》이 성황이라면 캔트 사원도 또한 동등하게 성황을 이룬다.

《미궁》에 도전하는 모험가가 끊이지 않는 이상은 죽음에 몸을 던지는 모험가도, 현세에 귀환하는 모험가도 수없이 많다.

재와, 소실된 인물들의 주검을 밟아 내디디고 그들은 모험을 계속하니까.

그런 사람들이 모인 사원의 한쪽 구석에서— 이알마스는 긴 의자에 앉아 손바닥 위에 올려 둔 물건을 만지작거리고 있었다.

두 개의 《파편》(샤드)— 두 개의 《호부》(애뮬릿).

별일도 다 있다고 생각하며 아이닛키는 빤히 쳐다봤다.

이 남자에게는 미궁과 그에 관련된 사안이 전부이며, 이렇듯 멈춰 서는 경우는 좀처럼 드물었다.

미궁에 가서 시체를 사원으로 옮겨다 주고, 보고를 받고, 또다시 미궁으로 돌아간다.

그게 전부였던 남자가 이렇듯 사원에서 걸음을 멈춘 채 가만히 있다.

설마 게르츠라는 남자처럼 《호부》에 매료되었다거나 사로잡혔다는 생각은 들지 않는다.

따라서 수녀는 톡, 남자의 곁에 부드러운 엉덩이를 슬쩍 가져다 댔다.

"아니······. 딱히 망설이는 건 아니다."

이알마스는 옆쪽에 붙어 앉은 은발의 수녀를 떨쳐냈다.

엘프의 눈동자가 자신을 빤히 바라보고 있다. 그러다가 체념했는지 곧 나직이 중얼거렸다.

"역시나 나는 아니었다는 생각을 하고 있었다."

그렇게 발언을 하며 남자의 내면에서 어떠한 답이 굳어졌으리라.

이알마스는 가만히 다음 이야기를 재촉하는 아이닛키의 벽안에 시선을 겹치며 살짝 입가에 미소를 띠었다.

"나는 결국에 어느 누구도 아니었다, 시스터 아이닛키."

그것은 지금 이알마스의 마음속에서 모종의 확신으로 자리 잡았다.

아마도— 아마도 그는 어느 누구도 아닐 것이다.

다이아몬드의 기사가 아니다.

보주도 손에 넣지 못했다.

땅속에서 되살아난 대마도사를 막아내지도 않았다.

수난과 맞닥뜨린 여왕을 구하지도, 멸망하는 왕국을 구하지도 않았다.

"나는 악마를 물리치는 《호부》도 손에 넣지 못했다."

이알마스는 이미 힘을 잃어버린 《파편》을 꽉 쥐더니 마치 스스로에게 단념한 듯 말했다.

"분명 단순한 시체 회수꾼이었을 것이다."

시스터 아이닛키는 기력이 쭉 빠진 표정의 이알마스를 가만히 바라봤다.

그리고 얼마 뒤 「기막혀라」라고 작게 중얼거린 뒤 땅이 꺼져라 숨을 내쉰다.

"드디어 조금 깨달음을 얻으셨군요."

"……뭐라고?"

"잘 들으세요, 이알마스 님."

붕대에 감긴 팔이 이알마스의 코끝에 다가왔다.

평소 같았다면 하얀 손가락을 쭉 세워서 바짝 들이밀었을 테지.

재가 되어서 사라졌기에 보이지 않는 수녀의 손가락을 사이에 두고 이알마스는 아이닛키를 바라봤다.

아이닛키의 눈은 몹시도 진지했다. 마음속 깊은 곳까지 꿰뚫어 보고 있는 것 같았다.

"이곳 미궁에서는 용사, 영웅, 마을 젊은이, 누구든 간에 평등하게 밑바닥의 약자에 불과합니다."

먼저 수녀가 꺼내는 말은 《스케일》에서— 《미궁》에서 통용되는 대전제였다.

모두가 다 아는 사실— 적어도 《미궁》에 드나든 경험이 있는 모험가라면 전원이 알고 있다.

외지에서 어떤 대단한 신분을 가졌든 간에 《미궁》에서는 모두가 하나같이 똑같은 약자다.

보너스 포인트
천품에 의한 다소의 차이 이외에는 조금도 다를 바 없다.

무슨 당연한 소리인가. 의도를 이해하지 못한 이알마스에게 아이닛키는 칼을 찌르듯이 쏘아붙였다.

"즉, 무엇을 이루어 내지 못했다, 실패했다, 누구다, 과거의 사연은 전혀 관계가 없는 거예요!"

이알마스는 눈을 커다랗게 떴다.

그런 생각은 전혀 안 해봤다.

그에게 미궁에 진입하여 탐색을 하고 《호부》를 찾아 헤매는 것은 호흡과 같은 행위였기 때문이다.

이알마스는 그게 전부다. 다른 목적을 아무것도 알지 못했다.

"한 아이가 이름도 없는 노예에서 다이아몬드의 기사가 된 것처럼, 당신은—."

자신이 어느 누구도 아니라는 사실에 왜 고민을 하는가. 막 마을을 뛰쳐나와 미궁에 들어간 젊은이가 가장 처음에나 할 법한 고민이잖은가.

그런데 왜 지금 새삼스럽게— 기막히다는 말은 할지언정 시스터 아이닛키는 이 같은 상황을 진심으로 기뻐했다.

—설령 아무리 걸음이 늦어졌어도 앞에 나아간다는 것은 더 바람직한 삶의 증거니까 말이죠.

아아, 카도르토 신이시여, 모쪼록 굽어보소서! 이 사람은 분명

스스로가 가진 생명의, 삶의 가치를 드높이고 있나이다!

"이알마스 님은 앞으로 무엇이든 될 테니까요."

그 말을 듣고서— 이알마스는 어떻게 받아들였을까.

그는 잠시 침묵을 지키다가 이윽고 손바닥 위쪽 《파편》 두 개를 꽉 쥐었다.

"—요컨대 지금까지와 다를 게 없다는 소리인가."

미궁에 진입하고, 묘실에 발을 들이고, 괴물을 타도하고, 《호부》를 찾는다.

그 끝에서 과연 무엇이 기다리고 있든지 간에— 그 끝에서 자신이 어떤 인물이 되든지 간에.

이알마스는 천천히 일어섰다.

이쪽을 올려다보는 아이닛키의 무릎 위쪽에 두 개의 《파편》을 살짝 얹는다.

"가시나요?"

"간다."

이알마스는 고개를 끄덕이고 답했다.

사원 입구에서는 빨간 머리 여자아이가— 보검을 등에 멘 전설의 영웅이 소리 높여서 우짖고 있다.

"다이아몬드의 기사가 마침내 귀환했다. 그렇다면 나 또한 《호부》를 손에 넣을 수 있지 않겠나."

이알마스는 힘주어 말한 뒤 사원의 입구— 더 나아가서는 미궁, 《호부》를 향해 걸음을 내디뎠다.

가비지가 왜 이리 꾸물거리냐는 듯이 물어뜯을 기세로 요란하게 우짖는다.

　그렇게 나란히 떠나가는 두 사람의 뒷모습을 배웅하며 아이닛키는 진심에서 우러나오는 환희와 함께 기원했다.

　—저 모험가들이 향하는 곳에 《칼키》 있으라!

■ 작가 후기

　반갑습니다, 카규 쿠모입니다.

　『블레이드&바스타드 3권, 다이아몬드의 기사의 귀환』, 어떻게
읽으셨을까요?

　최대한 힘을 기울여서 썼습니다. 아무쪼록 즐겨주셨다면 기쁘
겠습니다.

　후기부터 읽는 독자분이 계실지도 모르는지라 본문 내용의 언
급은 삼가도록 하고…….

　자, 이 책의 제목으로도 쓰인 『다이아몬드의 기사』가 도대체 뭐
냐, 궁금하시겠죠.

　이것은 Wizardry 2(3이기도 합니다)에 등장하는 전설의 무구
를 장비한 영웅에게 주어지는 칭호입니다.

　릴가민 왕국을 덮쳤던 재앙, 마인 다팔푸스.

　사악한 존재를 물리친다는 여신의 결계도 수도 안에서 태어난
인물에게는 무의미했습니다.

　다팔푸스는 자신의 무시무시한 힘을 휘둘러서 왕가를 멸하고

릴가민을 자신의 소유물로 만듭니다.

그러나 어린 왕녀 마르그다, 왕자 알라비크만은 난을 피해서 살아남습니다.

남매는 다팔푸스 타도를 다짐하고 목표를 위해 모험가의 길을 선택했습니다.

두 사람이 찾아 헤맸던 것은 악마의 천적으로 유명한 다이아몬드의 기사의 무구였습니다.

온갖 마력을 품은 갑옷과 투구, 보호구에 더하여 보검 하스니르.

이것들을 장비한 왕자 알라비크는 마침내 다팔푸스와의 결전에 임합니다.

그러나 다팔푸스는 최후의 힘으로 땅에 악마의 구덩이를 뚫었고, 두 사람은 나락 밑바닥에 삼켜져버렸습니다.

다이아몬드의 기사의 무구, 아울러 다팔푸스에게 빼앗긴 여신의 지팡이와 함께.

그리고 살아남은 왕녀 마르그다는 여왕이 되어 모험가들에게 포고합니다.

악마의 구덩이에 들어가서 다이아몬드의 기사의 무구, 그리고 여신의 지팡이를 탈환하라고……

그리고 여러 모험을 거쳐서 다시 모든 무구를 몸에 장비한 인물이 바로 두 번째 『다이아몬드의 기사』.

—요컨대 「당신」입니다.

Wizardry의 이야기를 써도 된다는 소식을 들었을 때 꼭 사용하겠다고 생각했던 소재 중 하나입니다.

#2(이기도 하고 3이기도 하고) 이후에 이 무구가 과연 어떻게 되었는지는 알 수 없기도 하고 말이죠.

그것이 다시 나타나는 상황을 만들어서— 이런 형태의 이야기를 써봤습니다.

뭐, 「카규 쿠모가 또 이런 스토리를 써버렸구나」라고······.

숙련된 모험가분들이라면 웃으며 즐길 수 있으실 거라 생각합니다.

모르는 분들께서는 이런 전설의 무구가 있었다고 새삼 기억해 주시면 좋겠습니다.

다음 권에서는 미궁 도시 《스케일》의 이런저런 모습을 쓰게 될 듯싶습니다.

따라서 「모, 모험 기담······ 써도 되는 겁니까!」 같은 기분이 조금 들기도 하는군요.

이후에도 아직 더 Wizardry 세계와 함께할 수 있다는 게 무척 두근두근합니다.

와아, 와아, 만세~! 매번 떠들면 끝이 없으니 일단 여기까지 하죠.

계속해서 『블레이드&바스타드』를 모쪼록 잘 부탁드리겠습니다.

그러면 이만, 또 만납시다.

블레이드&바스타드 3

초판 1쇄 발행 2024년 6월 20일

지은이_ Kumo Kagyu
일러스트_ so-bin
옮긴이_ 김성래

발행인_ 최원영
본부장_ 장혜경
편집장_ 김승신
편집진행_ 권세라 · 최혁수 · 김경민 · 최정민
편집디자인_ 양우연
국제업무_ 박진해 · 전은지 · 남궁명일
관리 · 영업_ 김민원 · 조은걸

펴낸곳_ (주)디앤씨미디어
등록_ 2002년 4월 25일 제20-260호
주소_ 서울시 구로구 디지털로 32길 30, 코오롱디지털타워빌란트 1301-1308호
전화_ 02-333-2513(대표)
팩시밀리_ 02-333-2514
이메일_ lnovellove@naver.com
L노벨 공식 카페_ http://cafe.naver.com/lnovel11

BLADE & BASTARD: Return of The Hrathnir Volume 3
© Kumo Kagyu,so-bin 2023
© 2023 Drecom Co., Ltd.
Wizardry™ is a trademark of Drecom Co., Ltd.

ISBN 979-11-278-7619-7 04830
ISBN 979-11-278-7440-7 (세트)

값 11,000원

황금의 경험치 1권 특정 재해 생물「마왕」강림 타임 어택

하라준 지음 | fixro2n 일러스트 | 김장준 옮김

주인공 레아가 정신력 능력치를 올리고 얻은
히든 스킬「사역」.
그것은 권속이 된 캐릭터가 획득한 경험치를
자신에게 집약하는 어처구니없는 스킬이었다.
레이드 보스급 몬스터마저 다채로운 징신 마법으로 굴복시키며
줄줄이 권속을 늘려나간 레아는 끝없이 불어나는 경험치로
자신과 부하를 강화!
자신만의 최강 군단을 만든 끝에
결국 이 세계에서「특정 재해 생물」로 판정받는데……?

모처럼 마왕이 됐으니까 멸망시켜 볼까, 인류를!

스파이 교실 1~9권, 단편집 1~3권

타케마치 지음 | 토마리 일러스트 | 송재희 옮김

아지랑이 팰리스 공동생활 규칙.
하나, 일곱 명이 협력하여 생활할 것.
하나, 외출 시에는 진심으로 놀 것.
하나, 온갖 수단으로 나를 쓰러뜨릴 것.

—각국이 스파이로 그림자 전쟁을 벌이는 세계.
임무 성공률 100%, 그러나 성격에 난점이 있는 뛰어난 스파이, 클라우스는
사망률 90%를 넘는 「불가능 임무」 전문 기관 「등불」을 창설한다.
하지만 선출된 멤버는 실전 경험이 없는 소녀 일곱 명.
독살, 함정, 미인계— 임무를 달성하기 위해 소녀들에게 남은 유일한 수단은
클라우스를 속여 이기는 것이다!

1대7 스파이 심리전! 통쾌한 스파이 판타지!!

헬 모드 1~4권

하무오 지음 | 모 일러스트 | 김성래 옮김

"로그아웃 중에도 저절로 레벨이 올라? 이건 쉬운 게임을 넘어 방치 게임이잖냐!"

야마다 켄이치는 절망했다. 열심히 플레이하던 온라인 게임은 서비스 종료.

몇만 시간을 쏟아부어 파고들 가치가 있는 작품은 거의 살아남지 못했다.

"어디 보자……. 끝나지 않는 게임에 당신을 초대합니다, 라고?"

그런 켄이치가 우연히 검색하게 된 타이틀 없는 수수께끼의 온라인 게임.

난이도 설정 화면에서 망설이지 않고

최고 난이도 「헬 모드」를 선택했더니 이세계의 농노로 전생해버렸다!

농노 소년 「알렌」으로 전생한 그는 미지의 직업 「소환사」를 능숙하게 다루며

공략본도 없는 이세계에서 최강으로 향하는 길을 더듬더듬 걸어 나아가는데—.

라이트노벨의 새로운 빛! L북스의 신간은 매월 20일에 발매됩니다. http://cafe.naver.com/lnovel11

마술사 쿠논은 보인다 1~2권

미나미노 우미카제 지음 | Laruha 일러스트 | 박춘상 옮김

눈이 보이지 않는 소년 쿠논의 목표는 물 마술로 새로운 눈을 만드는 것이다.
마술을 배운 지 불과 5개월 만에 교사의 실력을 뛰어넘은 쿠논은
역사상 최초의 도전에 임하면서 그 재능을 더욱 꽃피운다!
마력으로 주변 색깔을 감지하거나, 물 마술을 응용하여 손난로나 파스를 개발하거나,
초급 마술만으로 고양이를 재현하거나—.
그 기술과 상상력은 왕궁 마술사조차 혀를 내두를 정도였다.
마술 실력을 높이 평가받은 쿠논은 최고의 실력을 지닌 마기사의 제자가 되는데?!

호기심으로 세계를 개척해나가는 천재 소년의 발명 판타지!